I0583496

Von dir überwältigt

Kate Sweden

Wild Magnolias Press

Copyright © 2025 by Kate Sweden

Alle Rechte vorbehalten.

Kein Teil dieses Buches darf ohne die schriftliche Genehmigung des Verlags oder der Autorin in irgendeiner Form reproduziert werden, außer in den Fällen, die das US-amerikanische Urheberrecht erlaubt.

Contents

1

Wilder Horizons, wilderes Gepäk

» Rayann Wilder. In mein Büro. Sofort.«

Ich schwöre, diesmal habe ich versucht, mich zu benehmen. Aber Ärger scheint mich magisch anzuziehen, besonders wenn Schwestern im Spiel sind. Ich klemmte mir eine lange, dunkle Haarsträhne hinter das Ohr und versuchte, nicht so auszusehen, als hätte ich gerade »wie man überzeugend Unschuld vortäuscht« gegoogelt.

Sie benutzt meinen vollen Namen. Also ja, ich bin wahrscheinlich aufgeflogen. Mal wieder.

Ich streckte den Kopf aus meiner Tür, mit einem Lächeln, das süß genug für einen Freispruch war. »Was gibt's, Summer?«

Hinter mir strahlten die sanften Farbtöne meines Büros – das Werk meiner Schwester Emme – eine Art von

Frieden aus, den mein Gehirn selten von allein zustande brachte.

Meine ältere Schwester stand auf der anderen Seite des Flurs, die Arme verschränkt und ihr bester »keine-Widerrede«-Blick scharf geladen. Summer Wilder, Chief Operating Officer von Wilder Horizons und selbsternannte Diktatorin meines Lebens, war ganz klar die Hutschnur geplatzt.

Manikürt, perfekt gekleidet und furchteinflößend effizient in High Heels, die man auch als Waffen einsetzen könnte.

»Was zum Teufel hast du dir dabei gedacht, die McIveys mit den McAlisters auf der Isle of Skye einzubuchen? Die hassen sich wie die Pest!«

»Es war ihr Wunsch, erinnerst du dich?«, sagte ich und griff nach meiner übergroßen Kaffeetasse. Darauf stand: *Hetz mich nicht, ich warte auf das Drama.* Schien passend.

»Die Hochzeit? Fiona McIvey heiratet Collum McAlister. Sie wollen das Ende ihrer Fehde feiern. Wahre Liebe, Clan-Zusammenhalt, Heimatgefühle. Der ganze Mist.«

Summers Augenbraue wanderte so hoch, dass ich dachte, sie würde an ihrem Haaransatz anstoßen. »Und du dachtest nicht daran, das als eine potenzielle, vorprogrammierte Katastrophe zu kennzeichnen?«

»Hör zu«, sagte ich, nahm einen Schluck Kaffee und lehnte mich lässig an den Türrahmen. »Sie haben es sich gewünscht, Summer. Fiona und Collum waren sehr deutlich. Sie sind verliebt, die Fehde ist vorbei, und es geht darum, ihre Familien zusammenzubringen.«

Ich schnippte mit den Fingern, um meinen Punkt zu unterstreichen, der blassrosa Nagellack glänzte noch von der gestrigen Stress-Maniküre.

»Sie wollten etwas Bedeutungsvolles in Schottland, und ich habe es möglich gemacht.«

Summer sah nicht überzeugt aus. »Und du glaubst nicht, dass auch nur die geringste Chance besteht, dass sie sich wieder in einen jahrhundertealten Groll verstricken?«

Ich zuckte mit den Schultern. »Wenn sie das tun, ist das ihr Vermächtnis. Ich bin nicht hier, um ihre Familientherapie zu leiten. Ich bin hier, um ein perfektes, einmaliges Erlebnis zu liefern, und Wilder Horizons wird es ihnen bieten.«

Ihr Blick hätte Stahl zerschneiden können. »Ihre Familien gehören zu unseren hochkarätigsten Kunden.«

Draußen vor den bodentiefen Fenstern unseres Büros in Maris Key glitzerte der Golf unter der Vormittagssonne, voller Glanz und Gelassenheit. Hier wusste sogar die Aussicht, wie man beeindruckt – genau wie unsere Kunden es erwarteten.

»Du fliegst früher los, um sicherzustellen, dass alles reibungslos abläuft. Und ich schicke Max mit dir.«

Max Harrington. Leiter der Sicherheitsabteilung. Ehemaliger Navy SEAL. Vollzeit-Stimmungskiller, Teilzeit-Plagegeist.

Ich verschluckte mich. »Max? Auf keinen Fall. Er ist unerträglich.«

Immer so verdammt ruhig und kompetent – im Labor auf maximale Effizienz getrimmt. Ein arrogantes, bildschönes Laborexemplar. Angeber.

Heute Morgen wusste ich nicht einmal mehr, wo ich meine Autoschlüssel hingelegt hatte. Und dieses selbstgefällige Grinsen? Es ist, als wüsste er genau, wie sehr er mich nervt – und er genießt jede Sekunde davon. Nein.

»Du stehst in meiner Schuld, Rayann. Tu nicht so, als hätte ich den Vorfall mit dem mechanischen Bullen bei der Gala auf der Beaumont-Ranch vergessen. Der Kunde denkt immer noch, das war Teil des Programms.«

»Genau! Es passte zum Motto. Western-Eleganz trifft auf wilde Instinkte.«

Summer seufzte durch die Nase. »Und denk bloß nicht, dass Brynn aus dem Schneider ist. Sie übernimmt die Costa-Rica-Reise nach diesem *zusätzlichen* kleinen Cowboy-Streich, den ihr zwei beim Kundenessen abgezogen habt.«

Verdammt. Wie findet sie dieses Zeug nur immer raus? Wir waren diesmal so unauffällig.

»Max ist die beste Versicherung, die ich gegen dich habe, damit du dich nicht mit deinem Charme direkt in einen Bürgerkrieg manövrierst.«

»Na schön«, brummte ich und wirbelte die Tasse etwas zu schnell in meinen Händen herum, sodass die letzten paar Tropfen Kaffee auf mein Handgelenk schwappten. »Aber diesmal bringe ich dir keine Geschenke mit. Und ich brauche keinen Babysitter.«

»Dann benimm dich auch nicht so, als bräuchtest du einen«, schoss sie zurück, ihr Tonfall ließ keinen Raum für Diskussionen. »Und du schuldest mir auch noch einen Scotch.«

Ich sackte an der Wand zusammen und starrte ihr nach. Ihre Absätze klackerten den Flur entlang, jeder Schritt voller göttlicher Bestimmung und null Geduld.

So lief das hier. Summer erteilte Befehle, und der Rest von uns strampelte sich ab, um ihre Vision zum Glänzen zu bringen.

Manchmal hasste ich es, wie recht sie hatte. Meistens wollte ich ihr einfach nur die Show stehlen.

»Schottland, was?« Brynn lehnte sich an den Türrahmen, sonnengebräunte Arme verschränkt, ihr Grinsen so verschmitzt wie immer. Ihre haselnussbraunen Augen waren wie meine eigenen. Dieselben sonnengeküssten Sommersprossen, dasselbe wilde Grinsen. Obwohl ihres weitaus weniger gestresst aussah.

»Was hast du diesmal angestellt?«

Ich blickte nicht einmal von dem Chaos auf meinem Bett auf: Stiefel, Ladegeräte und etwa mein halber Kleiderschrank, verstreut in dem, was ich gerne mein Pack-System nannte.

Der Rest meiner Wohnung passte nicht zu diesem Durcheinander. Sonnenlicht fiel durch durchsichtige Leinenvorhänge, streifte über weiße Eichenböden und strandige, neutrale Töne, die sich mehr nach Spa als nach Verkaufsdirektorin anfühlten. Emme hatte mir auch hier beim Design geholfen: klare Linien, beruhigende Farben, null Gerümpel. Zumindest, bis ich mit dem Packen anfing. Jetzt glich es den Nachwirkungen einer Boutique, die mitten in einem Wutanfall den Verstand verloren hatte.

»Nichts!«, sagte ich und entwirrte ein Bündel Kabel. Sie hatten sich irgendwie zu einer verknoteten Skulptur des Grauens verwoben, und sie zu lösen, war seltsam beruhigend.

»Ich meine, technisch gesehen nichts. Summer ist einfach nur mal wieder ihr übliches, herrschsüchtiges Ich.«

Brynn zog eine perfekt geformte Augenbraue hoch, ein Spiegelbild meiner eigenen. »Und das hat nichts damit zu tun, dass wir die Playlist des Kundenessens während des langsamen Tanzes auf ›Save a Horse, Ride a Cowboy‹ umgestellt haben?«

Ich erstarrte. »Warte ... deshalb schickt sie dich nach Costa Rica?«

Sie seufzte theatralisch. »Anscheinend muss ich ›Zurückhaltung im Umgang mit hochkarätigen Gästen üben‹. Also darf ich jetzt eine Gruppe millionenschwerer Riesenbabys eskortieren, die auf einer Dschungel-Zipline Tarzan spielen und dabei einen metaphorischen Schwanzvergleich veranstalten wollen.«

Ich schnaubte. »Klingt nach Charakterbildung.«

»Ja, naja, wenigstens hat sie mir nicht Max in einem Spukschloss aufgehalst.« Sie zeigte mit einem Flip-Flop auf mich. »Du hast die Arschkarte gezogen.«

»Bestrafung mit Dudelsäcken.« Ich ließ mich aufs Bett zurückfallen. »Ernsthaft, wer legt eine Clanfehde mit einer Destination-Hochzeit bei? In einer zugigen schottischen Festung? Mit einer Gästeliste, die direkt aus den Highland-Tributen-von-Panem stammen könnte?«

»Und du bist der Tribut.«

»Genau. Und ein falscher Trinkspruch, und irgendeine Großmutter fordert mich zum Duell heraus.«

Sie grinste. »Ich fange langsam an zu glauben, Summer will uns einfach nur trennen. Klassisches Teile und Herrsche.«

»Was eine Frechheit ist, wenn man bedenkt, dass wir beide gnadenlos brillant in unseren Jobs sind. Ich bin die hübsche kleine Büroklammer, die diesen ganzen verdammten Laden zusammenhält, während Summer wie eine CEO-Barbie herumstolziert.«

Ich stieg über ein Paar High Heels, die mehr gekostet hatten, als ich zugeben würde, und warf eine Seidenbluse aufs Bett, wobei der Verrat in jede einzelne Faser eingenäht zu sein schien.

»Okay, elitäre Vibes.« Brynn lehnte sich zurück und stützte sich auf die Ellbogen. »Wenn wir mal für einen Moment ernst sind, was ich hasse, würdest du Max vielleicht sogar mögen, wenn du aufhören würdest, ihn als deinen persönlichen Boxsack zu benutzen. Du würdest vielleicht feststellen, dass er eigentlich ganz anständig ist. Nervig, klar. Aber anständig. Ach ja, und sündhaft heiß.«

Ich schnaubte und stopfte einen Haufen Socken in die Ecke meines Koffers. »Max Harrington ist nicht die Art von Typ, die irgendjemand mag. Er ist der Typ, der in Textnachrichten die Grammatik korrigiert und seine Jeans bügelt. Wer bügelt denn bitte Jeans?«

Brynn lachte und warf ein Kissen nach mir. »Okay, da hast du einen Punkt. Aber vielleicht brauchst du jemanden wie Max, um dich auszugleichen.«

Ich erstarrte mitten im Zusammenlegen, eine Socke baumelte von meiner Hand. Mein Gehirn setzte aus – gerade lange genug, dass die Stille sich unangenehm ausdehnte. »Was soll das heißen?«

»Du bist das reinste Chaos, Rayann. Absolut geniales Chaos, sicher, aber trotzdem Chaos. Max ist Ordnung. Logik. Ehrlich gesagt? Vielleicht wärt ihr genau deshalb gut füreinander.«

Noch bevor ich es überhaupt bemerkte, begannen meine Finger einen nervösen Morsecode auf meinen Oberschenkel zu klopfen.

Ich öffnete den Mund, um zu widersprechen, aber ... verdammt, sie hatte nicht unrecht. Ich war Chaos – unordentlich, impulsiv, allergisch gegen Routine – und Max? Max war die reinste Kontrolle in einem schicken Hemd. Ruhig. Beständig. Zum Wahnsinnigwerden perfekt.

»Wird nicht passieren«, sagte ich schließlich und schlug den Koffer mit der Endgültigkeit eines Gerichtsvollziehers zu, der die volle Summe eintreibt.

Brynn zuckte mit den Schultern und schnappte sich einen Schal vom Bett. »Na schön, aber sag nicht, ich hätte dich nicht gewarnt, wenn du mit Herzchen in den Augen seinetwegen zurückkommst.«

»Raus hier.« Ich warf das Kissen zurück und musste trotz allem lachen.

Sie stand auf, hielt aber im Türrahmen inne, ihr Gesichtsausdruck war nun sanfter. »Aber jetzt mal im Ernst, lass dich nicht von Summer oder Max unterkriegen. Unsere Kunden vergöttern dich. Du bist diejenige, nach der sie immer namentlich fragen. Du schaffst das, Ray.«

Auch nachdem sie gegangen war, hallten ihre Worte nach, verheddert mit meinen Ladekabeln und Selbstzweifeln. Ich packte den Rest meines Chaos zusammen, aber der Knoten in meiner Brust zog sich mit jedem gefalteten Hemd enger.

Vielleicht brauche ich einen Max in meinem Leben. Ich riss den Reißverschluss mit der Aggressivität von jemandem zu, der gerade einen Streit mit seinem Koffer verloren hatte, und schnaubte dann. Oder vielleicht brauche ich einfach nur Noise-Cancelling-Kopfhörer und ein Xanax.

Mein Handy summte auf dem Nachttisch. Ich ignorierte es dreißig Sekunden lang – eine Ewigkeit, eigentlich – bevor die Neugier siegte.

2

Wie man sich vor einem Langstreckenflug blamiert

BETREFF: **PRÜFUNG REISEPLAN SCHOTTLAND**

Rayann, anbei der endgültige Reiseplan für die McIvey-McAlister-Hochzeitsfeier. Bitte prüfe ihn und bestätige, dass er ihren Wünschen entspricht, bevor wir abreisen. Zusätzlich habe ich potenzielle Konfliktpunkte markiert und für jeden entsprechende Lösungsstrategien vorgeschlagen.

Sorgen wir dafür, dass es keine Überraschungen gibt. Max Harrington

Meine Augen verengten sich. *Keine Überraschungen?* War das ein subtiler Seitenhieb gegen mich oder einfach nur seine übliche, nervtötende Besserwisserei? Wahrscheinlich beides.

Ich klickte auf den Anhang, und wie erwartet, war es typisch Max: alles säuberlich farbkodiert in einer dreispaltigen *Tabelle mit Überschriften wie Sicherheitsrisikobewertung, Notfallprotokolle und Kundenkomfort-Bewertung.* Es gab sogar einen Notfallplan für »unvorhergesehene Umweltrisiken«, denn anscheinend dachte Max, er könnte Lawinen vorhersagen und den verdammten Sonnenschein planen.

Ich schnaubte. Er dachte offensichtlich, die Tabelle ließe ihn kompetent aussehen. Tat sie nicht. Sie ließ ihn nur wie jemanden aussehen, der seine Freitagabende damit verbrachte, seine Sockenlade neu zu sortieren.

Ich griff nach meinem Handy und tippte eine schnelle Antwort:

Betreff: Aw: Prüfung Reiseplan Schottland

Max, hab's kapiert. Aber nur zur Info, ich bin kein Roboter, also erwarte nicht, dass ich mich an dein Drehbuch halte. Die McIveys haben uns für ein einmaliges Erlebnis engagiert. Ein bisschen Spielraum

ist nicht immer schlecht. Und »keine Überraschungen«? Komm schon. Überraschungen sind doch der halbe Spaß. Solltest du mal ausprobieren. Wer weiß – vielleicht gefällt es dir sogar. Wir sehen uns am Flughafen. Vergiss deinen farbkodierten Pass nicht. Rayann

Ich drückte auf Senden und grinste, während ich mir schon vorstellte, wie er mit den Augen rollte. Ein paar Minuten später summte mein Handy erneut.

Betreff: Aw: Aw: Prüfung Reiseplan Schottland
Rayann, Überraschungen mögen für dich das Leben interessant machen, aber für Kunden machen sie es stressig und teuer. Lass uns beim Plan bleiben. Ich habe eine zusätzliche Checkliste angehängt, um sicherzustellen, dass wir im Zeitplan bleiben. Bitte sieh sie dir an, damit wir uns einig sind.

Nur fürs Protokoll, die McIveys haben uns engagiert, um die Logistik und Sicherheit zu übernehmen, damit sie ihr einmaliges Erlebnis genießen können – ohne unnötiges Chaos.

Wir sehen uns am Flughafen. Vergiss deinen Pass nicht. Oder deine Checkliste. Max

Mir klappte die Kinnlade runter. Eine Checkliste? Das konnte nicht sein Ernst sein.

Ich öffnete den Anhang, und da war sie.

Rayanns wesentliche Vorbereitungen vor der Abreise.

* Reiseplan prüfen (siehe Anhang)

* Hotel- und Transportdetails bestätigen

* Angemessen für Wetterbedingungen packen (siehe Vorhersage in Spalte E)

* Zwei Stunden früher am Flughafen ankommen

* Unnötige Abweichungen vom Reiseplan vermeiden

Die Worte verschwammen, als ein heißes Kribbeln der Verärgerung meinen Nacken hochkroch. Meine wesentlichen Vorbereitungen? Als wäre ich irgendein Anfänger, der gerade in seinen ersten Job für große Mädchen gestolpert war?

»Oh, du bist so ein Arsch«, murmelte ich und umklammerte mein Handy fester. Mein Daumen schwebte über der Löschtaste. Verlockend. Aber nein – das würde ihm zu viel Genugtuung verschaffen.

Stattdessen ließ ich meine Finger von meiner Verärgerung über den Bildschirm treiben.

Betreff: Aw: Aw: Aw: Prüfung Reiseplan Schottland

Danke für die Checkliste, Boss. Super hilfreich. Wirklich. Keine Sorge – ich habe meine Hose für große Mädchen und alles eingepackt.

Wir sehen uns am Flughafen. Stress dich nicht zu sehr. Ich habe gehört, Chaos bildet den Charakter. Rayann

Ich drückte mit einem Stoß auf den Bildschirm auf Senden. Summer bestimmte meine Wochentage – Max konnte sich nicht auch noch die Wochenenden nehmen.

Der Raum wurde still. Nur das Summen des Deckenventilators und das Brodeln meiner Frustration. Ich griff nach dem ledergebundenen Reisetagebuch auf dem Nachttisch. Es hatte Dad gehört, voller unordentlicher Handschrift, Kritzeleien und Postkarten aus allen Ecken der Welt.

Die erste Seite brachte mich immer zum Innehalten.

»Die Welt ist weit und das Leben ist kurz. Verschwende es nicht mit Stillstand.«

Ich fuhr mit den Fingern über die Worte, meine Brust wurde eng.

Dad hatte nach diesem Mantra gelebt und Wilder Horizons zu einem Jetset-Imperium ausgebaut, das auf einem einzigen Versprechen beruhte – makellose, unvergessliche Erlebnisse für Kunden, die sich weigerten, sich mit weniger zufriedenzugeben. Aber manchmal fragte ich mich, ob er wusste, was er verlangte, als er unser Erbe an die Firma knüpfte.

Arbeitet zusammen oder geht eurer Wege. Das war der Deal. Und obwohl ich meine Schwestern liebte, war die Zusammenarbeit mit ihnen eine ganz andere Hausnummer. Sechs Schwestern. Ein Imperium. Ein Wunder, dass wir uns noch nicht gegenseitig umgebracht hatten.

Ich blätterte zu einer zufälligen Seite – etwas über eine Wanderung durch Patagonien, komplett mit einer Skizze eines Berges, der eher wie eine schiefe Pyramide aussah. Trotz allem musste ich lächeln.

»Verschwende es nicht mit Stillstand«, murmelte ich und schloss das Tagebuch.

Am späten nächsten Nachmittag rannte ich durch das Terminal, mein Handgepäck schlug gegen meinen Oberschenkel, als hätte es einen Groll gegen mich. Boarding-Aufrufe hallten über mir, aber es kam nicht infrage, einen zehnstündigen Flug ohne einen Karamell-Macchiato anzutreten.

Sicher, ich war knapp dran. Max war wahrscheinlich schon am Gate, schaute auf seine Uhr und fügte dies gedanklich zu meiner Liste beruflicher Verfehlungen hinzu. Aber international fliegen und Max' selbstgefälliges Gesicht ohne Koffein ertragen? Auf keinen Fall.

Irgendwo hinter mir verfluchte mich wahrscheinlich ein Barista dafür, dass ich die letzte Pappmanschette für den Becher gestohlen hatte, bevor der Deckel richtig einrastete. Ich nahm trotzdem einen Schluck – und kleckerte prompt Karamellschaum auf meine Bluse.

Perfekt. Das wird Max lieben.

Er war nicht schwer zu entdecken.

Makelloses Hemd, perfekt gebügelte Hose, das Jackett genau richtig gefaltet. Er sah aus wie von einem verdammten Wirtschaftsmagazin-Cover – nicht wie jemand, der einen verfeindeten Clan durch die Highlands begleitete. Er roch nach frischer Wäsche und etwas Herbem. Wahrscheinlich Zedernholz. Oder nach dem Parfüm »Selbstgefälliger Mistkerl«.

»Du bist zu spät«, sagte er, als ich schlitternd vor ihm zum Stehen kam. Seine Stimme war tief, abgehackt und eindeutig darauf ausgelegt, mich zu provozieren. Er musterte mich von oben bis unten, von den schweißnassen Haarsträhnen, die aus meinem von der Luftfeuchtigkeit ruinierten Dutt entkamen, bis zum Schimmern auf meiner Brust. Sein Blick verweilte eine halbe Sekunde zu lange, aber ich ließ es durchgehen.

Ich nahm einen langen, herausfordernden Schluck von meinem Kaffee. »Dir auch einen schönen Nachmittag, Max.«

Er legte den Kopf schief. Das Kinn angespannt. Der Blick eines Mannes, der zähneknirschend bis zehn zählte. »Du hältst uns auf«, sagte er. »Ich habe Summer versprochen, dafür zu sorgen, dass bei dieser Reise alles nach Plan läuft. Mir war nicht klar, dass das auch Babysitten beinhaltet.«

Ich hätte mich fast verschluckt. »Babysitter? Bitte. Du bist hier, weil Summer *glaubt*, ich bräuchte einen. Brauche ich aber nicht.«

Für den dramatischen Effekt riss ich meine Tasche hoch – die sofort umkippte und ihren gesamten Inhalt auf dem Boden verteilte.

Max seufzte. Natürlich kniete er sich hin, um zu helfen. Er stapelte ordentlich Ordner und Reiseführer mit der stillen Präzision eines Mannes, der im Geiste meine Lebensentscheidungen neu sortierte.

»Deine Tasche ist offen«, sagte er.

»Danke, Kapitän Offensichtlich«, murmelte ich und hechtete nach meinem Kulturbeutel, bevor er jemandem vor die Füße rollen konnte.

Und dann sah ich ihn.

Meinen Vibrator.

Knallpink, unverschämt auffällig und direkt zwischen meiner Haarbürste und einem Reiseführer für Schottland eingeklemmt.

Max' Hand schwebte darüber, mitten in der Bewegung erstarrt. Seine Augen schnellten zu meinen. Dann zurück zu dem Ding. »Ist das ...?« Seine Stimme versiegte, als seine Lippen zuckten.

»Wage es nicht!«, zischte ich, schnappte ihn mir und stopfte ihn zurück in die Tasche. »Kein Wort, Harrington.«

Er stand auf und strich sich einen unsichtbaren Fussel von der Hose, sein Gesichtsausdruck war zum Verrücktwerden ruhig. »Ich wollte nur sagen ... du bist sehr gründlich beim Packen.«

Meine Wangen wurden knallrot. »Ich hasse dich.«

»Verständlich«, sagte er und grinste jetzt. »Aber das sind die falschen Batterien für die Scanner. Vielleicht solltest du ihn nächstes Mal tiefer vergraben.«

»Das war eine stilistische Entscheidung«, schnauzte ich und stopfte den Rest meiner Sachen weg.

Seine Lippen zuckten erneut. »Stilistisch oder nicht, versuch lieber, pünktlich zu sein. Die Kunden erwarten, dass wir den Ton angeben.«

»Die Kunden sind nicht mal auf diesem Flug!« Ich stolperte in Richtung der Boarding-Schlange und schwappte dabei Kaffee auf meinen Ärmel.

Max warf mir diesen Blick zu – teils Entnervung, teils Belustigung, aber absolut zum Ausflippen. »Lass mich raten«, sagte er. »Du hast dir einen Kaffee geholt, anstatt auf die Uhr zu schauen.«

»Nein«, sagte ich zu schnell.

Er beugte sich gerade so weit vor, dass er seine Stimme senken konnte. »Rayann, du hast Schlagsahne auf der Nase.«

Hitze schoss mir in die Wangen, während ich mir übers Gesicht wischte und ihn wütend anstarrte. Er kicherte.

»Weißt du was, Max? Wenn du vorhast, diese ganze Reise lang deine Selbstherrlichkeit auszustrahlen, solltest du vielleicht alleine fliegen.«

»Sehr gerne«, sagte er und griff nach seiner Tasche. »Aber jemand muss ja sicherstellen, dass du nicht Schottland abfackelst.«

Bevor ich etwas erwidern konnte, drehte er sich um und ging davon – gefasst, unbeeindruckt und so selbstgefällig, dass ich ihm am liebsten ein Bein gestellt hätte.

Ich starrte ihm nach und umklammerte meinen Kaffee, als schuldete er mir emotionalen Beistand. Der schwache Duft von Vanille und aufgeschäumter Milch umwehte mich – warm, lächerlich und absolut passend zu dem Morgen, den ich erlebte. Kaffeeflecken auf den Ärmeln. Eine halb offene Tasche. Meine Haare machten, was sie wollten. Nicht gerade die souveräne Geschäftsfrau, die ich den Kunden normalerweise präsentierte.

Ich hasste ihn.

Nur dass ich das nicht tat.

Und das war das Schlimmste daran.

Boarding-Gruppe 1 – Das Boarding beginnt.

Die Benachrichtigung leuchtete auf meinem Handy auf. Ich steckte es weg und schnappte mir meine Tasche. Zeit, es hinter mich zu bringen.

Ich betrat das Flugzeug und betete für eine ruhige, Max-freie Reihe, um die Katastrophe meines Morgens noch zu retten.

Dann sah ich ihn.

Sitz am Gang. Seelenruhig. Er nippte bereits an etwas aus einem Pappbecher.

Meine Reihe.

War ja klar.

3

Der Flug aus der Hölle (oder dem Himmel, je nachdem, wen man fragt)

Ich blieb abrupt stehen und mein Handgepäck knallte dem stämmigen Kerl hinter mir direkt gegen das Knie.

»*Na hör mal*«, murrte er und drängelte sich an mir vorbei.

»Dein Ernst?«, murmelte ich.

Max blickte von seinem Laptop auf, seine Miene war neutral. »Du stehst im Weg, Rayann.«

Ein ungutes Gefühl machte sich in meiner Magengegend breit, als ich auf meine Bordkarte blickte. Und dann wieder zu dem einzigen freien Sitz in der Reihe. Direkt neben ihm.

Ich blinzelte. Dann schaute ich noch einmal hin, als ob die Zahlen sich auf magische Weise neu anordnen würden.

»Oh, *zum Teufel*, nein. Lieber sitze ich im Frachtraum.«

Max stieß einen leidgeprüften Seufzer aus und blickte schließlich auf. »Was ist jetzt schon wieder?«

»Ich sitze hier?«, fragte ich und deutete auf den leeren Sitz neben ihm, als wäre er eine Gefahrenquelle, auf die das Flugpersonal aufmerksam gemacht werden sollte.

»Sieht so aus. Die Vorteile, wenn man früh eincheckt«, sagte er und richtete seinen Klapptisch zurecht, als würde ihm die Fluggesellschaft gehören.

»Das kann nicht sein«, murmelte ich und verlagerte mein Gewicht, während ich erneut meine Bordkarte überprüfte. Vielleicht hatte ich mich verlesen. Vielleicht gab es noch einen Sitz 14B. Vielleicht hatte sich das Universum nicht tatsächlich gegen mich verschworen.

Nö. Fehlanzeige. Ich ließ meinen Blick durch den Rest der Businessclass schweifen. Kein einziger freier Platz in Sicht.

Max zog eine Augenbraue hoch. »Soll ich dir die Grundlagen der Sitzplatzvergabe bei Fluggesellschaften erklären?«

Ich stieß den Atem aus, riss das Gepäckfach auf und stopfte meinen Koffer mit etwas mehr Kraft als nötig hinein. »Ich brauche gar nichts von dir, Harrington.«

Er summte, eindeutig nicht überzeugt.

Ich ließ mich mit einem dramatischen Seufzer in den Sitz fallen und verschränkte die Arme. »Na schön.« Ich zog mein Sweatshirt aus, stopfte es in meine Tasche und zupfte mein Tanktop gerade. Murrend zog ich meine Lieblingsdecke heraus. »Aber erwarte nicht, dass ich die Armlehnen teile.«

Max grinste und breitete sich mit unverhohlener Präzision aus, um seinen Anspruch auf neutrales Territorium zu erheben. »Zur Kenntnis genommen.«

Ich kniff die Augen zusammen. »Ach, leck mich doch, Harrington.«

»Verführerisch«, murmelte er und widmete sich wieder seiner Arbeit, als wäre das die normalste Sache der Welt.

Drei Stunden später bereute ich alles.

Max war natürlich der perfekte Sitznachbar. Still. Organisiert. Nicht die geringste Andeutung einer Überschreitung der Beinfreiheit. Es war zum Verrücktwerden.

In der Zwischenzeit hatte ich meine Decke fünfmal zurechtgerückt, war jeden Bordfilm zweimal durchgegangen und starrte gerade an die Decke und fragte mich, wie viele Stunden meines Lebens mir noch blieben. Ich spähte über den Rand meiner Schlafmaske zu Max hinüber. Er las jetzt. Natürlich las er. »Du lehnst nicht mal deinen Sitz zurück, oder?«, fragte ich und stieß ihn leicht mit dem Fuß an.

Er zuckte nicht einmal zusammen. »Sich zurückzulehnen ist rücksichtslos gegenüber der Person hinter einem«, erwiderte er, während seine Augen immer noch über die Seite glitten und er mich wie eine leise Störung seines perfekt zusammengestellten Reiseerlebnisses behandelte.

Ich stieß einen langsamen, dramatischen Seufzer aus. »Klar, dass du das sagen würdest. Ich wette, du hast noch nie in deinem Leben eine Regel gebrochen.«

Seine Lippen verzogen sich leicht. »Manchmal male ich auch über die Linien.« Er blätterte um. »Nur nicht, wenn es um die Flugzeug-Etikette geht.«

Ich warf die Hände in die Luft. »Oh, wie aufregend«, sagte ich gedehnt und warf meine Decke dramatisch über meinen Schoß. »Erinnere mich daran, nach der Landung die Klatschpresse zu informieren. *Max Harrington, Rebell ohne Grund – weigert sich in einem Akt waghalsigen Trotzes, seinen Sitz zurückzulehnen.*«

Das brachte mir einen Seitenblick ein. Die Art, die be-
sagt: *Ich lasse mich nicht auf deinen Unsinn ein* – was mich
natürlich nur noch mehr anstachelte.

»Du planst deine rebellischen Momente wahrschein-
lich, oder?«, bohrte ich nach und tippte mir ans Kinn.
»Lass mich raten – *Dienstag, 18:15 Uhr: Dessert vor dem
Abendessen essen.*«

Max atmete scharf aus – fast ein Lachen, aber nicht
ganz. »Freitag«, korrigierte er. »Und nur, wenn das
Dessert es wert ist.«

Ich blinzelte. »Oh mein Gott. Du planst sie tatsächlich.«

Der Hauch eines Lächelns huschte über seine Lippen.
»Ich mag Struktur.«

»Nein, du magst Tabellenkalkulationen.« Ich streckte
mich und stieß absichtlich mit meinem Knöchel gegen
seinen. »Schon gut. Wir haben alle unsere Vorlieben.«

Da hoben sich seine Augen vom Buch, nur kurz,
aber allein der Blick jagte einen langsamen, unerwarteten
Schauer über meinen Rücken. Derselbe waldige Duft
schwebte zwischen uns.

»Ist es das, was du denkst?«, murmelte er, seine Stimme
so sanft und undurchschaubar wie immer.

Mein Gehirn hatte für den Bruchteil einer Sekunde einen Kurzschluss, bevor ich schnaubte. »Wie auch immer, Harrington. Viel Spaß mit deinen Regeln.«

Ich lehnte mich in meinem Sitz zurück und zog meine Schlafmaske herunter, so tuend, als hätte dieser eine Blick mir nicht ein klein wenig warm werden lassen.

Vier Stunden später nahm die Sache eine Wendung.

Oder besser gesagt, Max' Bein tat es.

Ich kniff die Augen zusammen und starrte auf das besagte Körperteil, bevor ich ihn mit dem Ellbogen anstieß. »Dein Bein ist auf meiner Seite.«

»Nein, ist es nicht«, erwiderte er, ohne auch nur von seinem Buch aufzusehen.

Zuerst dachte ich, ich hätte es mir eingebildet. Aber da war er – sein riesiger, selbstgefälliger Fuß, der es sich mit der ganzen Selbstverständlichkeit eines ausländischen Würdenträgers gemütlich machte. Ich warf ihm einen finsteren Blick zu und stieß ihn mit meiner Schuhspitze an. »Weg da.«

Er blinzelte nicht einmal. Blätterte nur die Seite um, unbeeindruckt, als hätte ich kaum die Luft aufgewirbelt. »Ich bin weg.«

»Nein, bist du nicht. Du begehst Hausfriedensbruch.«

Er blätterte eine Seite um, völlig unbeeindruckt. »Ich glaube nicht, dass Territorialstreitigkeiten in der Business-class gelten.«

Ich gab mir keine Mühe, meinen Seufzer zu verbergen, als ich sein Bein dorthin zurückstieß, wo es hingehörte.

Er seufzte, lang und leidgeprüft, bewegte sich aber. Kaum. Gerade genug, um klarzustellen, dass dies keine Kapitulation war. Na schön. Wenn er dieses Spiel spielen wollte, konnte ich das auch. Ich streckte meine Beine aus und ließ mein Knie sanft an seines stoßen.

Max blickte mich endlich über den Rand seines Buches an. »Machst du das gerade ernsthaft?«

Ich schenkte ihm mein unschuldigstes Lächeln. »Was denn?«

Seine Lippen verzogen sich ganz leicht, aber er rührte sich nicht. Ich auch nicht.

Wir saßen da, die Beine aneinandergepresst, keiner von uns blinzelte, gefangen im albernsten Spiel der Bord-Dominanz aller Zeiten. Max atmete durch die Nase aus und wog ab, ob ich die Mühe wert war. Dann lehnte er sich langsam in seinem Sitz zurück und streckte sich weiter, wobei sein Oberschenkel meinen in einer lässigen Inanspruchnahme von Territorium streifte.

Ich holte scharf Luft. Brach er etwa seine Regel?

Oh. Oh, jetzt ging's los.

Ich stieß meinen Fuß absichtlich gegen seinen und tat so, als würde ich es mir nur bequem machen. »Hoppla.«

Er zog eine Augenbraue hoch. »Hoppla?«

»Ja, Turbulenzen«, sagte ich und deutete vage auf den vollkommen ruhigen Flug.

Max summte leise und ein amüsierter Ausdruck huschte über sein Gesicht, als er die Seite umblätterte. Dieses Grinsen? Hundertprozentig beabsichtigt, und das wusste er verdammt genau.

Unsere Beine drückten fest und herausfordernd aneinander; keiner von uns war bereit, auch nur einen Millimeter nachzugeben.

Die Vorherrschaft über die Beinfreiheit wurde zum Schlachtfeld – und der Kampf hatte begonnen.

Nach fünf Stunden waren wir beide im Überlebensmodus.

Ich konnte nicht schlafen. Max hörte nicht auf zu lesen. Und jedes Mal, wenn die Flugbegleiterin vorbeikam, warf sie uns diesen wissenden Blick zu – die Art von Blick, der schrie: *Oh, ihr zwei seid genau so ein Pärchen.* Schließlich hielt ich es nicht mehr aus. Ich rutschte auf meinem Sitz herum und drehte mich zu ihm. »Liest du das Buch jetzt ernsthaft den ganzen Flug über?«

Max blätterte eine Seite um, völlig unbeeindruckt. »Hast du einen besseren Vorschlag?«

Ich legte den Kopf schief und tat so, als würde ich nachdenken. »Ja.« Ich beugte mich leicht vor und senkte meine Stimme, als wollte ich ein skandalöses Geheimnis verraten. »Versuch dich zu entspannen. Du könntest zumindest so *tun*, als wärst du menschlich.«

Endlich legte er das Buch weg und sein Blick hob sich zum ersten Mal seit Stunden zu meinem. Die Luft zwischen uns veränderte sich – wurde schwer, elektrisierend. Ein unwillkommener Salto in meinem Magen, nur für mich allein.

»Das ist für mich entspannend«, sagte er mit leiser, ruhiger Stimme.

Mein Blick fiel auf den Titel: *Der Graf von Monte Christo.*

Na klar. Er liest eine tausendseitige Rache-Saga mit der Intensität eines Mannes, der eine taktische Operation plant. Total normal. Total entspannend.

Und verdammt, das hätte nicht heiß sein dürfen. Aber mein Puls verriet mich und beschleunigte sich, als ob er wüsste, wie nah er war. Als ob er wüsste, dass seine ungeheuer ruhige Atmung und sein undurchschaubarer Gesichtsausdruck mich völlig durcheinanderbrachten. Ich schnaubte und lehnte mich so schnell zurück, dass ich mir beinahe den Kopf am Sitz stieß. Ich schnappte mir das Bordmagazin und blätterte mit unnötiger Gewalt darin. »Tja, du machst es falsch«, murmelte ich mit einer angespannteren Stimme, als mir lieb war.

Aus dem Augenwinkel sah ich etwas, das ein flüchtiger Anflug von Genugtuung hätte sein können. Max Harrington, Mr. Spießig, Mr. Null Überraschungen, genoss das hier.

Und das war inakzeptabel.

Ich musste diese Runde gewinnen. Ich kann auch die Kontrolle haben.

Ich blätterte eine weitere Seite um und heuchelte großes Interesse an einem Artikel über *Die zehn besten Schloss-Reiseziele in Europa*. »Wetten, du hast nicht ein einziges Mal gedöst«, sagte ich und beobachtete ihn immer noch durch meine Wimpern. »Na los. Mach mal eine Pause. Ich behalte die Dinge hier für eine Weile im Auge.«

Max legte den Kopf schief und sein Grinsen vertiefte sich kaum merklich. »Nicht die geringste Chance.«

Verdammt sei er.

Als wir landeten, war ich erschöpft, genervt und völlig aus dem Gleichgewicht. Max sah natürlich vollkommen unberührt aus, als er sein perfekt gepacktes Handgepäck aus dem Gepäckfach holte. Keine einzige Falte in seinem

Hemd, kein Haar, das nicht saß, als wäre der zehnstündige Flug an allen anderen außer ihm vorbeigegangen. Aber diese Bartstoppeln? Ein Fünf-Uhr-Schatten, scharf genug, um den moralischen Kompass eines Mädchens neu zu justieren. Er schwang die Tasche über seine Schulter, warf mir einen Blick zu, sein Grinsen dezent, aber es brachte mein Blut trotzdem zum Kochen. »Willkommen in Schottland. Versuch, mich nicht dazu zu bringen, das hier zu bereuen.«

»Gib mir einen Tag. Ich steck dich in einen Kilt und bring dich zum Lächeln, als wärst du hier geboren.« Ich schnappte mir meine Tasche und schleppte sie mit den letzten Resten meiner Energie aus dem Flugzeug.

Mein Grinsen? Überheblich wie sonst was.

Mein Abgang? Nicht so sehr. Mein Handgepäck verfing sich im Sitz und hätte mich beinahe in den Gang katapultiert.

Max' Hand schoss vor und stabilisierte mich mit einem ärgerlich festen Griff an meinem Arm.

»Vorsicht«, sagte er, ruhig und zum Wahnsinnigwerden.

Ich riss meinen Arm zurück, während mir die Hitze den Hals hochkroch. »Mir geht's gut. Danke.«

Seine Hand verweilte eine halbe Sekunde in der Luft, bevor er sie sinken ließ und einen Schritt zurücktrat, um mich vorbeizulassen. »Mach es dir nicht zu bequem«, sagte er, als wir aus dem Flugzeug stiegen, seine Stimme so leise, dass nur ich sie hören konnte. »Du wirst gleich völlig überfordert sein.«

Ich schnaubte und umklammerte meine Tasche fester. »Bitte. Ich habe die Tiefe *erfunden*.«

Er summte, sein Schritt nur ein kleines bisschen zu selbstbewusst, als wir den Terminal verließen.

Aber als wir die Zollkontrolle erreichten, wurde ich den Knoten, der sich in meinem Magen zusammenzog, nicht los. Es war nicht nur die Erschöpfung oder der Ärger oder die Tatsache, dass ich stundenlang in diesem Sitz festgesessen hatte.

Es war er.

Ich richtete meinen Griff und zwang mich zu atmen. Fast zehn Stunden Turbulenzen, sowohl buchstäbliche als auch von Max verursachte, und die Reise hatte noch nicht einmal begonnen.

Wenn Max Harrington mich bis zum Ende dieser Reise nicht umbrachte, dann nur, weil er abgelenkt war, während er mich über eine Sicherheitskontrolle beugte.

Jesus. Was ist nur los mit mir?

4

Willkommen in Schottland: Eine Katastrophe gefällig?

IN DEM MOMENT, ALS wir die große Lobby des in ein Luxusresort umgewandelten Schlosses betraten, wäre ich am liebsten im Boden versunken. Nicht aus Ehrfurcht (obwohl die gewölbten Decken, die jahrhundertealten Kronleuchter und der riesige, lodernde Kamin objektiv beeindruckend waren), sondern aus schierer, bis in die Knochen reichender Erschöpfung. Die Luft roch nach altem Holz, Kaminrauch und etwas zart Blumigem – elegant und altmodisch, als trüge das Schloss selbst seinen eigenen, unverkennbaren Duft.

Nachtflüge waren die Hölle.

Der Concierge, ein gut aussehender älterer Herr in einem perfekt gebügelten Anzug, strahlte, als ich an den Tresen trat. »Willkommen in Castle Glenmara, Ms. Wilder. Mr. Harrington«, fügte er mit einem höflichen, aber merklich weniger enthusiastischen Nicken in Max' Richtung hinzu.

Ich warf Max ein spöttisches Grinsen zu. Siehst du? Die Leute mögen mich.

Er biss nicht an, sondern stand nur mit einer Miene geübter Gleichgültigkeit neben mir und scrollte durch sein Handy.

»Zwei Suiten, genau wie vereinbart«, sagte ich geschmeidig und klopfte auf den Tresen. »Ich habe es dreifach überprüft.«

Der Concierge lächelte und schob unsere Schlüsselkarten über die polierte Oberfläche. »In der Tat, Ms. Wilder. Sie sind im Ostflügel und Mr. Harrington im Nordflügel.«

Ich atmete aus und stellte mir bereits ein dampfendes Bad und mindestens eine Stunde frei von dem durch Max verursachten Stress vor. »Fabelhaft.«

Der Blick des Concierges verweilte mit einem freundlichen Lächeln auf mir, vielleicht ein wenig zu freundlich, nach dem subtilen Anspannen von Max' Kiefer zu urteilen.

»Wenn Sie irgendetwas brauchen, Ms. Wilder«, sagte er herzlich, »unser Butler-Service ist rund um die Uhr verfügbar.«

Ich wurde hellhörig. »Das klingt gefährlich.«

Der Concierge kicherte. »Ganz und gar nicht. Wir sind hier, um Ihren Aufenthalt so reibungslos wie möglich zu gestalten.«

Ich klopfte auf den Tresen und überlegte. »Okay, seien Sie ehrlich – was ist die haarsträubendste Anfrage, die Sie je bekommen haben?«

Sein Lächeln wurde breiter. »Wir haben einmal einen Dudelsackspieler engagiert, der jeden Morgen einen Gast wecken sollte.«

Ich grinste und warf Max einen Blick zu. »Das ist ja spektakulär. Ich meine, wer braucht schon einen Wecker, wenn man den Tag mit einem richtigen schottischen Soundtrack beginnen kann?«

Max rieb sich den Nasenrücken. »Zum Wohle aller, die hier übernachten, komm bitte nicht einmal auf die Idee.«

Der Concierge lachte und schob mir unauffällig eine Karte zu. »Falls Sie Ihre Meinung ändern, wir haben ausgezeichnete lokale Musiker.«

Max gab ein ersticktes Geräusch von sich, aber ich steckte die Karte mit einem Augenzwinkern in meine Handtasche. »Wird vermerkt.«

»Ms. Wilder«, fügte der Concierge mit sanfterer Stimme hinzu, »wir hoffen wirklich, dass Sie Ihren Aufenthalt genießen. Bitte zögern Sie nicht, uns wissen zu lassen, ob wir irgendetwas tun können, um Ihren Besuch noch besonderer zu machen.«

Max verdrehte die Augen und schnappte sich seinen Schlüssel, als wäre mein überlegenes Kundenservice-Erlebnis eine persönliche Beleidigung.

»Wir sehen uns heute Nachmittag bei unserem Treffen, Harrington«, sagte ich leichthin und drehte mich bereits zum Aufzug um. Ich hörte seine Antwort kaum. Ich war gedanklich schon dabei, in meine zukünftige Badewanne einzuchecken.

Das späte Vormittagslicht strömte durch die Flügelfenster, die blassen, hauchdünnen Vorhänge bewegten sich sanft in der Brise. Ich sank tiefer in die übergroße Wanne und ließ das warme Wasser die letzte Müdigkeit des Fluges aus meinem Körper vertreiben. Ich hatte mein langes Haar zu einem unordentlichen Knoten aufgetürmt, und ein paar gewellte Strähnen klebten an meiner Haut, als ich meinen Kopf an den Rand der Wanne zurücklehnte.

Das. Genau das hatte ich gebraucht.

Ich hatte gerade die Augen geschlossen, als ein lauter Knall die Wände erzittern ließ, unmittelbar gefolgt von einem sehr besorgniserregenden Rauschen. Ich schreckte hoch, die Augen weit aufgerissen. Einen Augenblick später schoss Wasser aus dem Waschtisch und spritzte wie aus einem geplatzten Hydranten über den Marmorboden.

»Das kann doch wohl nicht euer Ernst sein.«

Ich kletterte aus der Wanne und schnappte mir kaum ein Handtuch, bevor die Flut durch den Raum schoss. Tropfnass stürzte ich ins Nebenzimmer und hämmerte auf den Knopf für die Rezeption.

»Hier ist Rayann Wilder im Ostflügel«, sagte ich atemlos, in ein Handtuch gewickelt. »Entweder gehört zu dieser Suite ein Indoor-Wasserfall, oder Ihre Rohrleitungen proben den Aufstand.«

Die Frau am anderen Ende der Leitung schnappte nach Luft. »Oh nein! Das tut mir furchtbar leid, Ms. Wilder. Wir schicken sofort die Instandhaltung.«

»Danke, aber ich brauche bitte ein anderes Zimmer, bevor ich ertrinke.«

Ich ließ das Handtuch fallen, zog mir eine Yogahose an und griff nach dem Erstbesten, was ich erreichen konnte – einem übergroßen Pullover, der mir bis zur Mitte der Oberschenkel reichte und eindeutig nicht für Notfälle gedacht war. Der Ausschnitt rutschte mir von einer Schulter, als ich meine Arme durch die Ärmel zwängte, und der anschmiegsame Stoff machte peinlich deutlich, dass ich vergessen hatte, einen BH anzuziehen. »Bitte sagen Sie mir, dass Sie noch eine andere Suite frei haben.«

Stille. Dann: »Ich fürchte, wir sind für das Wochenende komplett ausgebucht. Allerdings ... es gibt eine andere Suite.«

»Okay. Wo ist der Haken?«

Sie zögerte. »Sie ist bereits belegt.«

Mir sank der Magen in die Kniekehlen.

»Von Mr. Harrington.«

Scheiße.

Als ich Max' Suite erreichte, lief ich nur noch auf einem Gemisch aus Irritation und nassen Haaren. Mein Pullover klebte an mir, als hätte er jegliche Würde aufgegeben.

Die Erschöpfung drückte mich nieder, aber der Frust hielt mich aufrecht. So hatte ich mir meinen ersten Tag in Schottland nicht vorgestellt.

Ich klopfte und wappnete mich für welchen selbstgefälligen Spruch auch immer Max auf Lager hatte. Die Tür schwang fast sofort auf. Da stand er – die Ärmel hochgekrempelt, ein Tablet in der Hand, die Augenbrauen hochgezogen, während sein Blick über mich glitt.

Nackte Schulter. Die Yogahose wie eine zweite Haut. Und, oh Scheiße.

Kein BH.

Für eine Sekunde zuckte etwas Unbewachtes in seinen Augen. *Und warum genau ist meine Temperatur gerade um ein paar Grad gestiegen?*

Ich atmete aus. »Ich weiß, das ist nicht ideal, aber ... danke, dass du mich hier unterkommen lässt.«

Er antwortete nicht sofort. Seine Hand verkrampfte sich am Türrahmen mit der Anspannung von jemandem, der Schläge erwartet, nicht Frieden. Dann trat er zurück. »Komm rein, Rayann.«

Ich trat über die Schwelle und spürte, wie sich mein Puls langsam beruhigte. »Ich habe das Hotel gebeten, meine Koffer rüberzubringen. Sie sollten bald hier sein.«

Max musterte mich, seufzte dann und schob seine Ärmel höher. Seine Unterarme spannten sich an, als er sich bewegte, stärker, als ich erwartet hatte. »Harter Morgen?«

Ich lachte humorlos auf. »Woran hast du das nur gemerkt? Am Beinahe-Ertrinken oder an der Tatsache, dass ich nach Luxus-Handseife rieche?«

Er lächelte, nur ganz leicht, aber es zählte.

Ich fuhr mir mit der Hand durch die feuchten Wellen und stieß den Atem aus. »Wie auch immer. Ich werde dir, äh, nicht im Weg sein. Versprochen, dass ich deine Routine nicht durcheinanderbringe.«

Er schüttelte den Kopf. »Irgendwie glaube ich das nicht.«

Ich grinste. »Kluger Mann.«

Max ging zum Schreibtisch und stützte eine Hand auf die Kante. Seine Finger gruben sich in das polierte Holz, als wäre es das Einzige, was ihm Halt gab.

Sein Blick war fest, nur ein wenig zu fest, aber darunter flackerte etwas. Ein Zögern. Eine leise Veränderung.

Ich drehte mich zum zweiten Schlafzimmer um, aber seine Stimme hielt mich auf. »Sie haben gesagt, dein Gepäck ist bald da?«

Ich blickte zurück. Sein Blick wanderte über mein Gesicht – kein Make-up, gerötete Wangen, die Art von »natürlichem Glanz«, der nur von Badewasser und Panik herrührte – und dann tiefer, zu dem Pullover, der sich an all den falschen Stellen an meinen Körper schmiegte. Er sagte nichts, aber sein Kiefer spannte sich an, und seine Finger krümmten sich auf dem Schreibtisch.

Als hätte er es bemerkt, aber versucht, es sich nicht anmerken zu lassen.

Die Luft wurde spürbar dicker. Ich schluckte. »Alles gut?«

Max blinzelte, langsam und bedächtig, dann zwang er seinen Blick zurück auf mein Gesicht, als würde es ihn Anstrengung kosten. »Ja«, sagte er mit tieferer Stimme. »Alles gut.«

Ein Knoten zog sich tief in meinem Magen zusammen.

Er setzte sich, klappte seinen Laptop auf, und der Moment war vorbei. Seine Finger flogen über die Tastatur; der Arbeitsmodus war wieder aktiviert. »Ich muss sicherstellen, dass es vor dem Meeting keine Überraschungen gibt. Du kannst ... tun, was auch immer du tust, um dich zu entspannen.«

Ich kniff die Augen zusammen. »Max.«

Er blickte nicht auf. »Rayann.«

Ich schnaubte, schnappte mir meine Tasche und ging in Richtung des anderen Zimmers. Aber als ich die Tür erreichte, hätte ich schwören können, dass ich seinen Blick wieder auf mir spürte.

Die Suite war, zugegebenermaßen, genauso atemberaubend wie die andere. Bodentiefe Fenster gaben den Blick auf die nebligen Highlands frei, die Luft war erfüllt vom Geruch von Holzrauch und Frühlingsregen. Vom Schlafzimmer aus war die Aussicht atemberaubend – schroffe Gipfel, dunkel und düster, vor einem Himmel, der sich nicht entscheiden konnte, ob er stürmen oder scheinen sollte.

Ich legte meine Tasche auf das Bett, holte meinen tragbaren Lautsprecher heraus und startete meine Lieblings-Jazz-Playlist, gerade als der Concierge mein Gepäck lieferte. Warme, gefühlvolle Klänge erfüllten den

Raum und legten sich um mich wie Samt. Ich atmete tief aus, und mit jeder rauchigen Strophe und jeder langsamen Bläserlinie löste sich die Anspannung.

Nach etwa einer halben Stunde riss mich ein Klopfen aus meinen Gedanken. Ich öffnete die Tür einen Spaltbreit. Max stand davor, die Ärmel immer noch hochgekrempelt, sein Gesichtsausdruck war unleserlich.

»Hätte dich nicht für einen Jazzfan gehalten.«

Ich lehnte mich an den Rahmen. »Ich mag alle Arten von Musik. Aber Jazz ist mein Favorit. Ella oder Miles gehen immer. Das hilft mir, abzuschalten.«

Er nickte leicht und trommelte mit den Fingern auf den Türrahmen. »Das passt zu dir.«

Ich blinzelte. »Was soll das heißen?«

Sein Blick hielt meinem stand. »Unerwartet. Aber es passt.«

Mein Magen machte einen Satz.

Ich wandte mich ab, nahm einen Kleiderbügel und glättete die Falten einer Bluse. »Hast du eine Vorliebe? Ich kann es leiser machen, wenn es dich stört.«

Max schüttelte den Kopf. »Schon gut. Lass es laufen.«

Die Bemerkung war so beiläufig, dass ich sie fast überhört hätte, aber irgendetwas in seinem Ton ließ eine warme Röte meinen Hals hinaufkriechen. Er rührte sich nicht.

Ich blickte zurück. »Brauchtest du etwas?«

Er zögerte. »Hast du schon gegessen?«

Ich runzelte die Stirn. »Nicht mehr seit dem Frühstück im Flugzeug.«

Er nickte, als ob das etwas bestätigte. »Es gibt unten ein Restaurant. Wir sollten vor dem Meeting etwas essen.«

Es war keine Frage, aber auch nicht ganz ein Befehl.

Ich zog eine Augenbraue hoch. »Lädst du mich zum Mittagessen ein?«

Max atmete aus, als hätte er das kommen sehen. »Ich sage nur, dass es sinnvoll ist, jetzt zu essen, damit wir uns später keine Gedanken mehr darüber machen müssen.«

Ich unterdrückte ein Lächeln. »Klingt wie eine Einladung.«

Er zuckte mit den Schultern und ignorierte das. »Wenn du dir lieber selbst etwas suchen willst –«

»Nein«, sagte ich schnell. »Mittagessen klingt gut.«

Max hielt meinen Blick noch einen Moment länger, bevor er nickte. »Ich treffe dich in zehn Minuten unten.«

Zehn Minuten? Mist.

Ich wirbelte zu meinem Koffer herum und rechnete blitzschnell. Hinter mir folgte seine Stimme, leise und amüsiert, mit einem Hauch von selbstgefälliger Genugtuung. »Versuch, mich nicht warten zu lassen. Und vergiss deine Notizen nicht.«

Das würdigte ich keiner Antwort. Ich schnappte mir das erstbeste Teil, das nicht zerknittert war – ein luftiges, elfenbeinfarbenes Sommerkleid, das nach unbeabsichtigter Ablenkung schrie.

Ein Hauch Lipgloss. Ein paar lockere Wellen, die ich mir am Hinterkopf feststeckte. In drei Minuten war ich aus der Tür.

Pünktlich würde er mich bekommen. Aber er würde verdammt noch mal auch etwas anderes bekommen, worüber er sich den Kopf zerbrechen konnte.

5

Das Flitterwochen-Special

M AX WARTETE IN DER Nähe des Eingangs zur Lobby und scrollte durch sein Handy. Zuerst bemerkte er mich nicht, doch als er mich dann sah, verkrampfte sich sein Griff für eine Sekunde, bevor er das Gerät in seine Tasche gleiten ließ, als würde es ihn verbrennen.

Sein Gesicht? Glatt, undurchschaubar.

Seine Augen? Tja, die eher weniger.

Ich unterdrückte ein Grinsen und überbrückte die Distanz. »Bereit?«

Sein Blick wanderte langsam und absichtsvoll über mich, bevor er ausatmete. »Gehen wir.«

Und einfach so hatte das Spiel begonnen.

Das Restaurant im Innenhof des Schlosses entsprach genau meiner Vorstellung: gemütlich, charmant und an efeubewachsene Steinmauern geschmiegt, mit einer Freiluftterrasse, die einen Blick auf das schottische Hochmoor bot. Der Duft von frisch gebackenem Brot und langsam gebratenem Lamm lag in der Luft – butterig und kräftig, durchzogen von Rosmarin und Rauch – und mischte sich mit dem leisen Gemurmel der Gespräche und den Lachsalven von den Nachbartischen.

Ich atmete langsam aus, nahm alles in mich auf und stellte mir bereits vor, wie ich diesen Ort zukünftigen Kunden verkaufen würde. Romantisch, intim, mühelos magisch. Max musterte den Ort natürlich mit dem ganzen Misstrauen von jemandem, der einen Überfall erwartete. Sein Blick wanderte über die Küche, die Terrasse, die Ausgänge – finster und effizient, mit der ruhigen Gewissheit von jemandem, der bereits das schlimmste Szenario durchgeplant hatte.

Ich lächelte, als die Empfangsdame uns zu unserem Tisch führte. »Dir ist schon klar, dass wir keinen Raubüberfall planen, oder?«

Max zog seinen Stuhl heraus, blieb aber stehen, während seine Augen immer noch den Raum absuchten. »Warte nur ab.«

Ich verdrehte die Augen. »Du lebst ja förmlich für den schlimmsten Fall, nicht wahr?«

Endlich ließ er sich auf seinen Platz gleiten und klappte die ledergebundene Speisekarte auf. »Ich plane für sie.«

»Klar. Und ist dir schon mal in den Sinn gekommen, dass die Dinge manchmal tatsächlich reibungslos verlaufen?«

Seine Lippen wurden zu einem flachen Strich, ein Seufzer schwebte knapp dahinter. »Optimismus ist nett. Genau bis zu dem Moment, in dem er dich kalt erwischt.«

Ich runzelte die Stirn. »Das ist nicht ...«

»Du glaubst an den besten Fall.« Seine Augen trafen meine, ausdruckslos und direkt. »Ich bereite mich auf alles andere vor.«

Ich öffnete den Mund, um zu widersprechen, aber es kam nichts heraus. Denn ärgerlicherweise hatte er nicht unrecht. Max erwartete nicht nur, dass die Dinge schiefgingen. Er plante es im Voraus. Er baute sein Leben auf Notfallplänen auf und lebte in einer Welt, in der Scheitern keine Option war. Und ich? Ich glaubte, dass Anstrengung zählte. Dass man es, wenn man etwas nur fest genug wollte, schon irgendwie hinbekam.

Keiner von uns beiden brach den Blickkontakt.

Bevor ich die Sache weiterverfolgen konnte, erschien der Kellner, als wäre er von göttlicher Vorsehung geschickt worden, bewaffnet mit einer gebügelten Weste. Er war auf diese charmante Silberfuchs-Art, mit einem Funkeln in den Augen, sein Lächeln landete auf mir und blieb dort. Ich griff nach meinem Wasser und tat so, als käme die plötzliche Wärme in meiner Brust von der Sonne und nicht von dem Blick. Max suchte nicht mehr die Ausgänge ab. Oder die Gäste. Seine Aufmerksamkeit hatte sich auf mich fixiert, und diesmal tat er nicht so, als wäre es anders.

»Willkommen, ihr beiden Turteltauben«, sagte der Kellner herzlich und stellte zwei Gläser Wasser ab.

Max erstarrte, als hätte jemand eine Granate in Schottenmuster-Verpackung auf seinen Schoß fallen lassen.

Ich blinzelte. »Oh, wir sind nicht ...«

Aber der Kellner grinste nur. »Ach, seien Sie nicht schüchtern. Wir haben hier eine Menge Flitterwöchner. Womit darf ich Ihnen denn eine Freude machen?«

Ich hätte es dabei belassen können. Verdammt, ich *hätte* es dabei belassen sollen. Aber wo bleibt da der Spaß?

Stattdessen schenkte ich dem Kellner ein Lächeln, lehnte mich aber zu Max und streifte dabei seinen Unterarm mit einer Berührung, die die reinste Provokation war.

»Was meinst du, Liebling? Champagner und Austern? Oder heben wir uns das Vergnügen für später auf?«

Seine Finger zuckten, als er sich einen Atemzug näher zu mir bewegte. Kaum merklich, aber genug, um meinen Puls in die Höhe schnellen zu lassen.

Der Kellner strahlte. »Das ist die richtige Einstellung! Dürfte ich den Wildbreteintopf vorschlagen? Eine lokale Spezialität.«

»Klingt perfekt«, sagte ich und reichte ihm meine Speisekarte, bevor ich mich wieder Max zuwandte, dessen Gesichtsausdruck so trocken war, dass er seinen eigenen Single Malt hätte brennen können.

»Wunderbar«, sagte der Kellner. »Und für Sie, mein Herr?«

Max' Augen verließen meine nicht, als er seine Speisekarte zuklappte. »Dasselbe für mich«, sagte er angespannt. »Und zwei von Ihren besten Hausbieren.«

Ein Flackern. Ein winziges Stocken in seiner Stimme. In einer Sekunde wieder verschwunden, aber nicht bevor ich es mir für später gemerkt hatte.

Ich konnte mir ein Grinsen kaum verkneifen. »Triffst du jetzt schon Getränkeentscheidungen für mich? Vorsicht, so fangen Gerüchte an.«

Sobald der Kellner weg war, beugte Max sich vor, die Unterarme ruhig, und trug den Gesichtsausdruck eines

Mannes, der gerade in ein Spiel hineingestolpert war, von dem er nicht wusste, dass er zugestimmt hatte. »Amüsierst du dich?«

Seine Stimme war geschmeidig, aber seine Finger trommelten einen Rhythmus, der nach Zurückhaltung schrie.

Ich legte den Kopf schief. »Vielleicht ein bisschen. Und du?«

Was auch immer hinter seinen Augen aufblitzte, er vergrub es schnell. Zu schnell. »Das wird sich noch zeigen.«

Ich stieß ein Lachen aus und schüttelte den Kopf. »Du brauchst ein Hobby, Harrington.«

Seine Augenbrauen zuckten nach oben, als hätte ich gerade Einhornbändigen vorgeschlagen. »Ich habe Hobbys.«

»Ach ja?« Ich rückte näher und stützte mein Kinn auf die Hand. »Nenn mir eins.«

Eine Pause, so kurz, dass man sie übersehen hätte, wenn man nicht aufgepasst hätte.

Max nahm einen Schluck Wasser mit der unbeeindruckten Lässigkeit von jemandem, der in einer anderen Zeitzone operierte. »Ich arbeite.« Er nahm noch einen Schluck, so ruhig wie immer. »Und bändige Alligatoren zum Stressabbau. Aber nur die gemeinen.«

Ich stöhnte auf und ließ mich in den Sitz zurückfallen. »Okay, Florida Man. Das zählt trotzdem nicht.«

»Du solltest mich mal in Excel schreien hören«, sagte er mit einem Achselzucken.

»Oh, ich wette, deine Tabellen haben auch noch mal Tabellen.«

Max beugte sich vor, seine Stimme war leise. »Vorsicht, Rayann. Du bist nur noch einen neunmalklugen Spruch davon entfernt herauszufinden, was ich zum Spaß mache.«

Ich hob eine Augenbraue und passte mich seinem Ton an. »Ist das eine Drohung oder eine Einladung?«

Er antwortete nicht. Er starrte mich nur an, lud jede mögliche Interpretation ein, bot aber keine an.

Ich grinste und schaltete um. »Na gut, in Ordnung. Tu mir einen Gefallen. Wenn ich dich fragen würde, was du auf solchen Reisen wirklich zum Spaß machst, etwas anderes als Fluchtwege auswendig zu lernen, was würdest du sagen?«

Er musterte mich einen Wimpernschlag zu lang und gab mir absolut nichts preis, außer dem subtilen Funken Unfug, den er nicht ganz verbergen konnte.

Dann, so geschmeidig wie immer: »Ich würde sagen, das ist geheim.«

Ich stieß einen theatralischen Seufzer aus. »Gott, du bist anstrengend. Und ein hoffnungsloser Fall.«

Dieses winzige Fünkchen Belustigung kehrte zurück, subtil, aber unverkennbar. »Das habe ich schon gehört.«

Ich hob mein Glas in seine Richtung. »Wusste ich's doch.«

Der Kellner tauchte genau im richtigen Moment wieder auf, stellte mit einem wissenden Lächeln zwei Pints ab und verschwand dann wieder. Der Duft stieg mir in die Nase, mit einem Hauch von Toffee und Rauch – weich, kontrolliert und allzu leicht zu unterschätzen. Genau wie er.

Max hob sein Bier, nahm einen abgemessenen Schluck und setzte es dann mit dieser wahnsinnig machenden, fast rituellen Ruhe wieder ab. »Es kommt nicht oft vor, dass ich mich tatsächlich zum Mittagessen hinsetze.«

Ich legte den Kopf schief und musterte ihn. »Zu beschäftigt damit, die Welt zu retten?«

Um seine Lippen zuckte es. »So was in der Art.«

Ich grinste und schwenkte mein Bier. »Und ich dachte schon, du gönnst dir zwischen den Katastrophen wenigstens einen Proteinriegel.«

Sein Mundwinkel zuckte, aber seine Finger trommelten langsam und nachdenklich auf sein Glas. »Am Schreibtisch zu essen erfüllt seinen Zweck.«

»Effizient, klar. Aber auch irgendwie tragisch.«

Sein Blick wanderte zur Terrasse, verweilte dort einen Moment, bevor er sich wieder auf mich richtete. »Nicht jeder arbeitet wegen der Vorzüge, Rayann.«

Ich hob mein Bier. »Du sagst das so, als ob ich nichts auf die Reihe kriegen würde.«

Max sah mich direkt an, sein eiskaltes Pokerface fest im Griff. »Nur eine Beobachtung.«

Ich war gerade dabei, eine Erwiderung zu formulieren, als ich erstarrte. Zwei Tische weiter war eine der McIvey-Cousinen voll im Meckermodus und stritt sich mit einer Koordinatorin für den Veranstaltungsort, wobei ihre Hände scharfe Linien in die Luft malten.

Mein Magen zog sich zusammen, scharf und vertraut.

Na, toll.

6

Vorhersage: Stürmisch mit Aussicht auf Drama

ICH RICHTETE MICH AUF und stellte mein Getränk ab. »Bin gleich wieder da«, sagte ich und schob meinen Stuhl bereits zurück, bevor Max nachfragen konnte.

Er warf dem Cousin einen scharfen, prüfenden Blick zu. »Rayann.«

Ich ignorierte ihn und schlängelte mich durch die Tische.

Lachlan McIvey sah auf, als ich mich näherte, und sein Ausdruck wandelte sich von Frustration zu etwas Wärmerem. Der schwache Duft von altem Leder und Highland-Whiskey umgab ihn—Tradition und Hitze, mit gerade genug Biss, um Aufmerksamkeit zu erregen. »Ms.

Wilder«, begrüßte er mich und erhob sich leicht von seinem Platz.

»Rayann, bitte«, korrigierte ich ihn mit einem Lächeln und ließ mich auf den leeren Stuhl ihm gegenüber gleiten. »Ich hoffe, Sie genießen Ihren Aufenthalt bisher.«

Er zögerte. »Aye, es ist—« Sein Blick schnellte zu dem Koordinator neben ihm, der plötzlich sichtlich unbehaglich aussah.

Etwas stimmte hier ganz und gar nicht.

Ich legte meine Arme auf den Tisch und achtete auf eine gleichmäßige Stimme. »Lachlan, wenn es ein Problem gibt, wüsste ich es lieber jetzt, als später kalt erwischt zu werden.«

Der Koordinator spannte sich an, als würde er auf die Erlaubnis warten, zu sprechen.

Schließlich seufzte Lachlan. »Es hat nichts mit Ihrem Team zu tun. Alles wurde wunderbar gehandhabt. Es ist nur...« Er fuhr sich mit der Hand über die Bartstoppeln. »Es gab ein paar Gerüchte. Einige meiner Verwandten sind nicht... begeistert von der Location.«

Ein Anflug von Unbehagen machte sich in meinem Magen breit. »Dem Veranstaltungsort? Aber das war doch die Wahl von Fiona und Collum.«

»Aye, aber Sie müssen verstehen, dass alter Groll tief sitzt.« Seine Lippen pressten sich zu einer schmalen Linie zusammen. »Dieses Land hat einst meiner Familie gehört – bis die McAlisters es vor Jahrhunderten an sich gerissen haben. Einige der älteren Familienmitglieder sind nicht glücklich darüber, hier zu feiern.«

Ein langsames, flaues Gefühl breitete sich in meinem Magen aus. Die Geschichte. Die schwelenden Spannungen. Die Fehde, die auch nach all der Zeit noch nicht ganz beigelegt war. Summers Warnsignal begann, sich wie eine ausgewachsene Alarmsirene anzufühlen.

Ich atmete zur Beruhigung tief durch. »Ich weiß es zu schätzen, dass Sie mir das sagen«, sagte ich mit ruhigem und sanftem Ton. »Lassen Sie mich intern ein paar Dinge prüfen, um zu sehen, ob wir etwas tun können, um die Sache zu erleichtern.«

Lachlan atmete aus und nickte einmal. »Danke.«

Ich drückte leicht seine Hand, bevor ich mich vom Stuhl erhob und zu meinem Tisch zurückkehrte.

Max beobachtete mich bereits. Nicht beiläufig – er studierte mich. Sein Gesichtsausdruck war unleserlich, aber seine Augen waren rasiermesserscharf und durchschnitten das lebhafte Geplapper des Restaurants wie eine Klinge.

Ich hatte kaum Zeit, mich hinzusetzen, bevor er sprach. »Was ist los?«

Ich hob mein Bier und nahm einen langsamen, abgemessenen Schluck. »Nichts ist los.«

Seine Augenbraue hob sich in einer stummen Entgegnung.

Ich seufzte und stellte mein Glas ab. »Noch nicht.«

Max legte seinen Löffel hin. Bedächtig und kontrolliert. Sein voller Fokus heftete sich an mich wie eine wärmesuchende Rakete. »Sprich.«

Ich überlegte, es herunterzuspielen, ihn vielleicht noch ein bisschen schmoren zu lassen. Aber die Hitze in seinen Augen sagte mir, dass ich damit nicht weit kommen würde. Ich beugte mich leicht vor, mein Ton war leise und bestimmt. »Einige der Ältesten der McIveys haben Vorbehalte gegen den Veranstaltungsort.«

Sein Kiefer spannte sich an. *»Soll heißen?«*

»Soll heißen, dieses Land gehörte früher ihrer Familie, bis die McAlisters es vor Ewigkeiten bekommen haben. Sie sind nicht gerade begeistert, hier eine Hochzeit zu feiern.«

Max' Finger krümmten sich um sein Glas. Sein Griff war nicht fest, aber er war da. Als würde er sich bereits auf den Aufprall vorbereiten. »Das ist mehr als ›nicht begeistert‹. Das ist ein Problem.«

»Schon gut«, sagte ich leichthin und nahm meinen Löffel. »Ich habe Lachlan gesagt, dass ich mich intern darum kümmern und ein paar Möglichkeiten prüfen werde, um die Spannungen abzubauen.«

Max' Gesichtszüge verhärteten sich. »Und das wolltest du mir wann erzählen?«

Ich ließ langsam die Luft aus meinen Lungen und wappnete mich bereits für den Streit. »Max—«

»Nein. Wann?« Sein Ton war leise, auf diese todernste Art, die meinen Puls beschleunigte.

Ich warf eine Hand in die Luft. »Ich sage es dir doch gerade, oder nicht?«

Sein Blick wurde schärfer. »Du hättest es mir in der Sekunde sagen sollen, als du es wusstest.«

Oh, diese Diskussion würden wir nicht mitten beim Mittagessen führen. Ich spießte einen Bissen Eintopf auf und tat so, als bemerkte ich nicht, wie sein Blick mich auf meinem Stuhl festnagelte.

Max beugte sich vor, die Unterarme auf den Tisch gestützt. Seine Worte waren abgemessen, aber unnachgiebig. »Wir müssen vor dem Meeting reden.«

Ich schob mein Wasserglas beiseite und erwiderte seinen Blick. »Ja. Das müssen wir.«

Sobald wir das Restaurant verließen, war die Veränderung augenblicklich. Max' Schritte wurden länger, seine

Züge nahmen einen unleserlichen, effizienten Ausdruck an. Nur noch Geschäft.

Ich hingegen wälzte noch jedes Wort aus Lachlans Gespräch in meinem Kopf hin und her und versuchte herauszufinden, ob wir ein Problem hatten oder nur ein paar mürrische alte Männer mit einem langen Gedächtnis.

Wir waren kaum fünf Schritte gegangen, als Max das Wort ergriff. »Das war kein beiläufiges Nachhaken. Du hast Groll bestätigt, und Groll so kurz vor der Hochzeit? Das ist ein Risiko.«

Ich stieß einen scharfen Atemzug aus und verschränkte die Arme. »Ach, bitte. Es ist ein sentimentales Problem, kein logistisches. Ein bisschen Gemurre von der alten Garde bedeutet nicht, dass die Hochzeit kurz davorsteht zu platzen.«

Anspannung huschte über sein Gesicht. »Das weißt du nicht.«

»Und du weißt nicht, ob es so kommt«, schoss ich zurück, wobei meine Stimme lauter wurde, als ich es beabsichtigt hatte.

Ein vorbeigehendes Paar warf uns einen Seitenblick zu, aber Max zuckte nicht einmal mit der Wimper. Stattdessen trat er näher. Als er sprach, waren seine Worte leiser und hatten noch mehr Gewicht.

»Du spielst es herunter«, sagte er leise. Bestimmt. »Summer hat das aus gutem Grund als problematisch eingestuft. Wenn wir der Sache nicht zuvorkommen, werden wir nach einer Lösung ringen müssen, wenn es bereits zu spät ist.«

Frustration kochte in mir hoch, aber ich atmete tief aus und fing mich wieder. »Max, genau deshalb arbeiten wir so gut zusammen. Du siehst jedes mögliche Worst-Case-Szenario, und ich rede mit echten Menschen. Das ist ein guter Ausgleich.«

Er zog eine Augenbraue hoch. »Das ist mein Job, Rayann. Und ich bin sehr gut in dem, was ich tue.«

Seine Nüstern blähten sich, und für den Bruchteil einer Sekunde dachte ich, er würde mich tatsächlich anknurren. Stattdessen hielt er meinen Blick unverwandt. »Du denkst, ein Lächeln und ein bisschen Nettigkeit lösen alle Probleme«, sagte er, jetzt leiser, aber immer noch zum Zerreißen gespannt. »Manche Konflikte verschwinden nicht, nur weil du die Leute um den Finger wickelst.«

Etwas in der Art, wie er meinen Namen sagte, ließ mir einen Schauer über den Rücken laufen, aber ich weigerte mich, es mir anmerken zu lassen. »Ich bin nicht naiv«, sagte ich mit möglichst neutralem Tonfall. »Ich weiß, wie man mit Leuten umgeht. Wir müssen nicht in ein Wespennest stechen, wenn die Hochzeit in drei Tagen stattfindet.«

Max stieß den Atem aus, fuhr sich mit einer Hand durchs Haar, bevor er noch näher kam. Zu nah. Er berührte mich nicht. Aber ich spürte ihn.

Seine Stimme wurde leiser. »Hier geht es nicht darum, in Wespennester zu stechen. Es geht darum, einen Plan zu haben, bevor etwas eskaliert.«

Die Luft wurde dicker. Keiner von uns bewegte sich. Max' Kiefermuskeln spannten sich an, seine Augen glitten über mein Gesicht, als suchte er nach einer Schwachstelle. Schließlich atmete er aus. »In Ordnung.«

Oh, so beherrscht.

»Wir machen es auf deine Art. Vorerst.« Es war keine Kapitulation, sondern eine Warnung.

Ich hob mein Kinn. »Freut mich zu hören. Schätzchen.«

7

Die Kunst der Überzeugung

Der private Konferenzraum des Schlosses passte zum Rest des Anwesens, mit seinen Gewölbedecken, einem kunstvollen Kamin und einem Mahagonitisch, an dem jahrhundertelang adlige Debatten hätten stattfinden können. Der Raum roch schwach nach altem Papier, Bienenwachspolitur und kaltem Rauch – als wären Macht und Geschichte in die Steine selbst eingesickert. Doch heute wurde nur darüber debattiert, ob diese Hochzeit kurz davor stand, sich in eine historische Nachstellung des Clankrieges zu verwandeln.

Ich atmete tief durch und schätzte die Lage im Raum ein, bevor ich eintrat.

Die Familie McIvey saß auf der einen Seite des langen Tisches, die McAlisters auf der anderen. Dienstleister und

Koordinatoren füllten die Lücken zwischen ihnen. Die Spannung in der Luft war nicht direkt feindselig, aber sie war zum Zerreißen gespannt, erfüllt von der Art von Unbehagen, die jeden Moment umschlagen konnte.

Und dann war da noch Max.

Er stand am Kopfende des Tisches, seine Präsenz mühelos und kontrolliert. Er nahm kaum Notiz von mir, konzentrierte sich bereits auf den vor ihm liegenden Zeitplan, sein Handy daneben, wahrscheinlich schon mit Notfallplänen in der Hinterhand. Ich unterdrückte ein Grinsen. Er konnte so viele Zahlen wälzen, wie er wollte, aber Menschen waren keine Excel-Tabellen.

Das hier? Das war meine Arena.

Ich legte meine Mappe ab und schenkte der Gruppe mein wärmstes, mühelosestes Lächeln. »Ich werde Sie nicht lange aufhalten«, sagte ich mit geübtem Lächeln. Ich begann geschmeidig und strahlte dieselbe ruhige Zuversicht aus, mit der ich Millionengeschäfte abschloss. »Aber ich wollte alle zusammenbringen, um sicherzustellen, dass wir uns einig sind, bevor die Feierlichkeiten beginnen.«

Ein paar höfliche Nicken. Einige steife Haltungen.

Noch nicht ganz bei der Sache. Zeit, das zu ändern.

»Bevor wir anfangen – ich muss sagen, dieser Veranstaltungsort?« Ich machte eine Geste durch den Raum und ließ gerade genug Bewunderung in meine Stimme einfließen. »Absolut atemberaubend. Ich weiß nicht, wie es Ihnen geht, aber ich kann mir schon jetzt vorstellen, wie umwerfend diese Hochzeit sein wird.«

Die jüngeren Familienmitglieder lächelten. Gut. Fang bei denen an, die dafür offen sind.

Fiona McIvey entspannte sich sichtlich, ihre Anspannung ließ nach, als sie ihren Verlobten ansah.

Collum McAlister drückte ihre Hand. »Aye, sie hat recht. Es wird perfekt werden.«

Lachlan McIvey, der Cousin, mit dem ich zuvor gesprochen hatte, bewegte sich leicht, sein Gesichtsausdruck war neutral.

Die älteren Familienmitglieder blieben unnachgiebig – mit verschränkten Armen, gerunzelter Stirn und steinernen Mienen.

Was bedeutete, dass ich noch Arbeit vor mir hatte.

Max sprach als Nächstes, sein Ton war gleichmäßig, rein geschäftlich. »Damit alles nach Plan läuft, werden wir die endgültige Logistik durchgehen, letzte Wünsche bestätigen und sicherstellen, dass alle Dienstleister auf dem gleichen Stand sind.« Er blickte scharf auf. »Wenn es Bedenken gibt, sagen Sie es jetzt.«

Das war mein Stichwort.

Ich faltete meine Hände auf dem Tisch und sah Lachlan direkt an. »Ich verstehe, dass es ein gewisses Unbehagen wegen des Veranstaltungsortes gibt.«

Ein Raunen ging durch den Raum. Eine Veränderung.

Lachlan wechselte einen Blick mit einem der älteren McIvey-Männer, bevor er sich räusperte. »Es ist kein Geheimnis, dass einige Familienmitglieder zwiegespalten sind, die Hochzeit hier abzuhalten.«

Einer der McAlisters schnaubte verächtlich und verschränkte die Arme. »Das ist Jahrhunderte her, Mann. Lass es gut sein.«

Oh, *verdammt*.

Ich hob eine Hand, bevor Lachlan zurückfeuern konnte.

»Ich verstehe das vollkommen«, sagte ich mit ruhiger, warmer, aber fester Stimme. »Und ich respektiere, dass Geschichte Gewicht hat. Dieses Land ist mit der Vergangenheit Ihrer Familie verwoben. Das ist nichts, was man einfach so beiseiteschieben sollte.«

Zuerst Bestätigung geben. Dafür sorgen, dass sie sich gehört fühlen.

Einige der älteren McIveys nickten leicht.

Jetzt war ich am Zug. Ich beugte mich vor und senkte meine Stimme gerade so weit, dass es sich anfühlte, als würde ich sie in einen privaten Moment einweihen. »Und genau deshalb würde ich gerne einen Weg finden, diese Geschichte zu ehren, damit diese Hochzeit keine Erinnerung an einen Konflikt ist, sondern eine Feier, bei der das Vermächtnis beider Familien zusammenkommt.«

Die Atmosphäre veränderte sich. Ich konnte spüren, wie sich Max' Fokus wie ein Gewicht auf mich legte.

Ich sah zu Lachlan. »Welche bedeutungsvolle Geste könnten wir einbauen? Einen Segen, einen Trinkspruch, eine kleine Hommage an das, was dieses Land Ihrer Familie bedeutet hat?«

»Es gibt einen gälischen Segen – einen, den mein Großvater immer aufgesagt hat«, atmete Lachlan langsam aus. »Fad do latha agus oidhche mhath leat. Möge dein Tag lange währen und eine gute Nacht mit dir sein.«

Sein Onkel horchte kaum merklich auf.

Oh, wir waren drin.

Ich strahlte. »Das klingt wunderschön. Lassen Sie uns das direkt vor dem ersten Trinkspruch machen. Ein Moment, um die Vergangenheit anzuerkennen und in die Zukunft zu schreiten.«

Lachlan blickte hinüber. Kein Protest oder sichtbarer Widerstand.

Max musterte mich jetzt, mit einem Gewicht, dem ich fast einen Namen geben konnte. Kalkulierend. Neubewertend.

Ich konzentrierte mich wieder auf die Gruppe und setzte mein bestes Abschluss-Lächeln auf. »Und damit gehen wir jetzt die endgültige Logistik durch.«

Als sich die Gruppe auflöste, ergriff Fiona meinen Arm, ihre Stimme war leise. »Danke. Das lief so viel reibungsloser, als ich erwartet hatte.«

Ich drückte ihre Hand. »Dafür bin ich da.«

Als sich der Raum geleert hatte und nur noch Max und ich übrig waren, atmete ich endlich aus, drehte mich um und ertappte ihn dabei, wie er mich mit verschränkten Armen beobachtete, so undurchschaubar wie immer. Aber unter all dieser Beherrschung brodelte eine Hitze.

Ich legte den Kopf schief. »Brennt dir was auf der Zunge, Harrington?«

Sein Kiefer spannte sich an, doch sein Gesichtsausdruck wurde nachdenklich, während sein Blick über mich wanderte. »Das hast du gut *gemeistert*.«

Ich grinste und griff nach meiner Mappe. »Hast du mir gerade ein Kompliment gemacht?«

Er zuckte nicht mit der Wimper, wich nicht zurück. »Übertreib's nicht.«

Ich lachte und ging zur Tür. »Komm schon. Du kannst mir bei noch einem Pint erzählen, wie beeindruckt du bist.«

Max seufzte, folgte mir aber. Und wenn ich mich nicht irrte, blieb sein Blick etwas länger als üblich auf mir haften.

Max und ich waren kaum durch die Tür, als ich schon schnurstracks auf die Bar zusteuerte. Es war genau das, was ich nach diesem Treffen brauchte. Gedämpftes Licht, alte Steinmauern und der reiche Duft von gealtertem Whiskey und Eiche lag in der Luft – dunkel, rauchig und gerade scharf genug, um die Anspannung des Tages zu durchdringen. Ein alter Jagdhund döste unter einem abgenutzten Barhocker, während der Barkeeper eine bewährte Flasche GlenDronach in ein bereitstehendes Glas kippte. Perfektion.

»Zwei Pints«, sagte ich zum Barkeeper und warf dann einen Blick über meine Schulter. »Oder gehen wir gleich zum harten Zeug über?«

Max trat neben mich und musterte die Flaschen mit derselben Intensität, die er für Einsatzbesprechungen verwendete. »Dalmore 18. Pur.«

Ich zog eine Augenbraue hoch. »Mutig heute Abend, Harrington? Das ist ja nicht gerade die Version mit Stützrädern.«

Seine Finger trommelten ruhig und bestimmt auf den Tresen. »Du hast mich schließlich hierhergeschleppt. Dann soll es sich auch lohnen.«

Oh, das klang wie eine Herausforderung, verpackt in eine Drohung und mit einer Schleife verziert.

Ich stützte einen Arm auf den Tresen und senkte meine Stimme gerade so weit, dass es wirkte. »In dem Fall für mich das Gleiche. Ich will ja nicht, dass du denkst, ich könnte mit dem guten Zeug nicht umgehen.«

Max stieß ein leises, dunkles und amüsiertes Lachen aus, während der Barkeeper einschenkte. »Bist du sicher, dass du da mithalten kannst?«

Ich hob mein Glas in seine Richtung, meine Augen tanzten. »Das werden wir wohl herausfinden, wenn einer von uns unterm Tisch liegt.«

Er warf mir einen Blick zu, der scharf wie eine Klinge war. »Hoffe besser, dass du das nicht bist. Der Boden ist kalt, und ich trage dich nicht zweimal im Leben.«

Wir stießen die Gläser an, und der Duft von Trockenfrüchten und Gewürzen – Wärme in einem Glas, Verführung in Verkleidung – erfüllte den Raum zwischen uns, bevor wir sie an die Lippen führten und den ersten Schluck genossen. Die Wärme breitete sich in meiner Brust aus, sanft und vollmundig, und tat einfach gut. Max atmete aus und stellte sein Glas mit einem zufriedenen Nicken ab. Ich stützte einen Ellbogen auf den Tresen. »Also gut, ich sag's einfach. Das Meeting hätte komplett nach hinten losgehen können, aber es war verdammt nah an perfekt, weil du mir den Rücken freigehalten hast. Also danke dafür.«

Max sah mich an und hob leicht die Augenbrauen, als hätte er das nicht erwartet. »Zollst du mir Anerkennung, Wilder?«

Ich grinste. »Bild dir bloß nichts drauf ein. Das kommt nicht oft vor.«

Er nahm noch einen Schluck, und dieses kaum sichtbare Zucken eines Lächelns spielte um seine Mundwinkel. »Zur Kenntnis genommen.«

Ich prostete ihm mit meinem Glas zu. »Ich halte dich trotzdem für unerträglich.«

»Gut«, sagte er trocken. »Ich möchte ja nicht dein ganzes Weltbild zerstören.«

Ich neigte mein Glas. »Hätte dich nicht für einen Scotchtrinker gehalten.«

Max schwenkte den Schwenker in seiner Hand und beobachtete, wie die bernsteinfarbene Flüssigkeit das gedämpfte Licht einfing. »Es gibt eine Menge Dinge, die du mir nicht zutraust.«

Ich grinste. »Wie zum Beispiel?«

Er antwortete nicht. Er nahm nur einen langsamen Schluck, als ob er es genoss, mich im Ungewissen zu lassen. Dann sah er mich an, das Glas halb erhoben, seine Absicht unmissverständlich. Mein Puls stolperte über sich selbst.

Etwas in meiner Brust geriet so sehr ins Stocken, dass es sich wie ein Systemfehler anfühlte.

Was auch immer in diesem Blick lag, es ging nicht um die Arbeit. Es ging nicht um Verärgerung oder Logistik oder darum, dass ich ihn zur Weißglut trieb. Es war etwas anderes. Etwas Wärmeres. Etwas, worüber ich wahrscheinlich nicht zu lange nachdenken sollte.

Ich räusperte mich und lehnte mich in meinem Stuhl zurück. »Gefährliche Worte, Harrington. Wenn du so weitermachst, könnte ich noch denken, dass du tatsächlich eine interessante Person bist.«

Max stellte sein Glas amüsiert ab. »Und das wäre eine Tragödie, nicht wahr?«

Ich summte nachdenklich. »Ich weiß nicht. Vielleicht schätze ich ein kleines Geheimnis.«

Er ließ seinen Blick erneut über mich schweifen, kurz, aber bewusst.

Der Scotch brannte warm und langsam, aber der Blick in Max' Augen brannte heißer. Gott, ich sollte diesen Mann nicht attraktiv finden. Ich schluckte, umklammerte mein Glas etwas fester und war gerade dabei, das Gespräch in eine sicherere Richtung zu lenken. Wir stichelten, wir parierten, wir ließen keinen Moment zu lange zur Ruhe kommen. Dann brach schallendes Gelächter aus und zerschmetterte den Moment, als hätte es keine Ahnung, was es da unterbrach.

Laut, betrunken und rücksichtslos.

Max' Miene verschloss sich.

Ich blickte auf, als eine kleine Gruppe von Hochzeitsgästen hereinstürmte, McIveys und McAlisters gleichermaßen, die bereits auf Ärger aus waren. Einer von ihnen, seinem Aussehen nach ein Cousin der McIveys, entdeckte uns und grinste.

»Harrington! Hätte dich nicht für einen trinkfesten Kerl gehalten.«

Und einfach so war der Moment verflogen. Der Umschwung war augenblicklich.

Max richtete sich auf, seine Haltung wurde schärfer, seine Hand legte sich locker um sein Glas. Das wohlige Gefühl von Scotch und Wärme wurde durch etwas anderes ersetzt. Etwas Kälteres.

Max atmete langsam und gleichmäßig aus. »Ich stecke voller Überraschungen.«

Der Cousin wandte sich mir zu, sein Grinsen wurde breiter. »Und Sie müssen die reizende Ms. Wilder sein. Diejenige, die diese fiese kleine Familienfehde geglättet hat.«

Ich hob mein Glas. »Die bin ich.«

»Verdammt gute Arbeit. Wissen Sie, für einen Moment ging das Gerücht um, dass jemand die Fäuste fliegen lassen würde.« Er lachte, als wäre das das bestmögliche Ergebnis gewesen.

Max rieb sich mit einer Hand über den Kiefer. »Ja, lassen Sie uns das lieber nicht noch anheizen.«

»Barkeeper! Glenfiddich, und nicht so knauserig einschenken!«, brüllte ein anderer Verwandter. »Tamnavulin, pur! Und mach schnell, ja? Mein Cousin hat mich zum Armdrücken herausgefordert.«

Ich beugte mich zu Max und sagte mit leiser Stimme: »Noch nicht mal Sonnenuntergang«, murmelte ich, »und schon steuern wir auf Dudelsack-Karaoke und Lieder über Clankämpfe zu.«

»Sagen Sie mal, Ms. Wilder. Was halten Sie von einem guten, alten Trinkwettbewerb?«

Ich erwiderte sein Grinsen und spürte bereits den tollkühnen Nervenkitzel in meinem Magen aufsteigen. »Oh, ich werde verlieren. Auf spektakuläre Weise. Aber ich werde euch alle mit in den Abgrund reißen.«

Max atmete lang und langsam aus. »Rayann.«

Ich beugte mich zu ihm und senkte die Stimme. »Wenn ich sterbe, räche mich. Vorzugsweise mit Kohlenhydraten.«

Sein Kiefermuskel zuckte. Und dann, zu meiner absoluten Freude, griff er nach dem Glas vor sich.

»Na gut.«

Oh, das würde ein Spaß werden.

Nach zwei Drinks spürte ich die Wärme des Scotchs durch meine Adern strömen, die alles lockerte, außer meinem Ehrgeiz.

Nach drei Drinks lockerte Max seine Krawatte. Ich hätte es nicht bemerken sollen. Die Art, wie seine Finger seinen Kragen berührten, das langsame Gleiten des Stoffes, als er den Knoten löste. Aber ich tat es.

Nach vier Drinks ertappte ich mich dabei, wie ich auf seinen Mund starrte, wenn er sprach.

Schlechte Idee.

Ich blinzelte und schüttelte den Gedanken ab, nur um festzustellen, dass er mich ebenfalls beobachtete. Sein Blick senkte sich, nur ganz kurz.

Eine tiefe Wärme blühte in mir auf, während der Drink genau das tat, wofür er gemacht war. Aber die Art, wie Max mich ansah? Das schrie nach Gefahr. Und doch konnte ich anscheinend nicht wegsehen. Ich leckte mir über die Lippen. »Alles in Ordnung bei dir, Harrington?«

Er sah auf, todernst und gefährlich. »Besser als bei dir.«

Oha, eine Herausforderung. Ich neigte den Kopf und trommelte mit den Fingern auf den Rand meines Glases. »Beweis es.«

Ich könnte nicht sagen, wer sich zuerst vorlehnte. In einem Moment zankten wir uns noch, im nächsten gab es nur noch Atem, Hitze und Stille.

Sein Gesicht war viel zu nah an meinem. Sein Atem, warm. Durchzogen von Scotch und Versuchung.

Und zum ersten und einzigen Mal an diesem Abend fiel keinem von uns auch nur eine einzige witzige Bemerkung ein.

8

Der Morgen danach (Oh, Scheiße.)

IN MEINEM SCHÄDEL SCHWAPPTE es. Das war das erste Anzeichen dafür, dass der Abend den Bach runtergegangen war. Das zweite war, dass ich nicht ganz sicher war, wie ich ins Bett gekommen war. Ich blinzelte zum Baldachin über mir und versuchte, den Nebel zu durchdringen – Whiskey, Gelächter und der schwache Geruch von Holzrauch, der noch in den Laken hing. Max' Stimme, tief und zu nah, hallte in meinem Kopf wider.

Ach du Scheiße.

Ich setzte mich so schnell auf, dass mein Kopf heftig protestierte, und der Raum neigte sich gerade so weit, dass sich mein Magen umdrehte. Okay. Denk nach, Rayann. Denk nach.

Gestern Abend. Die Bar. Der Scotch. Max im schummrigen Licht. Diese verdammte Stimme, als er sich zu mir lehnte.

Nein. Nö. Daran denke ich nicht.

Ich tastete die Laken neben mir ab, während sich mein Magen zusammenzog. Leer. Das war gut. Ich hob die Decke an und spähte darunter. Vollständig bekleidet. Auch gut.

Aber was, wenn ich mich doch umgezogen hatte? Was, wenn Max mich gesehen hatte. Mir geholfen hatte.

»Oh mein Gott.«

Ich vergrub mein Gesicht in den Händen, mein Puls hämmerte. Haben wir …?

Nein. Auf keinen Fall. Daran würde ich mich erinnern. Oder?

Scheiße. Wo ist Max?!

Ich stieß die Decke weg und stolperte aus dem Bett. Eine zweite Welle der Übelkeit traf mich, und ich biss die Zähne zusammen, während der Raum stark nach links kippte. Zusammenzuckend stützte ich mich am Nachttisch ab und versuchte, die klaffenden Lücken in meiner Erinnerung zusammenzusetzen. Da sah ich es: ein Glas Wasser, das ordentlich neben zwei Aspirin stand.

Max.

Ich stöhnte auf und fuhr mir mit der Hand übers Gesicht. Wenn das nicht das Spießigste und Verantwortungsbewussteste war, was er hätte tun können, dann wusste ich auch nicht weiter.

Okay. Er hatte mich also auf mein Zimmer gebracht. Das war ... seltsam süß. Aber das erklärte immer noch nicht, warum sich meine Haut an Stellen warm anfühlte, an denen sie es nicht sollte. Zögernd hob ich mein Handgelenk zur Nase und schnupperte. Scotch. Und etwas anderes. Etwas Reines, Männliches, Vertrautes.

Nö. Daran denke ich nicht.

Dann sah ich es. Max' Jacke hing ordentlich über dem Sessel, als ob sie dorthin gehörte. Als ob er nicht in einer Art panischer Flucht verschwunden wäre. Ich starrte sie an, mein Magen schlug Purzelbäume. Warum zum Teufel ist seine Jacke hier?

Ich packte das Revers, als ob es Antworten hätte, aber es bestätigte nur eines: Es roch nach ihm. Dieser subtile, holzige Duft hatte verdammt noch mal nichts dabei verloren, so ablenkend zu sein.

Konzentrier dich, Rayann. Eine Erinnerung blitzte auf, scharf und klar. Max' Arm um meine Taille, seine Worte tief und ruhig. Komm schon, Ray. Bringen wir dich ins Bett. Meine eigene, lallende, sture Antwort. Ich kann laufen. Ein Kichern. Ein tiefes. Du lehnst gerade an einer Wand.

Oh.

Oh nein.

Ein festes Klopfen ließ mich aufschreien. Ich wirbelte mit rasendem Herzen herum, immer noch Max' verdammte Jacke umklammernd. Dann kam seine Stimme. Tief. Ruhig. Viel zu lässig.

»Rayann.«

Oh Scheiße. *Oh Scheiße, oh Scheiße.*

Ich schleuderte die Jacke quer durch den Raum, als hätte sie mich persönlich verraten und die Verbannung verdient, dann räusperte ich mich.

»Ja?«

Stille.

Dann, staubtrocken: »Alles okay da drin, oder muss ich einen Vorfallbericht schreiben?«

Ich schaffte es, in einem ruckartigen, irgendwie aufrechten Wanken durch den Raum zu kommen und riss die Tür auf, was ich sofort bereute. Da war er. Max Harrington, frisch geduscht, die Ärmel hochgekrempelt, mit zwei Tassen Kaffee in der Hand. Als wäre er nicht die wandelnde Katastrophe, die gerade mein gesamtes Nervensystem zerlegte.

Ich blinzelte ihn an.

»Du bist verdächtig munter für jemanden, der vor weniger als zwölf Stunden zum Scotch-Kobold mutiert ist.«

Seine Lippen zuckten. »Manche von uns kennen ihre Grenzen.«

Ich zog eine Grimasse und schnappte mir den Kaffee ohne die geringste Dankbarkeit. »Manche von uns scheren sich nicht um Grenzen«, murmelte ich und rieb mir die Schläfen.

Max beobachtete mich über den Rand seiner Tasse, zum Verrücktwerden gelassen. Ich zögerte, der Puls hämmerte, dann platzte es mit gezwungener Lässigkeit aus mir heraus: »Ähm ... hatten wir Sex?«

Max verschluckte sich. Heftig. Der Kaffee schwappte ihm beinahe über die Hand, und seine Beherrschung geriet nur für eine Sekunde ins Wanken, aber ich sah es. Sein ganzer Körper erstarrte unnatürlich, als versuchte er, die schiere Absurdität meiner Frage in einer Sprache zu verarbeiten, die er nicht sprach. Selbst aus ein paar Metern Entfernung nahm ich ihn wieder wahr – diesen unterschwelligen Duft seines Parfums, ganz Zurückhaltung und trockene Hitze.

Das hilft nicht, Harrington.

Sein Blick traf meinen.

»Was?«

Oh nein.

Ich hob einen Finger. »Warte.« Ich zeigte auf ihn. Dann auf mich. Dann aufs Bett. »Bist du sicher, dass wir es nicht getan haben?«

Ein Muskel in seinem Kiefer zuckte und dann, langsam und bedächtig, nahm Max einen Schluck Kaffee. Mit dieser unglaublich ruhigen, undurchschaubaren Stimme fragte er: »Würde es dir besser oder schlechter gehen, wenn ich Nein sage?«

Was war das denn für eine Antwort?!

Verdammt.

Ich starrte ihn an. Wartete. Mein Herz pochte viel zu stark für jemanden, der definitiv keine Panikattacke bekommen würde.

Max nahm, unverschämt gefasst, einen weiteren langsamen Schluck, so wie jemand die letzte Szene eines köstlich gestörten Dramas genießen würde. Dann sagte er, lässig und ohne zu blinzeln: »Wenn wir es getan hätten, würdest du nicht fragen.«

Ich schnappte nach Luft. Meine Seele verließ meinen Körper.

»MAX.«

Seine Lippen verzogen sich leicht zu einem selbstgefälligen kleinen Lächeln, das verriet, dass er genau wusste, was er tat.

»Du …«, stammelte ich und umklammerte meine Tasse fester, in der Hoffnung, sie würde mich verankern. »Du kannst nicht einfach solche Dinge sagen!«

Er nahm noch einen Schluck, völlig unbeeindruckt. »Schien mir eine faire Antwort auf die Frage zu sein.«

Oh nein. Nein, nein, nein. Das war nicht die Antwort eines selbstsicheren Mannes.

Ich zeigte mit einem anklagenden Finger auf ihn. »Du hast gezögert, bevor du geantwortet hast.«

Max zog eine Augenbraue hoch. »Habe ich das?«

»Ja.«

»Nein, habe ich nicht.«

Ich starrte ihn an. »Ich glaube, ich würde mich daran erinnern, wenn ich mit dir geschlafen hätte.«

Sein Gesichtsausdruck veränderte sich nicht. »Würdest du das?«

Mein Gehirn hatte einen Kurzschluss. Ich stand da und klammerte mich an meinen Kaffee, als wäre er der letzte seidene Faden, der meinen schwindenden Verstand zusammenhielt, während Max Harrington, mein aktueller Erzfeind und die wahrscheinliche Quelle meiner seelischen Brandwunden, ohne einen Funken Reue davonging.

Ich brauchte eine Minute. Oder vielleicht einen Exorzismus.

Er drehte sich um. »Rayann?«

Ich funkelte ihn an. »Was?«

»Die Clan-Spiele beginnen in einer Stunde.«

Ich kniff die Augen zusammen und nippte, so bedrohlich ich nur konnte, an meiner flüssigen Geduld. »Sehe ich so aus, als würde mich das kümmern?«

Max' Stimme war ärgerlich gelassen. »Wirst du aber, wenn Summer fragt, wie es heute gelaufen ist.«

Verdammt. Verdammt. Verdammt.

Ich fuhr mir mit der Hand übers Gesicht. Richtig. Die Clan-Spiele. Die McIvey-Familie und die McAlisters verbrachten den Tag mit traditionellen Highland-Wettkämpfen, was bedeutete, dass es meine Aufgabe war, für einen reibungslosen Ablauf zu sorgen. Was auch bedeutete, den ganzen Tag mit Max zu verbringen. Schon wieder.

Ich atmete langsam aus. *Professionalität, Rayann. Du schaffst das.* »Na gut«, rief ich. »Ich bin in zwanzig Minuten fertig.«

Stille.

Dann, mit purer, ungefilterter Selbstgefälligkeit: »Mach fünfzehn draus.«

Meine Finger ballten sich zu Fäusten. Ich hatte zwei Möglichkeiten – nachgeben oder ihn dazu bringen, es zu bereuen, mich gehetzt zu haben. Als ich meinen Schrank aufriss und bereits einen neuen Plan formulierte, verfestigte sich ein Gedanke in meinem Kopf. Max Harrington wollte einen Kampf? Na schön. Sollen die Spiele beginnen.

Er hatte keine Ahnung, mit wem er sich anlegte.

9

Das Tauziehen war getürkt und andere Lügen, die ich mir selbst erzähle

DAS ANWESEN SAH AUS, als wäre es direkt einem Werbeprospekt von VisitScotland entsprungen. Die Luft roch nach frisch gemähtem Gras und Torfrauch, versüßt durch den gelegentlichen Hauch von frittiertem Essen aus einem nahen Zelt. Sanfte, mit Heidekraut bewachsene Täler und in der Ferne ein spiegelglatter Loch. Und jetzt gerade? Ein Haufen wohlhabender Leute, die versuchten, riesige Holzstämme zu schleudern, als hätten sie ihr ganzes Leben lang dafür trainiert. Ich stand mit verschränkten Armen am Rand und sah zu, wie zwei Männer in gleichen Kilts stöhnten und fuchtelten, während sie versuchten, den langen, spitz zulaufenden Stamm aufrecht zu balancieren. Der Baumstamm schwankte, die Menge brüllte und der arme Kerl hätte beinahe ein Blumenarrangement umgehauen.

Mein Job? Dafür zu sorgen, dass die Gäste die Zeit ihres Lebens hatten.

Mein wahres Ziel? Max Harrington zu übertrumpfen.

Er stand ein paar Meter entfernt und sah in seiner maßgeschneiderten Hose und dem makellosen Hemd viel zu gefasst aus, als würde er die Finanzen der Highland Games prüfen, anstatt an ihnen teilzunehmen.

Ich legte den Kopf schief. »Willst du den ganzen Tag nur dastehen, Harrington, oder versuchst du dich auch mal an etwas?« Max' Blick glitt langsam und bedächtig zu mir und jagte mir einen leichten Schauer über den Rücken. Ich kannte diesen Blick. Derjenige, der meinen wilden Pferdeschwanz, die sonnengeröteten Wangen und meine legere Kleidung musterte und es dennoch schaffte, mich zu verurteilen, als wäre ich in Crocs zur Met Gala erschienen.

»Ich bin hier, um sicherzustellen, dass du keine internationalen Zwischenfälle verursachst, nicht um teilzunehmen.«

»Ach, komm schon.« Ich stolzierte zu ihm hinüber, schon auf eine Auseinandersetzung aus. »Irgendwo unter all diesem Stoizismus steckt doch eine wetteifernde Ader. Hast du Angst zu verlieren?«

Max grinste leicht. »Hast du Angst, dass du dich blamierst, wenn du versuchst zu gewinnen?«

Die Herausforderung funkelte auf – scharf, elektrisierend, unbestreitbar. Und bevor ich es mir anders überlegen konnte, waren die Worte schon heraus. »Na gut. Regeln wir das. Du und ich. Tauziehen.«

Max' Grinsen wurde breiter.

Verdammt. Ich hatte einen schrecklichen Fehler gemacht.

Der Koordinator, der das Chaos sichtlich genoss, zauberte ein dickes, abgenutztes Seil hervor und reichte die beiden Enden mit dem Flair eines Mannes weiter, der einen Schwergewichtstitelkampf einläutet. Bevor ich an mir zweifeln konnte, standen Max und ich uns mitten auf dem Feld gegenüber, vor einer Menge, die inzwischen jeden gelangweilten Cousin und angetrunkenen Onkel in Hörweite umfasste.

»Bist du dir da sicher?«, fragte Max, seine Stimme leise und viel zu amüsiert, während er das Seil mit der mühelosen Selbstsicherheit von jemandem umfasste, der es gewohnt war zu gewinnen.

Ich war mir definitiv nicht sicher, aber Stolz war ein starker Antrieb. »Absolut«, sagte ich und stemmte meine

Füße ins Gras. »Versuch nicht zu heulen, wenn ich gewinne.«

Max gluckste.

Oh, das war zum Verrücktwerden.

Sobald der Pfiff durch die Luft schrillte, zog ich mit aller Kraft und stemmte meine Fersen in den Boden, als hinge mein Ruf in diesem Land davon ab. Man muss ihm lassen, oder vielleicht lag es an meiner totalen Frustration, dass Max sich kaum bewegte. Keinen verdammten Zentimeter. Seine Unterarme spannten sich an und er gab einen kurzen, sauberen Ruck am Seil.

Ich machte beinahe einen Bauchklatscher.

»Alles in Ordnung da drüben?«, fragte er, immer noch zum Wahnsinnigwerden ruhig.

»Ist das alles, was du draufhast?«, knurrte ich, biss die Zähne zusammen und packte fester zu. »Ich fange näm-lich gerade erst an.«

Die Menge johlte und gröölte, einige von ihnen schlossen jetzt offensichtlich Wetten auf den Ausgang ab.

Für eine Sekunde, nur eine einzige wundervolle Sekunde lang, dachte ich, ich würde Boden gutmachen. Max' Schultern verlagerten sich. Das Seil bewegte sich ein Stück in meine Richtung.

Dann pflanzte er seine Füße wie eine verdammte Eiche in den Boden und riss an.

Ich schrie auf und flog nach vorn, meine Gliedmaßen schlenkerten in einem heillosen Chaos. Und landete mit voller Wucht auf dem Rücken im Gras, direkt vor seinen selbstgefälligen, perfekt polierten Schuhen.

Verdammt.

Max ragte über mir auf, die Arme verschränkt und eine Augenbraue hochgezogen, als hätte er gerade alle anderen für die preisgekrönte Hochlandkuh überboten. Er streckte eine Hand aus und konnte die Schadenfreude, die von ihm ausging, kaum verbergen. »Brauchst du eine helfende Hand?«

Ich schlug sie ihm weg und rappelte mich auf, während ich mir feuchtes Gras und verletzten Stolz von den Jeans wischte. »Du hast geschummelt.«

Max hob ganz unschuldig eine Augenbraue. »Wie genau schummelt man beim Tauziehen?«

»*Das hast du gerade eben*, Herkules«, murmelte ich und zog eine Schnute, als Gelächter durch die Menge wogte.

Er beugte sich vor, seine Worte leise und nur für mich bestimmt. »Du bist seltsam anmutig«, sinnierte er. »Sogar, wenn du auf dem Rücken liegst.«

Mir klappte die Kinnlade herunter. Aus meinen Ohren hätte Dampf aufsteigen können.

Max drehte sich einfach um und ging weg. *Selbstgefälliger Mistkerl.*

Ich starrte ihm nach, mein Gehirn kurzgeschlossen von cleveren Erwiderungen, die es nicht über meine Zunge schafften.

Leere. Nichts. Nada.

Was nur eines bedeutete: Die Spielzeit war vorbei.

Max Harrington hatte keine Ahnung, was auf ihn zukam.

Gerade als ich im Geiste den Plan für Max Harringtons öffentlichen Untergang entwarf, trat der Koordinator vor, mit einem Grinsen, das verriet, dass er aus reiner Freude am Spiel die Stimmung anheizen wollte. »Also dann! Machen wir weiter, Leute. Wir brauchen zwei Teams für die Whiskyfass-Staffel!« Ein Raunen ging durch die Menge, begleitet von Gelächter, ein paar misstrauischen Blicken und mindestens drei McIvey-Männern, die praktisch vor der Art von Vorfreude vibrierten, für die man sein ganzes Leben lang trainiert.

Ich wurde hellhörig. »Was ist die Whiskyfass-Staffel?«

»Ganz einfach! Jedes Team rollt ein volles Whiskyfass das Spielfeld hinunter und wieder zurück –«

»Oh, um Himmels willen«, murmelte Max leise.

»– ohne die Kontrolle zu verlieren. Das schnellste Team gewinnt.«

Ich wirbelte zu Max herum, schon grinsend. »Oh, das machen wir.«

»Nein«, sagte er barsch.

»Doch.«

Max atmete scharf aus und warf einen Blick auf die Größe der Fässer. »Dir ist schon klar, dass die fast 120 Pfund wiegen, oder?«

Ich legte den Kopf schief. »Hoffentlich hattest du ein üppiges Frühstück, Harrington.«

Noch bevor Max auch nur protestierend die Stirn runzeln konnte, wurden wir schon in Teams aufgeteilt, denn die Menge wollte sich eine weitere Runde Wilder gegen Harrington natürlich nicht entgehen lassen. Max wurde mit zwei McIvey-Männern in ein Team gesteckt, die aussahen, als würden sie zum Training Rinder stemmen. Ich hingegen bekam Collum McAlister und einen drahtigen Hochzeitskoordinator, dem das Chaos in den Augen funkelte. Ausgezeichnet. Meine Leute.

Das Feld war abgesteckt, die Fässer standen in perfekter Formation aufgereiht und die Regeln waren ebenso einfach wie brutal. Ich ging in die Hocke und ließ meine Schultern kreisen, als würde ich mich auf die verdammten Olympischen Spiele vorbereiten. Meine Frisur hatte sich inzwischen zur Hälfte aufgelöst und einzelne Strähnen klebten mir schweißnass im Nacken, aber das war mir egal. Sollte Max doch mit der wilden Version von mir klarkommen. »Bist du bereit, Max?«

Er ließ seine Finger über dem Fass spielen und warf mir einen Blick zu, der völlig ausdruckslos war. »Versuch diesmal, nicht auf die Nase zu fallen.«

»Oh, tut mir leid. Bist du etwa *nervös*?«

Seine Miene verzog sich nicht. Eiskalt. »Nicht im Geringsten.«

Und dann, weil das Universum es anscheinend liebt, eine Frau auf den Boden der Tatsachen zurückzuholen, knöpfte er sein Hemd auf.

Will. Er. Mich. Eigentlich. Komplett. Verarschen.

Mir stockte der Atem. Kompletter Kurzschluss im Gehirn.

Dann krempelte er die Ärmel einmal hoch – als ob das wichtig wäre –, bevor er es mit der langsamen, geübten Lässigkeit eines Mannes, der genau wusste, was er tat, von den Schultern gleiten ließ. Er hängte es mit der beiläufigen Anmut eines Mannes, der sich seiner Verantwortung entledigt, über den nächstbesten Zaunpfahl.

Und da stand er. Weißes T-Shirt, gerade eng genug geschnitten, der Stoff schmiegte sich auf eine Weise an ihn, die illegal hätte sein müssen. Ich hatte ihn noch nie ohne die Rüstung seiner tadellosen Anzughemden gesehen.

Oh, verdammte Scheiße.

Und dann, weil ich ganz offensichtlich irgendeinen alten Gott erzürnt hatte, sah ich das Tattoo. Nur ein winziger Hauch davon lugte unter seinem Ärmel hervor. Nichts Aufwendiges. Keine auffällige, nach Aufmerksamkeit heischende Tinte. Nur eine einzige Zeile Schrift, die sich an der Innenseite seines Bizeps entlangschlängelte.

Unfair. So dermaßen, kriminell unfair.

Jedes einzelne Neuron in meinem Kopf feuerte gleichzeitig fehl. Ich würde genau hier und jetzt den Löffel abgeben, auf tragische Weise und ohne jemals Gewissheit zu erlangen. Denn ich musste wissen, was auf diesem verdammten Tattoo stand.

»Rayann?«

Ich schreckte so heftig in die Realität zurück, dass ich mir beinahe ein Schleudertrauma zugezogen hätte. Max beobachtete mich mit leicht geneigtem Kopf und einem selbstgefälligen Grinsen. Oh, *er wusste es*. Der Mistkerl.

Ich räusperte mich, obwohl mein Hals irgendwie staubtrocken war. »Ich – ich – was?«

Sein Grinsen vertiefte sich zu etwas Tödlichem. »Bist du bereit?«

Die Art, wie er das sagte? *Unanständig.*

Oh mein Gott, weiß er, dass ich ihn gerade gedanklich ausziehe?

Ich riss meinen Blick zum Feld und verzog das Gesicht in der verzweifelten Hoffnung, dass mich das retten könnte. »Mehr als bereit.«

Das Signal ertönte. Ab jetzt wurde mit harten Bandagen gekämpft.

Als wir das letzte Whiskyfass über die Ziellinie rollten, war ich atemlos, leicht verschwitzt und immer noch auf dem Hochgefühl, Max' Team um den Bruchteil einer Sekunde geschlagen zu haben. Einem sehr kleinen, aber sehr befriedigenden Bruchteil.

Max trug die Niederlage natürlich mit einer Haltung, als wäre sie unter seiner Würde. Ein Achselzucken, ein sanftmütiges Nicken der Akzeptanz und die Art von geschliffener Beherrschung, die in mir nur den Wunsch weckte, noch einmal zu gewinnen. Nur um ihm dabei zuzusehen, wie er so tat, als würde es ihn nicht stören.

Weshalb ich es eigentlich hätte auf sich beruhen lassen sollen. Aber wo bliebe da der Spaß?

»Weißt du, Harrington«, sinnierte ich und wischte mir einen Schmutzfleck vom Ärmel, während wir uns vom Feld entfernten. »Es muss frustrierend sein, dem Sieg so nahe zu kommen, nur um dann –« Ich machte eine dramatische Geste und wackelte mit den Fingern in der Luft. »Zu verlieren.«

Max biss nicht an. Er legte nur den Kopf leicht schief, seine blauen Augen musterten mich, als wäre ich ein besonders interessanter Datensatz. »Dir ist schon klar, dass ich dich habe gewinnen lassen, oder?«

Ich blieb wie angewurzelt stehen. »Wie bitte?«

Max nahm einen Schluck aus einer Wasserflasche, sein Adamsapfel bewegte sich dabei auf und ab. Völlig ungerührt und so verdammt nervtötend. »Ich meine, wenn es dir hilft, nachts besser zu schlafen, Rayann, kannst du glauben, was du willst.«

Ich erstickte fast an meiner reinen Empörung. »Das hast du jetzt nicht wirklich gesagt.«

»Mm«, überlegte er und strich sich mit dem Daumen über die Kieferpartie, wobei er eindeutig abwog, ob es die Kosten wert war, mich zu provozieren. »Ziemlich sicher, dass ich das habe.«

Oh. Auf. Keinen. Fall.

Das war's. Das war der Moment, in dem die Samthandschuhe ausgezogen und die verbalen Granaten gezückt wurden. Ich war bereit, etwas Nukleares zu entfesseln, möglicherweise auf Gälisch, als der Ruf des Koordinators mit der Subtilität einer göttlichen Fügung über das Feld donnerte.

»Also gut, Mädels und Jungs, Zeit für das letzte Event des Tages – den Kilt-Lauf!«

Die Menge geriet in Bewegung – Jubel auf der einen Seite, Stöhnen auf der anderen, die Spannung war zum Schneiden dick. Max atmete aus, ein Geräusch purer Resignation, verpackt in militärischer Selbstbeherrschung. Ich hingegen hüpfte praktisch aus meiner Haut.

»Was ist der Kilt-Lauf?«, fragte ich und plante bereits, wie ich ihn gewinnen könnte, bevor überhaupt jemand antwortete.

»Ein 800-Meter-Lauf. Kilt ist Pflicht. Der Erste im Ziel gewinnt.«

Kilts. Laufen. Geschwindigkeit. *Oh, ja.*

Ich drehte mich strahlend zu Max um. »Oh, das machen wir auch.«

Max' Verärgerung kam postwendend. »Rayann.«

»Max«, konterte ich und wippte auf den Zehenspitzen, als hätte ich drei Espressi getrunken. »Komm schon. Wo ist dein Kampfgeist?«

Er blickte zum offenen Feld, dann zurück zu mir. »Ist dir schon mal in den Sinn gekommen, dass ich hier bin, um sicherzustellen, dass alles reibungslos läuft, und nicht, um –«

Er machte eine vage Geste. »Durch die Landschaft zu tollen?«

Ich schnappte nach Luft. »Hast du das gerade Tollen genannt?«

Max seufzte und rieb sich bereits die Spannung von der Stirn, als wäre ich persönlich für jedes Quäntchen davon verantwortlich. »Das habe ich nicht –«

»MEINE DAMEN UND HERREN!«, explodierte die Ansage über uns und unterbrach Max' Proteste. »TRETET VOR, WENN IHR MITLAUFEN WOLLT!«

Dann landete aus dem Nichts ein Schottenstoff-Torpedo in Max' Händen. Ein Kilt. Er starrte ihn an, als wäre er eine tickende Zeitbombe, und alle Farbe wich aus seinem Gesicht. »Das ist doch ein Witz.«

Rache? *Einfach köstlich.*

Ich hätte mich fast gekrümmt vor Lachen. »Oh, das wird so was von passieren.«

Minuten später standen wir an der Startlinie, umgeben von einer Mischung aus Hochzeitsgästen und Einheimischen, die alle gleichermaßen auf den totalen Blödsinn vorbereitet waren. Max seinerseits verströmte die Aura eines Mannes, der zu seiner eigenen Hinrichtung geführt wurde. »Ich kann nicht glauben, dass du mich dazu überredet hast«, murmelte er und zupfte am Bund seines Kilts, als könnte dieser beißen.

Ich grinste. »Du siehst ... sexy aus.«

Er warf mir einen Blick zu, voller trockener Hitze und Warnung. »Wenn ich auch nur eine einzige Kamera sehe, lasse ich dich in Schottland zurück.«

Ich schnappte nach Luft. »Maxwell Harrington. Willst du damit sagen, dass du kein Erinnerungsfoto von diesem Moment möchtest?«

Er atmete aus. »Das ist eine furchtbare Idee.«

»Schrecklich?«, spottete ich. »Oder eine Gelegenheit, dich nach dieser verheerenden Niederlage im Staffellauf zu rehabilitieren?«

Sein Kiefer spannte sich an. »Sie war nicht verheerend.«

»Sag das mal der Anzeigetafel.«

Max' Nasenflügel bebten und ich wusste, ich hatte ihn am Haken. Er trat einen Schritt näher, seine Stimme wurde leise. »Du solltest inzwischen wissen, Rayann, dass ich nicht zweimal verliere.«

Ein Schauer jagte mir durch den ganzen Körper, als hätte er etwas zu beweisen.

Und dann ertönte der Pfiff.

Ich rannte. So schnell ich konnte. Meine Füße hämmerten auf den Boden, der Wind peitschte meinen übergroßen Kilt um mich, wie ein wild gewordener Fallschirm aus Schottenstoff. Das Feld erstreckte sich weit und endlos vor mir. Zuerst hielt ich glorreiche, überhebliche fünfzehn Sekunden lang die Führung. Dann, wie eine unglaublich kontrollierte Maschine, verlängerte Max seine Schritte wie ein Mann mit einer Mission. Ich blickte für eine halbe Sekunde zurück und wäre beinahe mit dem Gesicht voran auf dem Feld gelandet.

Denn heilige Scheiße, war der schnell.

Mein Atem ging stoßweise, mein Puls hämmerte, als Max zu mir aufschloss. Und dann zog er mit einer zur Weißglut treibenden Leichtigkeit an mir vorbei.

Oh, auf gar keinen Fall. Ich holte alles aus mir heraus, gab noch mehr Gas, entschlossen, ihn nicht gewinnen zu lassen—

Dann fegte eine weitere, trotzige Windböe über das Feld und plötzlich flogen die Kilts wie Schlachtflaggen im Sturm in die Luft. Ein McIvey vor mir schrie auf, als sein Kilt gefährlich hochgeweht wurde. Aus reinem Selbsterhaltungstrieb riss ich den Kopf zur Seite und hätte für meine Mühe fast Gras gefressen.

Meine Würde? Hing nur noch am seidenen Faden.

Max fluchte. Laut. Die Sorte Fluch eines Ex-Soldaten, die man besser nicht im Beisein seiner Großmutter ausstößt, und der alles sagte, was sein Gesichtsausdruck nicht verriet.

Ich packte meinen Bund, verzweifelt bemüht, meinen eigenen Kilt an Ort und Stelle zu halten, während Max, der wie immer auf alles vorbereitete, viel zu perfekte Mann, kaum mit der Wimper zuckte.

»Mir geht's gut«, murmelte er, ohne sein Tempo auch nur im Geringsten zu drosseln.

»Schön für dich«, keuchte ich und versuchte mitzuhalten.

Die Ziellinie tauchte vor uns auf. Fünfzehn Meter. Zehn. Fünf.

Max stürmte vorwärts.

Ich warf mich nach vorne.

Wir überquerten beide die Ziellinie.

Und gingen zu Boden.

Hart.

Max' Schwung krachte in meinen und plötzlich stand die Welt auf dem Kopf. Eine Ganzkörperkollision aus Gliedmaßen, Kilts und purer, wettbewerbsorientierter Sturheit landete in einem spektakulären, würdelosen Haufen auf dem Boden.

Die Menge brach in Jubel aus.

Max stöhnte unter mir. »Du bist die nervtötendste Frau auf der Welt.«

Ich grinste atemlos auf ihn hinab. »Gib's zu. Das hat Spaß gemacht.«

Keuchend stützte ich mich mit den Händen auf den Knien ab. Das Gras unter mir roch scharf und erdig, eine

Mischung aus Schweiß und dem nachklingenden Prickeln des Wettkampfs in der Luft. Schweiß klebte auf meiner Haut, meine Lungen versuchten immer noch, zur Ruhe zu kommen. Neben mir stand Max mit in die Hüften gestemmten Händen, atmete schwer und seine Brust hob und senkte sich unter diesem anliegenden, sündhaft selbstgefälligen T-Shirt. Sein Kilt hatte sich keinen Zentimeter bewegt.

Natürlich nicht.

Ein Moment der Stille.

»Ich habe gewonnen«, brachte ich zwischen zwei Atemzügen hervor.

Max stieß ein leises, ungläubiges Geräusch aus. »Du hast Wahnvorstellungen.«

Ich drehte mich zu ihm um und grinste wider Willen. »Zielfoto?«

»Was auch immer nötig ist, damit du dich an diesen winzigen Rest Würde klammern kannst, Rayann.«

Ich kniff die Augen zusammen. »Das ist das zweite Mal heute, dass du dir Sorgen um mein Wohlergehen machst.«

Er trat einen Schritt näher, gerade so weit, dass seine Worte in einem leisen, samtigen, schleppenden Tonfall herauskamen. »Was soll ich sagen? Du bist zerbrechlich.«

Ich blinzelte. »Wie bitte?«

»Du hast mich schon verstanden.« Seine Lippen zuckten, sein Blick wanderte über mich. »Zart. Zerbrechlich. Praktisch eine Dame in Nöten.«

Mir klappte die Kinnlade herunter. »Ich bin dir gerade in einem Ganzkörper-Schottenstoff-Segel davongerannt.«

»Und hast dich vor allen in den Rasen gelegt«, sagte er fast zu ruhig. »Anmutig wie ein neugeborenes Kitz.«

Ich öffnete den Mund, um zu widersprechen, bereit für die nächste Salve—

Klick.

Ein Kamerablitz.

Wir drehten uns beide zu spät um. Ein selbstzufriedener Event-Koordinator stand in der Nähe und hielt sein Handy hoch, als hätte er gerade den Jackpot geknackt.

Ich schnappte nach Luft. »Oh nein.«

Max stöhnte und rieb sich den Nasenrücken. »Du willst mich doch verfickt noch mal verarschen.«

Ich schlug mir eine Hand vor den Mund und versuchte, nicht loszuprusten.

Aber es war zu spät. Der Schaden war angerichtet. Unser Gewirr aus Gliedmaßen, Schweiß nach dem Rennen und unbestreitbarer Spannung war verewigt.

Für immer.

10

Ceilidh-Fieber (oder Kay-Lee, weil Gälisch schwer ist ... und Max' Leben im Moment auch)

ALS DIE LETZTE VERANSTALTUNG zu Ende ging, schrien meine Waden bei jedem Schritt und meine Schultern hätten auch aus Granit gemeißelt sein können. Jedes Mal, wenn ich blinzelte, sah ich immer noch Blitze von windzerzaustem Schottenstoff.

Max sah natürlich irritierend unbeeindruckt aus. Kein Haar war verrutscht und er war kaum außer Atem. Der Mann hatte an mehreren Wettkämpfen teilgenommen, die Hälfte der Hochzeitsgäste in einem Wettrennen überholt und besaß immer noch die Dreistigkeit, völlig nonchalant seine Ärmel wieder herunterzurollen, als hätte er nicht gerade wie ein Besessener gekämpft.

Verdammter Roboter. Nicht mal ein Hauch von Schweiß. Ich hasste ihn ein kleines bisschen dafür.

»Schaffst du es zum Abendessen oder soll ich eine Trage rufen lassen?«

»Machst du dir Sorgen um mich, Harrington?«, schnaubte ich und richtete meinen Pferdeschwanz. »Immer mit der Ruhe – du strahlst eine gefährlich fürsorgliche Aura aus.«

Max summte nur und ging nicht auf den Köder ein. »Dir ist schon klar, dass der Abend noch nicht vorbei ist, oder?«

Ich blieb wie angewurzelt stehen. »Was jetzt noch?«

Er drehte sich um und musterte mich mit diesem wahnsinnig machenden, lässigen Amüsement in seinen blauen Augen. »Hast du die Ceilidh-Tanzstunde vergessen? Du dachtest doch nicht etwa, du wärst aus dem Schneider, oder?«

Ich stöhnte. »Oh, warte. Ich glaube, ich habe mir wirklich den Knöchel verstaucht. Wie schade.«

Max nahm einen langsamen Schluck aus seiner Wasserflasche, sein Blick war ruhig. »Schade. Ich hatte Sanitäter in Bereitschaft.« Er ging wieder los. »Reiß dich zusammen, Wilder. Du kannst dich da durchhumpeln. Ich führe.«

Eine scharfe, unwillkommene Hitze stieg tief in meinem Bauch auf. Ich tat es als Erschöpfung ab, aber das kaufte ich mir selbst nicht ab. Denn Tanzen bedeutete Hände, Wärme und Nähe. Und ich war gefährlich nahe daran, zu vergessen, warum das eine schlechte Idee war.

Nach einer kurzen Rückkehr zum Schloss, um uns frisch zu machen, begann der Abend mit einem Highland-Festmahl auf dem Schlossgelände. Lange Holztische erstreckten sich über den Innenhof unter freiem Himmel, jeder flankiert von Bänken, die mit karierten Decken bedeckt waren, deren Farben im Feuerschein leuchteten. Der Duft von gebratenem Fleisch, frisch gebackenen Bannocks und kräftigem Scotch zog durch die klare Highland-Luft – rauchig, würzig und so dicht, dass man ihn fast schmecken konnte. Irgendwo am anderen Ende stimmte ein Fiedler seine Saiten, das leise Summen der Tradition webte sich durch das aufkommende Gelächter und das Klirren der Gläser, während die Gäste unter dem dämmernden Himmel Geschichten austauschten.

Ich fand mich neben Max wieder. Natürlich. Denn warum zum Teufel auch nicht? Das Universum hatte ihn eindeutig unter *Spielverderber* abgespeichert.

»Du siehst zufrieden mit dir aus«, sagte Max und schnitt in sein Lammkotelett.

Ich lehnte mich in meinem Stuhl zurück und schwenkte meinen Wein mit träger Zufriedenheit. »Na ja, du weißt schon. Zwei von drei Siegen. Nicht schlecht für eine ‚zerbrechliche‘ Frau.«

Er hielt mit der Gabel inne, sein Kiefer spannte sich kaum merklich an. »Du hast beim Kilted Dash geschummelt.«

Ich zog eine Augenbraue hoch. »Oh? Und wie genau habe ich das gemacht?«

»Du hast mich abgelenkt.«

Ich schnappte nach Luft und presste eine Hand auf meine Brust. »Wirfst du mir etwa deinen Mangel an Konzentration vor?«

Max atmete scharf aus und fuhr sich mit einer Hand durch die Haare. »Du hast es absichtlich getan.«

»Was habe ich absichtlich getan?«

Er verengte die Augen zu diesem leisen Sturm-Blick, der normalerweise einer taktischen Demontage vorausging. »Du *hast gelacht*.«

»Du lachst ständig.«

»Nicht so«, sagte er mit leiserer Stimme. Er spießte sein Lammkotelett mit der Präzision von jemandem auf, der eine Vendetta begleicht. »Nicht, wenn man in vollem Lauf ist. Nicht, wenn man schon vorne liegt.«

Ein langsames Lächeln kräuselte meine Lippen. *Oh. Oh, ja.* Das war so viel besser als Dessert. Ich beugte mich vor und stützte meinen Ellbogen auf den Tisch. »Lass mich das richtig verstehen, du warst vom Klang meines Lachens so beeinflusst, dass du verloren hast?«

Er umklammerte seine Gabel mit einer Spannung, die Metall hätte verbiegen können. »Es war nicht nur das Lachen.«

Ich summte und tat so, als würde ich nachdenken. »O-hhh, warte. Meinst du, als ich mein *Haar zurückgeworfen habe?*«

Er blinzelte langsam, das reinste Abbild eines Mannes, der um Geduld betete.

Ich unterdrückte ein Grinsen. »Oder als ich dir *ein Zwinkern über die Schulter zugeworfen habe?*«

Seine Augen verdunkelten sich, und für eine Sekunde konnte ich das Knurren, das unter seinen Worten vibrierte, beinahe spüren.

Auf der anderen Seite des Tisches beugte sich Ian McAlister vor und grinste wie ein Mann, der für das Chaos lebte. Noch ein Cousin. Noch ein liebenswerter Unruhestifter in formeller Kleidung. Er musterte mich von oben bis unten, und das nicht gerade subtil. »Für dieses Kleid sollte man einen Warnhinweis anbringen, Mädel.« Er hob sein Glas. »Auf einen gut verbrachten Tag und eine noch bessere Nacht!«

Ich stieß mit ihm an, grinste zurück und tat so, als würde ich nicht bemerken, wie Max' Augen jeden geteilten Witz verfolgten, als würde er Beweise sammeln.

»Weißt du, was ich an Sommersprossen liebe?«, sagte Ian, laut und theatralisch, denn Subtilität gehörte nicht zu seinen Fähigkeiten. »Sie sind wie Sternbilder. Sexy, unartige Sternbilder.«

Ich prustete in mein Glas. »Entschuldigung, hast du gerade versucht, mich mit Astronomie zu verführen?«

Max blickte nicht auf. »Es sind nicht die Sommersprossen«, murmelte er. »Es ist die verdammte Haltung dahinter.«

»Vorsicht, Harrington. Du fängst an, wie verknallt zu klingen.«

Max stieß leise die Luft durch die Nase aus, seine Finger spannten sich an der glatten Rundung des Glases an.

Oh ja. Volltreffer.

Das Essen zog sich hin – lange Schatten, volle Teller und dieses güldene Abendlicht, das alles zauberhaft erscheinen ließ. Ich lachte in einer Lautstärke, die speziell darauf kalibriert war, Max auf die Nerven zu gehen, stieß

Ian ein- oder zweimal gegen die Schulter und sonnte mich im Glanz des Sieges. Vielleicht trug ich etwas zu dick auf. Vielleicht war ich deswegen eine ziemliche Zicke. Aber verdammt, Max war mir unter die Haut gegangen. Und wenn das eine kleinliche Rache war, dann war sie auch wahnsinnig befriedigend.

Und trotzdem spürte ich, wie Max mich beobachtete.

Nicht schmollend oder brütend.

Er beobachtete einfach.

Das gelegentliche Flackern seines Blicks. Das langsame, träge Streichen eines Fingers um sein Glas – abgemessen, bewusst, kalkuliert. Die Art, wie sich sein Kiefer anspannte, wann immer ich gerade laut genug über irgendeinen Unsinn lachte, den Ian von sich gab, um ihn auf die Palme zu bringen.

Er grübelte nicht, nicht wirklich. Aber Max Harrington hatte eine scharfe Kante an sich, die verdammt nach einem Mann aussah, der es nicht genoss zu verlieren.

Und das?

Das ließ mich nur noch mehr gewinnen wollen.

Als die letzten Teller abgeräumt waren und das Kaminfeuer nur noch schwach flackerte, verlagerte sich die Feier für den Ceilidh-Tanz nach drinnen. Die Gäste hatten sich in schickere Abendgarderobe geworfen. Nichts übermäßig Formelles, aber definitiv ein deutliches Upgrade im Vergleich zur robusten Kleidung des Tages. Ich strich mit den Händen über mein Kleid, ein smaragdgrünes Teil, das sich an den richtigen Stellen an meinen Körper schmiegte und am Rücken tief ausgeschnitten war – zu gleichen Teilen kokett und auf köstliche Weise gefährlich.

Im Spiegel erhaschte ich einen flüchtigen Blick auf Max. Anthrazitgraues Hemd, das ihm wie auf den Leib geschneidert war, der oberste Knopf gerade so weit geöffnet, dass es unverschämt wirkte. Dunkelblaue Hose aus einer weichen Wollmischung, die so gut saß, dass sie eindeutig nicht von der Stange war. Und viel zu viel Zurückhaltung, verpackt in einem ärgerlich perfekten Gesamtpaket.

Nicht, dass es mir aufgefallen wäre.

Heilige Scheiße. Was ist nur los mit mir?

Der Tanzlehrer rief zur Partnerwahl auf, und – bumm – erschien Max neben mir, ganz selbstgefälliges Selbstvertrauen und mit tadellosem Timing. Meine Absätze klackerten über das Parkett, und der offene Rücken meines Kleides ließ einen Luftzug über meine Wirbelsäule streichen, für den ich so tat, als wäre er nicht seine Schuld.

»Das wird sicher zauberhaft«, sagte ich zuckersüß, während ich bereits im Kopf durchging, wie ich ihm ohne Reue auf den Fuß treten könnte.

»Definiere zauberhaft«, erwiderte er mit einer leisen, rauen Stimme, die es trotzdem schaffte, auf ihrem Weg nach unten jeden einzelnen meiner Nerven zu treffen.

»Und nun nehmen Sie die Hände Ihres Partners!«, verkündete der Tanzlehrer, viel zu fröhlich für das, was gleich geschehen würde.

Bevor ich auch nur eine Hand heben konnte, erschien Ian McAlister wie ein verdammter Zauberer an meiner Seite und schenkte mir ein unbekümmertes Grinsen.

»Ah, Rayann, sieht so aus, als bräuchtest du einen Partner.« Er streckte eine Hand aus. »Lust auf eine kleine Drehung?«

Max erstarrte. Kein Zucken. Kein Atemzug.

Oh, mein Gott. Bei Mr. Cool ist ein Kurzschluss aufgetreten. Wie interessant. Ich legte den Kopf schief und kämpfte gegen ein Grinsen an, als ich meine Hand in Ians gleiten ließ. »Aber Ian, wie galant von dir.«

Ian zwinkerte. »Kann ein Mädel wie dich doch nicht einfach so stehen lassen, oder?«

Doch bevor ich auch nur in Position treten konnte, wurde *meine* Hand abgefangen.

Starke Finger. Warm, unnachgiebig. Auf eine Art befehlend, die einen eigentlich wütend machen sollte, die einen aber stattdessen anmachte.

»Max«, sagte ich ausdruckslos, während ich innerlich zu einer Pfütze emotionalen Unsinns zerschmolz.

Ich hatte nicht einmal Zeit zu blinzeln, bevor er mich sanft wegzog und Ians Griff durch seinen eigenen ersetzte. »Sie gehört zu mir.«

Ian zog eine Augenbraue hoch. »Vergeben, was?«

Max' Griff um meine Taille wurde etwas fester. »Für den Moment.«

Ian lachte und hob kapitulierend die Hände. »Ahh, na ja, man kann's einem Mann ja nicht verübeln, es zu versuchen.« Er warf mir ein Zwinkern zu, bevor er sich zurückzog und mich mit der wandelnden Gewitterwolke, ehemals bekannt als Max Harrington, allein ließ.

Ich atmete durch die Nase aus und starrte zu ihm auf. »Wow, ganz schön viel Heimlichtuerei, was?«

Max tat nicht einmal so, als ob er sich schuldig fühlte. »Wirksam.«

Ich kniff die Augen zusammen. »Besitzergreifend.«

Sein Daumen strich über meinen Handrücken, federleicht und auf ärgerliche Weise wirksam.

»Eifersüchtig?«

Mein Herz vollführte wieder diesen dämlichen Stolperer. Hitze kroch meinen Rücken hinauf, und mein Magen schlug einen verräterischen kleinen Salto.

Himmel, Arsch und Zwirn. Das war nicht erlaubt.

Ich straffte meine Schultern und hob das Kinn, als ob mich das schützen könnte. »Das wünschst du dir wohl.«

Er lächelte beinahe, tat es aber nicht ganz – stattdessen flackerte etwas Dunkleres an dessen Stelle auf. »Gut.«

Der Tanzlehrer klatschte in die Hände. »Also gut, Partner! Legen wir los!«

Oh, das würde ein *Spaß* werden.

Max streckte seine Hände mit den Handflächen nach oben aus, sein Gesichtsausdruck war unleserlich. Ich zögerte – lange genug, um es unangenehm zu machen – und legte dann meine Hände in seine, wobei ich mein Verdammtestes tat, um bei der Hitze, die heiß und lebendig und viel zu persönlich durch meine Finger schoss, nicht zusammenzuzucken. Er strahlte eine Wärme aus, die beständig und ärgerlich solide war, als ob er entschlossen wäre, etwas zu beweisen. »Versuch, mir nicht auf die Füße zu treten«, sagte ich in einem leichten Ton, doch mein Puls war alles andere als das.

»Und du versuchst, nicht über deine eigenen zu stolpern«, konterte er geschmeidig, und sein Grinsen wurde schärfer, als die Musik einsetzte.

Die Schritte waren einfach – zumindest hätten sie es sein sollen. Aber jedes Mal, wenn seine Hand meine streifte oder seine Finger die nackte Haut meines Rückens berührten, hatte ich einen kompletten Blackout und vergaß beinahe, welcher Fuß der linke war. Er war zu nah, zu gefasst, zu ... Max.

»Du hast das schon mal gemacht«, sagte ich, als er mich durch eine Drehung führte, sein Griff fest und unnachgiebig.

»Ein- oder zweimal«, gab er zu. »Präzision und Timing.«

»Sicher«, murmelte ich. »Du bist eine Art tanzender Zorro, nicht wahr? Total grüblerisch, geheimnisvoll, trägst wahrscheinlich irgendwo heimlich einen Umhang.«

Ganz geschmeidig, Rayann. Bring Umhänge ins Spiel. Das kühlt die Sache bestimmt ab.

Max ließ sich nicht aus dem Konzept bringen. »Würde es dir besser gehen, wenn ich dir sage, dass ich die Maske nur zu besonderen Anlässen trage?«

Oh nein. Dieser Ton? Das war Flirten. Echtes, pures, ›dein-Inneres-zum-Schmelzen-bringendes‹ Flirten.

Ich verpasste einen Schritt. Er nicht. Natürlich nicht. Angebender, nervtötender, rhythmisch begabter Mistkerl.

»Hätte ich mir denken können«, sagte ich und versuchte, mich wieder zu fangen. »Lass mich raten, ist das Schwert inklusive?«

Seine Lippen zuckten, und seine Augen funkelten mit boshafter Absicht.

»Vorsicht, Rayann. Du willst *wirklich* nicht, dass ich darauf antworte.«

Oh, doch, das wollte ich. Aber so was von. Jemand sollte diesen Mann wirklich warnen, dass ich nicht für Selbstbeherrschung gemacht bin.

Und dann, weil das Schicksal ein Sadist ist, brachten uns die Schritte Brust an Brust, so nah, dass die Grenze zwischen Tanz und Vorspiel keine Chance hatte – und ich spürte jede verdammte Sekunde davon.

Und dann kam der schlimmste Teil.

Die Hebung.

Max packte meine Taille, hob mich mühelos an, seine Finger drückten sich in die nackte Haut über der Rundung meiner Hüften, während ich meine Arme um seine Schultern schlang, um das Gleichgewicht zu halten. Mir stockte der Atem, als meine Brust auf seine traf – kein Bund, keine Barriere. Nur ich, in diesem Kleid, in seinen muskulösen Armen. Er war nichts als Hitze und Anspannung. Zu viel Kraft, zu nah, zu Max. Und plötzlich neckte ich ihn nicht mehr. Ich war dabei, eine Grenze zu überschreiten, von der ich nicht einmal gewusst hatte, dass ich sie gezogen hatte.

Er ließ mich langsam wieder herunter, als hätte er es nicht eilig, mich loszulassen, und seine Hände hinterließen eine Hitzespur auf meiner Haut, die noch lange nachwirkte, nachdem er zurückgetreten war.

Die Musik schwoll an, schnell und kühn, und feuerte uns mit jedem Takt praktisch an.

Ich trat daneben. Mein Absatz rutschte über den Boden, und ich geriet ins Wanken – bereit, hart aufzuschlagen. Aber Max war schneller. Sein Arm schoss hervor, fing mich an der Taille auf und zog mich an sich. Er fing mich auf, als wäre es ein Instinkt, hielt mich aber fest, als wäre es ein Fehler, den er wieder machen wollte. Seine Brust presste sich gegen meine. Seine Hand lag tief auf meinem Rücken, besitzergreifend und unnachgiebig.

Mein Atem stockte, irgendwo zwischen meinen Rippen und der Vernunft gefangen.

»Vorsicht«, murmelte er, seine Stimme ein tiefes Grollen, das durch mich hindurch vibrierte. »Ich könnte sonst auf die Idee kommen, dass du es genießt, in meinen Armen zu sein.«

Ein Ruck durchzuckte mich – gerechte Empörung, sicher, aber sie vermischte sich mit etwas Heißem und Rücksichtslosem, das hier nichts zu suchen hatte.

»Schmeichel dir nicht«, brachte ich heraus, aber den Worten fehlte ihr üblicher Biss.

Max' Blick traf meinen und für eine schwindelerregende Sekunde hätte ich geschworen, dass er mich küssen würde. In seinen Augen lag Hunger, aber er war nicht rücksichtslos. Er war abwägend. Kontrolliert. Als ob er mich langsam verschlingen wollte und sich noch nicht entschieden hatte, ob er es tun sollte.

Das war schlecht.

Das war richtig schlecht.

Denn für eine erschreckende Sekunde hatte ich gewollt, dass er mich küsst. Schlimmer noch – ich hätte ihn nicht aufgehalten. Das war der Moment, in dem es mir dämmerte – das war kein Spiel mehr. Nicht für ihn. Und vielleicht auch nicht für mich.

Und dann sah ich sie.

Natürlich war sie hier.

Annabelle Sinclair. Eine Cousine der McIveys, wenn ich mich recht erinnerte – obwohl sie sich benahm wie eine Adlige auf Leihbasis. Elegant. Mühelos. Die Art von Frau, die kein Scheinwerferlicht brauchte, weil sich der Raum instinktiv zu ihr neigte.

Wir waren uns schon einmal über den Weg gelaufen, bei einer Veranstaltung der McIveys in der Toskana. Damals, als Max und ich keinen Satz austauschen konnten, ohne dass er in Sarkasmus ausartete. Sie war in einem Seidenkleidchen und Stöckelschuhen durch den Weinkeller geschwebt und hatte Max gestreift, als hätte sie ein Recht auf ihn – als ob allein die Vorstellung sein Interesse verdiente.

Es war mir egal gewesen. Zumindest redete ich mir das ein.

Jetzt stand sie am Buffet – mit souveräner Distanz, einer Champagnerflöte in der Hand und jener Art von geübter Eleganz, die selbst das Nippen am Glas strategisch aussehen ließ. Ihr Blick war auf uns gerichtet, als wären wir Teil ihres persönlichen Unterhaltungsprogramms.

Als Max sie endlich sah, erschlaffte sein Arm. Seine Haltung veränderte sich. Nichts Dramatisches – kaum ein Zucken, aber es kam trotzdem bei mir an. Die Hitze zwischen uns verflüchtigte sich im Nu, ersetzt durch die Kälte dessen, was auch immer da in Valentino-Stöckelschuhen daherstolzierte.

»Ich seh dich dann drinnen«, sagte er. Zu leise. Zu schnell.

Er zögerte – kaum merklich –, aber es war da. Ein kurzes Flackern.

Dann drehte er sich um. Ging auf sie zu, ohne einen einzigen Blick zurück.

Mein Magen drehte sich um. Ich folgte ihm nicht.

Wenn Max Harrington dachte, er könnte mir erst den Kopf verdrehen und dann zur erstbesten Versuchung aus Seide und Sünde schweben –

Er hatte keine Ahnung, mit wem er es zu tun hatte.

Ich jage niemandem hinterher.

Ich bettle nicht.

Und ich lasse mich verdammt noch mal nicht einfach stehen.

11

Eine Tür zwischen uns

Es ist dir egal, Rayann. Es ist dir völlig egal. Nicht einmal ein kleines bisschen. Ich wirbelte auf dem Absatz herum und schnappte mir ein Sektglas vom Tablett eines Kellners, denn Sekt löst ja alle Probleme, oder?

Egal. Egal. Ich bin so gut darin, dass es mir egal ist, dass es praktisch schon ein Sport ist.

Ich leerte die Hälfte auf einen Zug. Die Bläschen prickelten, das Brennen loderte auf und absolut nichts davon konnte das Feuer in meiner Brust löschen. Max hatte mich den ganzen Tag beobachtet, als würde ich nicht in den Algorithmus passen. Ein verrückt machendes Rätsel ohne klare Lösung.

Und dann? Paff. Verschwunden. Als wäre alles nur ein Fiebertraum gewesen.

Ich stellte mein Glas härter als nötig ab, und das spröde Klirren ging im Summen der Menge unter. Ich brauchte eine Ablenkung. Und zwar sofort. Irgendetwas, das mich aus dieser lächerlichen Spirale herauszog.

Und genau in diesem Moment fand Ian mich wieder.

»Na also, Rayann, du hast uns da draußen alle in den Schatten gestellt.«

Ich drehte mich um und sah sein entspanntes Lächeln, das auf mich wartete, sein schottischer Akzent war neckisch, aber warm. »Du schmeichelst mir, Ian.«

Er beugte sich leicht vor, seine Stimme durchzogen von einem Charme, der wahrscheinlich aus zwanzig Schritten Entfernung einen BH öffnen konnte. »Schmeicheln wäre zu sagen, dass jeder Mann in diesem Raum sich gewünscht hätte, derjenige zu sein, der dich über die Tanzfläche wirbelt.«

Ich lachte und stieß ihn spielerisch in den Arm. »Und ich dachte, du wärst der Anständige von euch.«

»Oh, das bin ich«, sagte er mit einem Augenzwinkern. »Aber das heißt nicht, dass ich einen gesunden Wettbewerb nicht zu schätzen weiß.«

Ich grinste. »Zuversichtlich, was? Glaubst du wirklich, du hättest gegen Mr. Harrington mithalten können?«

Ian legte eine Hand auf sein Herz und tat beleidigt. »Mädel, bitte. Ich hätte dich so leichtfüßig gemacht, dass du um einen weiteren Tanz gebettelt hättest.«

Ich lachte und schüttelte den Kopf. »Ein gefährliches Versprechen, Mr. McAlister.«

»Ach, nicht die geringste Ahnung«, neckte er mich, beugte sich einen Hauch näher vor, und seine Augen funkelten vor Unfug.

Und in diesem Moment spürte ich es. Ein Knistern kroch meinen Rücken hinunter – eine Veränderung in der Luft, aufgeladen und elektrisch, die Atmosphäre veränderte sich mit seiner Ankunft. Ich musste mich nicht umdrehen, um es zu wissen. Brauchte ihn nicht zu sehen, um das Gewicht seines Blicks zu spüren, der mich wie eine verdammte wärmesuchende Rakete erfasste. Aber natürlich drehte ich mich um. Denn Selbstschutz war noch nie meine Stärke.

Und da war er.

Zurück im Raum.

Mit Annabelle.

Eifersucht züngelte an meiner Wirbelsäule empor, sengend und unwillkommen. Natürlich, während ich hier gestanden und den reizenden Ian als Ablenkung benutzt hatte, war Max irgendwo mit *ihr* gewesen. Annabelle – glänzende Wellen, anmutig in dieser sorgfältig inszenierten

Eleganz, die einen dazu brachte, sie zu ohrfeigen und im selben Atemzug nach Hautpflegetipps zu fragen. Die Art von Frau, die dazu bestimmt war, an seinem Arm zu hängen, nicht seinen Blutdruck zu testen.

Und da war sie. Ihre Hand. An ihm. Als hätte sie eine Dauerkarte, um Max Harrington zu berühren, wann immer ihr danach war. Eine Hand lag mit der Lässigkeit einer Frau, die sich ihrer Erwünschtheit nie infrage gestellt hatte, auf seiner Schulter und verweilte lange genug, um mein Auge aus Prinzip zucken zu lassen. Die Neigung ihres Kopfes sagte alles. Sie war schon früher begehrt worden, und sie wusste es – die überhebliche kleine Göttin.

Ich hasse sie.

Und Max? Er hätte die Menge überwachen sollen. Die Ausgänge beobachten. Die Gäste beobachten. Weißt du, seinen verdammten Job machen. Nicht mit einer Frau verschwinden, die nichts Besseres zu tun hatte, als sich wie ein Designer-Accessoire an seinen Bizeps zu hängen.

Meine Finger umklammerten mein Glas, als ob es Antworten hätte. Warum zum Teufel drehte ich deswegen so durch?

Ich sollte mich nicht so sehr daran aufhängen, dass er weggegangen war.

Ich sollte nicht zusammenzucken, wenn ich ihn mit ihr sah.

Ich sollte mich nicht mit ihr vergleichen wie ein verdammter Teenager.

Aber das Schlimmste?

Ich sollte mich nicht von seinem Blick versengt fühlen.

Er sah nicht sie an.

Nur mich.

Max' Blick ruhte nicht. Er schlug ein – der Kiefer angespannt, die Augen dunkel, ein langsames, brutales Brennen, das sich in jeden Nerv einbrannte.

Und diese langsame Welle eines gefährlichen Kitzels, rücksichtslos und aufsteigend, die sich durch meine Brust wand, als hätte jemand ein Streichholz angezündet und wäre weggegangen?

Lass es brennen.

Die Mitternacht rückte näher, und die Energie im Ballsaal schwand mit jedem Taktschlag der Uhr. Ich machte meine Runde, sprach mit Kunden und lächelte Lieferanten an, hielt meine Hände beschäftigt und meine Stimme leichter, als ich mich fühlte. Alles, um meine Gedanken von Max fernzuhalten.

Und paff – Houdini war wieder verschwunden.

Ich ließ meinen Blick ein letztes Mal durch den Raum schweifen, wich schwankenden Gästen und umgestoßenen Sektgläsern aus, während die Musik einen gnädigen Tod starb.

Keine einzige Spur.

Vielleicht hatte ich mir das Ganze nur eingebildet. Wahrscheinlich war das auch besser so. Trotzdem zog sich ein bitterer Knoten in meinem Bauch zusammen, verschlungen und schadenfroh, als hätte er den ganzen Abend darauf gewartet, zu sagen: »Ich hab's dir ja gesagt«. Mit einem Löffel zu einer Messerstecherei auftauchen, überzeugt, ich könnte gewinnen. Und wenn er zurückgekommen wäre? Ich hätte vielleicht eine Entscheidung getroffen, die impulsiv genug gewesen wäre, um sie zu bereuen – und rücksichtslos genug, um sie zweimal zu wollen.

Ich stieß meine Absätze von den Füßen, ohne hinzusehen, wo sie landeten, und schritt so energisch auf und ab, dass ich fast Brandspuren hinterließ. Die Stille beruhigte nicht. Sie stichelte, stieß und stach an jeder wunden Stelle, die ich zu ignorieren versuchte. Ich hatte die ganze Nacht so getan, als ob Max nicht existierte, und war allem Glänzenden nachgejagt, das hell genug war, um Max aus meinem Blutkreislauf zu halten – Ians Grinsen, hämmernde Musik und ein Sektglas nach dem anderen.

Und jetzt?

Jetzt war da nichts. Kein Lachen. Kein Klirren von Gläsern. Keine Menge, in der man sich verstecken konnte.

Nur ich und der Lärm in meinem Kopf, der sich als Stille tarnte.

Es ist dir egal, Rayann.

Ich wiederholte es in einer Endlosschleife und klammerte mich daran wie an einen Rettungsanker.

Es funktionierte nicht.

Ich brauchte Schlaf. Ich musste mein Gehirn ausschalten. Ich musste aufhören, an ihn zu denken.

Es ist dir egal, Rayann. Es ist dir egal, dass Max nicht zurückgekommen ist. Es ist dir egal, dass er wahrscheinlich bei Annabelle ist.

Ich kletterte ins Bett, zog die Decke bis zum Kinn hoch und kniff die Augen fest zu.

Und da hörte ich es. Ein leises Knarren. Die Tür der Suite öffnete sich. Mein Puls stockte, jeder Nerv zuckte aufmerksam zusammen.

Schritte. Langsam. Gleichmäßig.

Ich öffnete ein Auge einen Spalt breit und erhaschte den schwachen Lichtschein unter der Tür.

Er war zurückgekommen.

Eine lange Pause. Dann – ein weiterer Schritt.

Näher.

Noch ein Schritt. Näher. Der Schatten im Türrahmen verschob sich und ich wusste, dass er direkt davor zögerte, um nach mir zu sehen.

Mir stockte der Atem. Sprich, Rayann. Verdammt. Mach deinen Mund auf. Sag etwas.

Aber ich tat es nicht. Ich blieb vollkommen still, die Augen geschlossen, der Atem flach, als ob Regungslosigkeit mich aus diesem Moment auslöschen könnte. Mein Herz hämmerte so laut, dass ich sicher war, er könnte es durch die Wände hören. Ich traute meiner Stimme nicht. Ich wusste nicht, was ich sagen würde. Denn wenn ich ihn zur Kenntnis genommen hätte, hätte ich zugeben müssen, dass es mir nicht scheißegal war. Dass es nicht nur Gereiztheit war – ich war verletzt. Und verletzte Mädchen treffen furchtbare Entscheidungen.

Der Augenblick dehnte sich. Dann, leise, kaum mehr als ein Hauch von Bewegung, zog sich sein Schatten zurück. Ein leises Knarren. Das schwache Klicken seiner sich schließenden Tür. Und einfach so war er wieder weg.

Ich atmete langsam aus, den Blick auf die gegenüberliegende Wand gerichtet, während sich mein Magen zu einem Knoten aus zerfransten, hässlichen Nerven zusammenzog.

Max war zurückgekommen.

Er hatte nach mir gesehen.

Und ich hatte mich tot gestellt, denn manchmal ist der beste Schachzug, mit Überzeugung rein gar nichts zu tun.

Das Schlimmste daran?

Ich war mir nicht sicher, ob ich mich deswegen besser oder schlechter fühlte.

An Schlaf war nicht zu denken. Ich driftete immer wieder weg, gefangen irgendwo zwischen Erschöpfung und Unruhe, wälzte mich in den Laken, mein Verstand gefangen in einer Endlosschleife von Dingen, an die ich nicht denken wollte.

Raue Hände, die eine Hitzespur über meine Haut zogen, ein Flüstern, das der Vernunft zu nahe kam, und ein Kuss, nach dem ich mich nicht sehnen durfte, den ich aber immer wieder im Kopf durchspielte.

Als die ersten blassen Sonnenstrahlen durch die Vorhänge sickerten und sanftes Licht über die Dielenböden zogen, war ich mit meinen Nerven völlig am Ende und emotional ein einziges Chaos. Erschöpft. Atemlos. Und doch immer noch am selben Ort verwurzelt, derselbe Schmerz, dieselbe verdammte Schleife.

Max war nicht gegangen.

Ich musste nicht nachsehen. Musste nicht nachschauen. Ich konnte ihn fühlen. Diese leise, aufgeladene Wahrnehmung, die seine Anwesenheit mit sich brachte, als würde man sich zu nah an etwas lehnen, das einen verbrennen könnte, wenn man nicht vorsichtig war. Aber ich würde nicht den Fehler machen, nach ihm zu suchen.

Nein. Bleib cool, Rayann. Du bist total unbeeindruckt. Tu so, als hättest du nicht wach gelegen und gehofft, die Tür würde sich wieder öffnen.

Stattdessen tat ich, was ich immer tue: in Bewegung bleiben. Ich duschte, zog mich an, band meine Haare mit Händen zurück, die so zitterten, dass es mich wütend machte. Und als ich in den Flur trat, war Max schon da. Die Stiefel an, den Hut in der Hand, wartete er geduldig. Sein Blick traf meinen, wie immer undurchschaubar. Ich blieb nicht stehen. Ein kurzes Nicken, aber keine Worte. Ich ging einfach an ihm vorbei, als wäre mein Herz nicht immer noch ein einziges Durcheinander in meiner Brust. Als hätte ich nicht die ganze Nacht darüber nachgedacht, wie sein Schatten vor meiner Tür verweilt hatte. Als würde ich ihn nicht immer noch überall spüren. Als würde ich nicht meine eigenen verdammten Regeln brechen, weil ich ihn trotzdem wollte.

Er ließ mich gehen. Ein Anflug von Zögern, ein winziger Moment der Stille, der auf eine unerledigte Angelegenheit hindeutete.

Pech gehabt.

Ich ging weiter, mit geradem Rücken und rasendem Herzen.

Und er stand einfach da, ruhig, gefasst, cool wie immer, als hätte meine Spirale auf seinem Radar gar nicht stattgefunden.

Natürlich folgte er mir nicht.

Natürlich kaufte er mir die Show ab.

Max Harrington, mit seinem perfekten Timing und seiner wahnsinnig machenden Zurückhaltung, hatte keine Ahnung, dass ich ihn mit jedem Schritt, den ich tat, gedanklich in Brand setzte.

12

Stürme lügen nicht

Der Morgen war frisch, mit dieser Art von Feuchtigkeit, die einem nicht nur auf der Haut klebte, sondern tief einsickerte und sich an Stellen festsetzte, an die keine Wärme heranreichte. Nebelschwaden zogen über die Hügel und hüllten die Landschaft in eine stille Magie. Der Geruch von feuchter Erde und wildem Heidekraut hing in der Luft, herb und erdend. Ich hätte aufgeregt sein sollen. Ein Ausritt durch die schottischen Highlands? Das war die Art von Dingen, die Leute auf ihre Bucket List setzen. Aber mein Magen war immer noch ein einziges verknotetes Chaos. Angespannt. Unruhig. Unmöglich zu entwirren.

Ich schleppte mich durch den Garten, als ob Zögern das Unvermeidliche aufhalten könnte. Max war bereits bei den Ställen und justierte seinen Sattel mit dieser selbstgefälligen Effizienz auf Navy-SEAL-Niveau, bei der ich ihm am liebsten einen Sattel an den Kopf geworfen hätte. Er tat so, als hätte er letzte Nacht nicht vor meiner Tür gestanden. Als hätte ich nicht die halbe Nacht wach gelegen, mich in den Laken gewälzt und ihn mir woanders vorgestellt.

Bei ihr.

Nach einer kurzen Einweisung in die Grundlagen des Geländereitens schwang ich mich schweigend in den Sattel, den Rücken steif, den Blick stur geradeaus gerichtet. Ich ignorierte ihn.

Lässig. Beherrscht. Fast schon eisig.

Ich antwortete in Silben, nicht in Sätzen. Sah nicht in seine Richtung. Gönnte ihm nicht die Genugtuung.

Als hätte ich nicht die Nacht wach gelegen, mein Puls rasend, und mich gefragt, wo zum Teufel er war und mit wem.

Als würde mich das Geräusch seiner Schritte im Flur nicht immer noch verfolgen. Die Art, wie sie innehielten. Die Art, wie er nicht klopfte.

Als wäre ich nicht nur ein falsches Wort davon entfernt, diese lächerliche Fassade fallen zu lassen.

Acht Stunden. So lange hatte ich schon so getan, als ob. Aber jetzt bekam die Fassade Risse, und er musste es wissen.

Ein Blick. Eine Bemerkung. Eine weitere Sekunde des Schweigens, und ich würde verdammt noch mal ausrasten.

Wenn das Arschloch auch nur einen Funken Wahrnehmungsvermögen besaß, zeigte er es nicht.

Der Rest der Gruppe ritt voraus, ihr Lachen stieg mit der Brise auf, unbeschwert und unbekümmert. Alles, was ich nicht war. Ich ließ meine Augen auf dem Weg, die Knöchel weiß, wie ich die Zügel umklammerte, und ignorierte die Hitze seines Blicks, als ob sie mich nicht aus der Fassung brächte. Und trotzdem fielen wir irgendwie zurück. Vielleicht wurde er absichtlich langsamer. Vielleicht war das Schicksal einfach ein Arsch. Oder vielleicht konnte Max Harrington der langsamen Folter nicht widerstehen, mich in meinem Schweigen schmoren zu lassen. Diesen Sieg würde ich ihm nicht gönnen.

Ich konnte seine Aufmerksamkeit auf mir spüren, stetig und leise, als wartete er nur darauf, dass sich ein Riss zeigte. Mit jedem Schritt spannte sich meine Laune fester an. Und natürlich war das Schicksal noch nicht fertig damit, eine kleinliche kleine Nervensäge zu sein. Der Nebel legte sich tief über die Hügel, sanft und trügerisch. Dann brach der Himmel auf, und der Regen kam mit voller Wucht.

»Verdammte Scheiße, das hat sich schnell geändert«, murmelte Max. »Wir brauchen Schutz, Rayann. Sofort.«

Der Wind fegte durch das Tal, der Regen prasselte in Strömen nieder, während sich der Boden unter den Hufen unserer Pferde in glitschigen Schlamm verwandelte. Durch die vom Sturm verschwommene Landschaft entdeckte ich es – ein kleines Steingebäude auf einer Anhöhe.

Eine Bothy. Eine dieser alten Highland-Schutzhütten für Wanderer, Schafhirten ... oder anscheinend für sehr unvorbereitete Amerikaner. Sie musste reichen.

Wir erreichten sie genau in dem Moment, als der Sturm bösartig wurde, der Wind durch die Ritzen heulte und der Regen gegen die abgenutzten Steine schlug. Ich schwang mich vom Pferd, von Kopf bis Fuß tropfnass, mein Kleid ein anhängliches, durchnässtes Chaos, das an jeder Kurve klebte, von der ich normalerweise so tat, als wäre sie mir egal. Max' Gegenwart legte sich hinter mich – heiß, schwer, als würde er ohne Worte fragen, ob ich endlich aufhören würde wegzulaufen. Sein Geruch traf mich härter, als er sollte. Saubere Haut, feuchte Kleidung und ein Hauch von der Seife, die er benutzte.

Drinnen war die Luft dick. Regen. Stille. Oder vielleicht etwas Schwereres – unausgesprochenes Verlangen, das zwischen uns kroch. Der Raum roch nach feuchtem Stein und nachklingendem Rauch, als hätte hier einst ein Feuer gebrannt, aber schon lange aufgegeben.

Ich wrang das Wasser aus meinen Haaren und schritt in dem kleinen Raum auf und ab, während der Frust in Wellen von mir ausging. Max schaute zu und wartete, als hätte er den Streit, der sich in meinem Kopf zusammenbraute, bereits gehört. Und *das* war es, was mich schließlich zum Ausrasten brachte.

Ich fuhr zu ihm herum, meine Stimme scharf. »Warum machst du das?«

Max zog eine Augenbraue hoch. »Was machen?«

»Das! Dieses Beobachten. Dieses Herumschleichen. Dieses Getue, als ob – als ob das hier nicht –« Ich gestikulierte wild zwischen uns, mein Atem ging stoßweise. »Was auch immer zur Hölle das hier ist!«

Sein Kiefer spannte sich an. »Sag du es mir, Rayann.«

Ich atmete scharf aus, meine Hände ballten sich zu Fäusten. »Du machst mich wahnsinnig. Du verschwindest die ganze Nacht, und ich soll – was? So tun, als wäre es mir egal? So tun, als wäre das, was auf dieser Tanzfläche passiert ist, nicht das Heißeste, was ich je überlebt habe, ohne zu explodieren?«

Ich schnaufte, meine Stimme verfing sich an einem scharfen Knoten in meinem Hals. »Und dann verschwindest du. Keine Nachricht, keine Erklärung. Verdünstest dich einfach mit der ersten perfekt aufpolierten Göttin, die direkt aus einem Bond-Film entsprungen sein könnte, nachdem du deine Hände überall an mir hattest und mich gehalten hast, als würdest du sterben, wenn du mich loslässt.«

Max erstarrte. Das Verständnis traf ihn. Eine Erkenntnis, die sich tief in seinen Knochen festsetzte.

Sie hat es bemerkt.

Seine Finger krümmten sich an seinen Seiten. Seine Schultern wurden steif, als ob sein ganzer Körper in höchste Alarmbereitschaft versetzt worden wäre. *»Wusste sie, was sie zugegeben hatte? Hatte sie sich selbst gehört?«*

»Du hast es bemerkt«, sagte er, seine Stimme nun leiser. Tiefer.

Alles in mir hielt inne. *»Oh, mein Gott. Habe ich das wirklich laut gesagt?«*

Seine Gesichtszüge blieben fest, aber in seinen Augen lag eine neue Schärfe.

»War es dir wichtig, Rayann?«

Ich hasste ihn dafür, dass er dastand wie der verdammte Zen-Buddha, während ich nur einen Atemzug davon entfernt war, in Flammen aufzugehen.

Er wusste genau, wie tief ich in diesem Schlamassel steckte, wie weit ich gesunken war. Und der Mistkerl zuckte nicht einmal mit der Wimper. Seine Atmung war gleichmäßig. Seine Haltung veränderte sich nicht, nicht mal ein Zucken. Es war, als würde er jeden meiner Atemzüge verfolgen, weil er wusste, dass sie jederzeit detonieren könnten und ich nur zwei Sekunden vor dem Zusammenbruch stand. Jeder Teil von ihm war still, als hielte er den Atem an ... oder als machte er sich auf einen Aufprall gefasst. Nur dieser glühende Fokus und diese tödliche Ruhe, die meine Knie weich werden ließen.

Oder vielleicht war er einfach besser darin, es zu verbergen. Darin, stocksteif dazustehen, während ich die Fassung verlor.

Mein Magen drehte sich um, meine Kehle brannte, alles hinter meinen Rippen riss sich los. Ich musste es ihm heimzahlen. Irgendwas. Egal was.

»Fahr zur Hölle, Max.«

Und dann, ohne ein Wort, bewegte er sich. Ein Schritt. Zwei. Ich bemerkte nicht einmal, wie sich der Abstand zwischen uns schloss, bevor mein Rücken gegen die Wand prallte und Max sich an mich drückte, als hätte er vor zu bleiben.

Seine Hände stützten sich zu beiden Seiten von mir ab, kesselten mich ein, und sein Körper strahlte trotz der Kälte, die an unserer durchnässten Kleidung hing, Hitze aus. Der vom Regen glatte Stoff schmiegte sich an jede meiner Kurven – dünn, nutzlos, obszön in dem, was er preisgab. Durchnässt. Durchgefroren. Jeder Nerv entzündet und bloßgelegt. Und Max?

Max *bemerkte es.*

Sein Blick fokussierte sich für eine halbe Sekunde. Gerade lange genug, um ihn zu verraten. Gerade lange genug, um ihn preiszugeben. Sein Adamsapfel bewegte sich. Seine Nasenflügel bebten. Seine Finger ballten sich zu Fäusten und kämpften einen aussichtslosen Kampf mit sich selbst.

Ich zitterte, und es lag nicht an der Kälte.

Sein Kiefer spannte sich an. Seine Atmung wurde unregelmäßig, unsicher. Er verlor die Kontrolle. Seine Muskeln spannten sich an, seine Finger zuckten mit weißknöcheliger Zurückhaltung gegen den Stein. Sein Blick wanderte wieder hoch zu meinem, hungrig und verzweifelt. Sein Blick zuckte zu meinen Lippen. Und dann –

verlor er die Beherrschung.

Sein Mund krachte auf meinen, ein brutaler, besitzergreifender Kuss, seine Hände packten meine Hüften und pressten mich zwischen die Wand und jeden durchnässten Zentimeter seines Körpers. Es war alles, was ich verleugnet, vergraben und mit aller Macht bekämpft hatte, um es nicht zu begehren. Seine Hände gruben sich in mein Haar, glitten hinab, fanden meine Taille und zogen mich dann an sich – Gier und Bedürfnis in jeder Bewegung. Die Hitze zwischen uns loderte auf, elektrisierend und verzehrend, ein Lauffeuer, das durch meine Adern jagte.

Ich keuchte an seinen Lippen, und er nutzte die Gelegenheit, vertiefte den Kuss, sein Griff wurde fester, sein Körper drückte mich härter gegen die Wand. Er schloss jeden letzten Millimeter zwischen uns. Ich konnte ihn spüren.

Alles an ihm.

Solide Muskeln, sengende Hitze und die Spannung, die wir kaum im Zaum gehalten hatten und die nun frei brach. Max stieß ein leises, gefährliches Geräusch aus, voller Hunger und ohne Zögern. Und Gott steh mir bei, ich tat es ihm gleich. Überall, wo er mich berührte, brannte ich.

Ich sollte das beenden. Mich zurückziehen. Irgendetwas anderes sagen als diesen bedürftigen Laut, der sich seinen Weg meine Kehle hinaufkratzte. Aber ich tat es nicht. Konnte es nicht. Wollte es nicht.

Denn das hier war Hitze und Hunger und viel zu viel Verlangen. Keine Logik oder ein Plan. Nur Feuer, und ich wollte jede verdammte Sekunde davon.

Max zog sich kaum merklich zurück. Stirn an meiner Stirn, sein Atem warm und rau auf meinen Lippen. Seine Fingerknöchel strichen ehrfürchtig und ohne Eile über meinen Kiefer, als wollte er sich mich einprägen. Als wollte er mich in seine Knochen einbrennen.

Luft strömte in meine Lungen, mein Verstand drehte sich in tausend Richtungen, meine Lippen kribbelten von der Wucht seines Kusses.

»Du bist verdammt schön. Und es macht mich wahnsinnig. Du bist in meinem Kopf, in meinem Blut. Ich sehe dich, und alles andere wird still. Ich kann nicht aufhören, an dich zu denken.«

Er lehnte seine Stirn an meine, sein Atem zitterte.

»Wenn ich dich endlich habe, Rayann ... dann wird es nicht sein, weil ich die Kontrolle verloren habe.«

Ein scharfes Einatmen. Ein Muskel zuckte in seinem Kiefer. Seine Hände spannten sich an, die Spannung zog an jedem Muskel.

»Sondern weil ich es zugelassen habe.«

Die Hitze dieser Worte traf mich tief und raubte mir den Atem.

Kein Geständnis. Ein Versprechen. Eine verdammte Warnung.

Stille breitete sich aus. Die Art von Stille, die einen herausfordert, sie zu brechen.

Er atmete langsam und tief ein, als ob er sich zügeln wollte. Sein Blick fiel auf meinen Mund. Seine Beherrschung riss erneut, nur für eine Sekunde. Sein Daumen strich über meine Unterlippe.

Langsam. Bedächtig. Zerstörerisch.

Das ist in Ordnung. Alles ist in Ordnung. Meine Seele steht definitiv nicht in Flammen.

Sein Atem streifte mein Schlüsselbein, heiß und rau. Seine Stimme sank zu einem frustrierten Knurren. »Und wenn das passiert, Rayann ...« Seine Hände ballten sich. »Wirst du dich nicht fragen müssen, wo ich gewesen bin.«

Der Sauerstoff traf mich wie ein Schlag – richtig. Annabelle. Die ganze glitzernde Bond-Girl-Sache, die ich ihm wie eine scharfe Granate an den Kopf geworfen hatte.

Und er hatte es eingesteckt. Alles davon. Und war geblieben.

Er war hier. Sagte das. Schaute mich an, als wäre ich das Einzige, was für ihn Sinn ergab. Und jetzt stellte er verdammt noch mal sicher, dass ich wusste, wo er stand. Bei mir.

Meine Lungen blieben irgendwo zwischen *heilige Scheiße* und *reiß dich zusammen stecken*. Ich hatte keinen Namen für das, was ich fühlte – nur, dass er es war.

Fürs Erste blieb mein Mund geschlossen, und nicht, weil ich es so wollte.

Draußen hatte sich der Sturm zu einem Nieselregen beruhigt. Drinnen fühlte ich mich wie eine Zündschnur – entzündet, ausgefranst, eine Sekunde davon entfernt, alles in die Luft zu jagen.

13

Notwendig, von wegen

Ich schwang mich als Erste auf mein Pferd, verzweifelt auf der Suche nach Abstand. Bewegung. Irgendetwas, nur nicht dastehen und innerlich immer noch von dem Feuer kochen, das er hinterlassen hatte. Max schwang sich langsamer in den Sattel, als würde er versuchen, etwas abzuschütteln. Schuldgefühle. Lust. Mich.

Konnte er aber nicht.

Sein Kiefer war angespannt. Zu angespannt. Ich kannte diesen Blick. Er war aus dem Takt geraten und brodelte vor Frust, den ich von hier aus spüren konnte.

Frustriert über sich selbst.

Oh. Ohh.

Der Sturm. Das Timing. Die Tatsache, dass wir ohne Vorwarnung von ihm überrascht worden waren. Max Harrington – Logistik-Gott, Tabellen-Fanatiker, die menschliche Verkörperung von *Ich habe alles geplant* – hatte etwas übersehen.

Meine Lippen zuckten.

Oh, ich würde jede einzelne glorreiche Sekunde davon genießen.

Ich trieb mein Pferd mit der unschuldigen Anmut einer Frau voran, die definitiv keinen verbalen Schlagabtausch plante. »Also ... musst du jetzt eine Wetterspalte in deine Tabelle einfügen?«

Max atmete durch die Nase aus und lenkte sein Pferd neben meins. »Witzig. Lass es gut sein, Rayann.«

Oh, ganz sicher nicht.

Nachdem er mich wie eine wandelnde Fantasie mit einem Problem, was persönliche Grenzen anging, an diese Steinmauer hatte schmelzen lassen, war das Mindeste, was er tun konnte, ein paar leichte Sticheleien zu ertragen. Ich presste eine Hand auf meine Brust, alles gespielte Sorge. »Ich meine, ich nahm halt an, du kontrollierst das Wetter. Du hattest ja schließlich alles so perfekt durchgeplant.«

Seine Finger an den Zügeln spannten sich an. Sein Kiefermuskel zuckte. Aber der Mundwinkel? Beinahe. *Beinahe.* Zuckte er.

Ich grinste. *Erwischt, Großer.*

»Du frierst«, sagte er ausdruckslos, obwohl sein Blick nach unten schnellte.

Mein Magen machte einen Satz. Ich zuckte lässig mit den Schultern. »Etwas spät für Besorgnis, Harrington. Ich bin mir ziemlich sicher, dass ich schon unterkühlt war, als du mich an diese Wand gedrückt hast.«

Eine leichte Anspannung durchfuhr seine Finger. »Gedrückt?«, wiederholte er mit rauer Stimme. »Interessante Wortwahl.« Sein Kiefer mahlte, während sein Blick eine unbarmherzige Sekunde zu lang über mein Kleid glitt. Wenn er sich schuldig fühlte, die Kontrolle verloren zu haben, dann zeigte er es verdammt noch mal nicht. Nicht mit diesem Blick.

Ich legte den Kopf schief und tat so, als würde ich nachdenken. »Stimmt. Vielleicht ist in *die Ecke gedrängt* treffender. Oder *gepresst*. Gegen eine Wand.«

Meine Stimme war beiläufig. Mein Puls? Nicht so sehr. Er war derjenige, der mich eingeschlossen hatte, als wäre ich Luft und er könnte nicht atmen, und jetzt wollte er dasitzen und so tun, als hätte er meinem Gehirn keinen Kurzschluss verpasst? Ach, bitte. Währenddessen ritt ich, als würde dieses Pferd nicht das volle Gewicht meiner ungelösten sexuellen Spannung tragen. Ich warf ihm einen scharfen Blick zu und konnte mich nicht entscheiden, ob ich ihn noch einmal küssen ... oder ihn aus dem Sattel stoßen wollte. »Nenn es, wie du willst, Max. Ich erinnere mich, wo deine Hände waren.«

Er atmete langsam aus, etwas Dunkles flackerte in seinen Augen. Etwas, das immer noch schwelte. »*Notwendig*«, sagte er leise, beinahe knurrend.

»Weil ich explodiert wäre, wenn ich dich nicht berührt hätte.«

Ooh. Wir benutzen jetzt also mehr als zwei Wörter. Und du lieber Himmel, kann mir verdammt noch mal jemand einen Fächer bringen?

Er sah mich an, als würde er bereits gedanklich die Fortsetzung planen. So viel zum Thema Unterkühlung. Wenn er so weitermachte, würde ich etwas extrem Unprofessionelles tun. Und möglicherweise Illegales. Verdammt, ich würde sogar helfen, den Vorfallsbericht zu schreiben.

Ich stieß einen leisen Pfiff aus, den Blick fest auf ihn gerichtet. »Das war also dein Versuch, mich nicht zu berühren?« Meine Lippen kräuselten sich. »Du wirst ein verdammt großes Chaos anrichten, wenn du endlich aufhörst, es zu versuchen.«

Für eine halbe Sekunde schwor ich, er würde von seinem Pferd springen und mich wieder packen, aber das Geräusch entfernter Stimmen wurde vom Wind herangetragen – Lachen und Geplapper, das signalisierte, dass die Gesellschaft eingetroffen war. Max' Kopf schnellte in Richtung des Lärms, und was auch immer an Weichheit in seinen Augen geflackert hatte, verhärtete sich zu Stahl. Der Profi war zurück. Zurück zur Tagesordnung. In der einen Minute wurde ich wie eine Heldin in einer fiebrigen Traumfantasie festgenagelt. In der nächsten wurde ich nass und stinksauer zurückgelassen und fragte mich, ob ich eine Therapie oder einen Taser brauchte. Seine Worte verursachten immer noch einen Kurzschluss in meinem Gehirn, als wir die Lichtung erreichten.

Die anderen waren nicht weit. Wir schleppten uns das letzte Stück des schlammigen Pfades entlang, unsere Pferde rutschten bei jedem Schritt. Vor uns leuchteten die Fenster eines Cottages in warmem Licht, Silhouetten bewegten sich drinnen, trocken und lachend – völlig ahnungslos von dem Chaos aus Hitze und Verwüstung, aus dem wir gerade gekrochen kamen.

Ich atmete durch die Nase aus und machte mich für den Aufprall bereit. Pokerface: aufgesetzt. Schadensbegrenzungsmodus: voll aktiviert. Ich richtete mich im Sattel auf und ignorierte das Ziehen in meinen Beinen und die Art, wie mein durchnässtes Kleid an mir klebte, als hätte es eine eigene Meinung. Neben mir schien Max auf Werkseinstellungen zurückgesetzt, als wäre nichts geschehen.

Nur zu, Max. Tu so, als hätten wir diesen Bothy nicht beinahe abgefackelt. Ich poliere hier drüben schon mal deine Trophäe für die ›Beste verlogene Darbietung‹.

Wir erreichten die Lichtung, und Max ritt hinein wie der Geschäftsführer von ›Hier gibt es nichts zu sehen‹. Ein paar Köpfe drehten sich um, und jemand stieß einen leisen Pfiff aus. Auftritt für den Chor der neugierigen Schotten und der brutale, endgültige Tod meiner sexy Fantasie.

»Na, na«, meinte Collum gedehnt, ein Augenzwinkern, während sein Blick zwischen uns hin und her glitt, als würde jemand den Spielstand festhalten – und er hätte Max gerade einen Punkt gegeben. »Dachte schon, der Sturm hätte euch verschluckt. Wir wollten in fünf Minuten einen Suchtrupp losschicken.«

Ich setzte ein Grinsen auf, das meine vom Wind gepeitschten Wangen nicht ganz erreichte. »Uns geht's gut. Wir haben ... Wände gefunden. Größtenteils senkrecht.«

Max, verdammt soll er sein, zuckte nicht einmal mit der Wimper. Natürlich nicht. Der Mann könnte eine Lawine überleben, ohne auch nur seinen Kragen zu richten.

Collum verschränkte die Arme, sein Mundwinkel zuckte amüsiert. »Und wo genau habt ihr beide diesen Zufluchtsort gefunden?«

Ich öffnete den Mund, bereit, wie ein verdammter Profi zu lügen – aber Max kam mir zuvor. »Wir haben einen Bothy gefunden.« Er blinzelte nicht. Ließ das Wort einfach fallen, als bedeute es nichts.

Sicher, Max. Spiel den Coolen, als wäre dieser Kuss kein verdammter Donnerschlag gewesen.

Collums Grinsen wurde breiter. »Ah, ein Bothy, ja? War's ein gemütliches Plätzchen?«

»Ganz gut. Feucht. Hält zusammen ... gerade so.«

Ich schnappte nach Luft. *Musste er das denn so sagen?*

Ich funkelte ihn warnend an und fixierte sein Gesicht wie eine Scharfschützin. Aber bevor ich ihm verbal die Hölle heiß machen konnte, rief eine der Brautjungfern von der Tür aus und grinste, als hätte man ihr gerade den saftigsten Klatsch des Abends serviert. »Ganz schöner Sturm, was?«, sagte die Brautjungfer und zog eine Augenbraue hoch. »Sieht so aus, als hättet ihr beiden einen Weg gefunden, euch die Zeit zu vertreiben.« Ich hätte mich am liebsten in die nächste Pfütze geworfen und mich vom Schlamm verschlucken lassen.

Jemand warf mir eine Decke zu. »Alles in Ordnung bei dir, Mädel?«

»Bestens«, sagte ich mit klappernden Zähnen. »Ich lebe nur meine klatschnasse Prinzessinnenfantasie.« Ich lächelte so angestrengt, dass ich mir beinahe einen Wangenknochen verstauchte.

Ian neigte den Kopf zur Tür, seine Stimme so geschmeidig wie die Sünde. »Also ... hat die Hütte deine Erwartungen erfüllt?«

Mein Magen schlug einen beschämten Salto und machte dann, um ganz sicherzugehen, einfach weiter damit. *Oh, fantastisch. Sie malten es sich aus. Die Wand. Die Hände. Alles.*

Und dann kam natürlich der schlimmste Teil.

»Ihr hättet euch nicht wegschleichen müssen, wisst ihr«, fügte die Frau hinzu, ihre Stimme voller Belustigung. »Die ganze Meute tuschelt schon wie alte Tanten auf einer Hochzeit nach drei Dram und ohne jeden Anstand.«

Mir stockte der Atem, bevor ich es mit einem Grinsen überspielte. »Sag Bescheid, wenn sie anfangen, Wetten abzuschließen. Ich will meinen Anteil.«

»Da lief nichts.« Max' Stimme schnitt wie eine Klinge durch die Wärme.

Ach. So spielen wir das also.

Verstanden, Harrington.

Ich hatte keine Liebeserklärung erwartet, aber mit einer so schnellen Abfuhr hatte ich verdammt noch mal auch nicht gerechnet.

Der Stich breitete sich schnell aus und setzte sich tief in meinen Rippen fest. Ich hätte es gut sein lassen sollen. Hätte es mit einer lässigen Geste abtun sollen.

Aber nein. Ich war nicht für Schweigen gemacht, schon gar nicht für die Sorte, die brannte. Ich zwang mich zu einem leichten Lachen und neigte meinen Kopf zu Max, als wäre er eine unglückliche Wahl in einer Datingshow. »Bitte. Als ob ich ihn absichtlich auswählen würde?«

Die Gruppe kicherte. Collum prustete los.

Max blinzelte nicht, aber etwas hinter seinen Augen zuckte zurück. Angespannt. Verletzt. Nicht nur genervt. Der hatte gesessen.

Ich zog die Decke enger um mich, mein Lächeln scharf genug, um Beton zu zerschneiden.

Fabelhaft. Öffentliche Demütigung und Unterkühlung. Was für ein Tag.

Als wir zu den Ställen zurückkehrten, löste sich die Gruppe in lockeren Paaren auf und zerstreute sich in Richtung Schloss, plappernd, als hätte es den Sturm nie gegeben. Ich stieg wortlos ab, meine Finger verweilten länger als nötig am Hals meines Pferdes. *Herrgott, gib mir nur noch eine Sekunde, um mich wieder zu fangen.* Einfach das Pferd zurückgeben, höflich nicken und verschwinden. Ein paar Schritte noch, und ich wäre raus. Fertig. In Sicherheit.

Und dann sah ich ihn.

Max wartete am Pfosten – die Arme verschränkt, den Hut tief ins Gesicht gezogen, so tuend, als würde er mich nicht beobachten. Ich spürte seinen Blick aus drei Metern Entfernung. *Als ob er nicht hinsah.*

Er hätte gehen können. Hätte mit den anderen zum Schloss zurückgehen und so tun können, als wäre die Hütte nur ein seltsamer Umweg an einem ansonsten gewöhnlichen Tag gewesen.

Aber das hatte er nicht.

Er wartete.

Natürlich tat er das. Denn Gott bewahre, ich bekäme einen Moment, um meine Würde im Stillen zu entwirren.

Ich biss mir jedes gehässige Wort auf die Zunge und ließ mir verdammt noch mal Zeit beim Absteigen. Klopfte mir imaginären Schmutz von der Kleidung. Justierte den Sattel, als hätte er mir persönlich ein Unrecht angetan – dann übergab ich die Zügel mit der Art von lässiger Präzision, die in Wahrheit alles andere als lässig schrie.

Nicht darauf eingehen. Nicht explodieren. Einfach atmen.

Max stand immer noch da wie eine Statue und wettete wahrscheinlich darauf, welche Ader auf meiner Stirn zuerst platzen würde. Ich ignorierte das Aufflackern in meiner Brust, das verräterische Pochen unter meinen Rippen. Ignorierte die Art und Weise, wie meine Haut immer noch von der Hitze seiner Hände kribbelte. Die verdammte Wand.

Und dieser Kuss – schmutzig, hemmungslos und verdammt sexy.

Max Harrington sollte emotional verklemmt sein, nicht eine wandelnde Fantasie mit genug roher Hitze, um jede einzelne meiner Annahmen über ihn in die Luft zu jagen.

Dir geht's gut, Rayann. Dir geht es vollkommen gut.

Außer, dass es mir nicht gut ging. Ich war wütend. Durcheinander. Lief herum, als hätten meine Lippen mich nicht gerade verraten. Ich hatte ihn noch nicht einmal wieder angesehen und mein Gehirn war schon zwei Schritte von einem Blackout entfernt.

»Rayann.«

Mein Name, tief und knurrend, landete wie ein Streichholz in trockenem Reisig. Ich war mir ziemlich sicher, dass die Stimme dieses Mannes eine Nonne zu einem Tequila-Shot überreden könnte.

Du hast zwei Möglichkeiten, Wilder. Du kannst die kluge Wahl treffen. Oder die heiße.

»Falls das dein Versuch zur Schadensbegrenzung ist, sollte ich dich warnen – ich fühle mich nicht gerade diplomatisch.«

»Das ist es nicht«, sagte er leise.

Ich hielt inne. Seine Stimme war nicht scharf. Nicht abgehackt oder genervt. Nur ruhig. Er machte einen Schritt nach vorn, atmete langsam und gemessen aus, sein Blick wanderte zu den anderen, die in der Ferne noch ihre Sachen packten. Dann zurück zu mir.

»Ich habe dich in eine schwierige Lage gebracht«, sagte Max mit leiser, rauer Stimme. »Und das tut mir leid.«

Ich blinzelte, von der Aufrichtigkeit überrumpelt.

Aber dann machte er weiter.

»Aber steh nicht da und tu so, als hättest du es nicht auch gespürt«, sagte er, jetzt noch leiser. »Denn ich habe es verdammt noch mal gespürt.«

Ich erstarrte. »Du bist unglaublich«, schnappte ich. »Du tust die ganze Zeit so, als wäre nichts passiert, und jetzt bin ich diejenige, die so tut als ob?«

Max stieß sich vom Pfosten ab und kam näher.

Ich wich aus. Zwang mich zu einem Grinsen. Stieß ihn mit der Schulter an, als ich an ihm vorbeiging.

»Du willst Ehrlichkeit, Max?«, sagte ich im Vorbeigehen. »Na schön. Es hat etwas bedeutet. Aber wenn du mich so behandelst, als wäre es nicht so, dann ja. Dann werde ich so tun als ob. Genau wie du.«

Meine Stimme klang leichter, als sie sollte. Gezwungen. Zu glatt, um den Schmerz darunter zu verbergen.

Und als ich wegging, fühlte sich jeder Schritt schwerer an als der davor.

Ich sah nicht zurück.

Aber ich habe darüber nachgedacht.

Hätte ich es getan, hätte ich es vielleicht gesehen – wie sich Max' Kiefermuskeln anspannten. Das Aufflackern von etwas Rohem, bevor er es wieder ganz tief vergrub.

14

Mit dem Feuer spielen

IN DEM MOMENT, ALS ich durch die Schlosstüren trat, schlug die Realität mit voller Wucht zu wie ein verriegeltes Tor.

Die Hütte. Der Sturm. Die Art, wie Max mich angesehen hatte, als wäre er nur einen Herzschlag davon entfernt, jede einzelne ungeschriebene Regel zwischen uns zu vergessen. Es schwirrte mir immer noch unter der Haut, aber ich vergrub es tief. Musste es. Der Welt war es egal, was zwischen uns passiert war.

Das Schloss summte weiter, lebendig und unberührt. Der Geruch von Regen hing noch in der Luft, sanft wie eine Erinnerung, scharf wie Bedauern. Kerzenlicht flackerte an den Steinwänden und tauchte den Raum in Gold. Aus der hintersten Ecke schwebte Musik, darunter erhob sich helles und unbeschwertes Lachen. Personal webte sich geschmeidig und anmutig zwischen den Tischen hindurch, band die letzten Schleifen, schenkte die letzten Gläser ein.

Währenddessen stand ich hier mit der emotionalen Stabilität einer nassen Papiertüte – und lächelte gerade genug, um zu verbergen, dass ich ihren liebsten grimmigen Sicherheitsmann beinahe wie ein verdammtes Klettergerüst an einer Steinmauer bestiegen hätte.

Keine große Sache.

Alles total in Ordnung.

Oh ja – und es war abartig verdammt heiß.

Alles wie immer, als hätte ich nicht beinahe alles niedergebrannt.

Ich atmete tief und beruhigend ein. Meine Haare rochen immer noch schwach nach der Lavendelseife aus dem Gästetrakt. Wenigstens hatten wir Zeit gehabt, den Sturm abzuspülen und unsere durchnässten Kleider gegen etwas Trockenes zu tauschen. Ich glättete mein Kleid und setzte ein Lächeln auf, als wäre ich nicht nur ein dahergelaufenes Kompliment davon entfernt, entweder in Tränen auszubrechen oder mit dem nächstbesten Barkeeper rumzumachen. Aufgeheizt und nervös ist eine höllische Kombination. Die Chancen standen wirklich fünfzig-fünfzig.

Max war vor mir hineingegangen, bog aber ohne ein Wort ab. Schon wieder im Arbeitsmodus, den Raum bereits absuchend, als würde er beten, dass eine Schlägerei ausbricht. Oder ein Gasleck. Oder vielleicht nur ein wirklich aggressives Blumenarrangement, das er neutralisieren konnte. Alles, nur nicht ich.

Na schön. Wenn er professionell sein wollte, konnte ich ihn den ganzen Abend lang in Sachen Professionalität in die Tasche stecken.

Ich machte auf dem Absatz kehrt und stolzierte davon, als hätte ich nicht das geringste Interesse daran, ihn in den nächsten Wandschrank zu werfen. Braut. Lieferanten. Leute, die nicht nach Kiefer, Gefahr und schlechten Entscheidungen rochen. Das war jetzt meine Spur.

Max postierte sich am anderen Ende des Raumes, mit steifem Rücken und mürrischer Miene, die Augen über die Menge schweifend, die Möbel umklammernd, als wäre das das Einzige, was ihn davon abhielt, mindestens drei Firmenrichtlinien zu verletzen. Ich hielt meinen Blick auf alles gerichtet, was nicht eins neunzig groß und emotional unerreichbar war. Ich lächelte. Ich lachte. Ich schüttelte Kissen auf und lächelte mich durch Small Talk, als würde in meinem Kopf nicht insgeheim ein nicht jugendfreies Filmfestival in Dauerschleife laufen.

Alles sah perfekt aus.

Inszeniert. Höflich. Bullshit.

Okay – vielleicht nicht totaler Bullshit. Aber sagen wir einfach, ich fühlte mich im Moment nicht gerade von meiner professionellsten Seite.

Ich meine ... ich bin kein Mönch.

Nur dass ich nicht aufhören konnte, ihn zu beobachten. Und er konnte nicht aufhören, mich zu beobachten.

Ich lieferte eine verdammt gute Vorstellung ab. Max stand einfach nur da und strahlte eine stille Krise aus, als wäre das sein Vollzeitjob.

Aber verdammt, es brachte mich um. Ich spürte es jedes Mal, wenn sich unsere Blicke quer durch den Raum trafen – die Art, wie sein Blick dunkler wurde, schwer, verweilend, als würde er sich immer noch die Form meines Körpers unter seinen Händen einprägen. Als könnte er immer noch fühlen, wie ich mich für ihn aufgelöst hatte.

Und wenn ich lachte? Wenn ich mir eine Haarsträhne hinters Ohr strich, als wäre ich nicht nur eine schlechte Entscheidung davon entfernt, auf seinen Schoß zu klettern? Oh, ich sah es. Den Riss in seiner Fassung. Das scharfe Anspannen seines Kiefers. Die Art, wie seine Augen mir folgten wie die Schwerkraft – als wollte er sich nicht einmal dagegen wehren.

Gott steh mir bei, mir erging es nicht viel besser.

Das Abendessen klang mit leisem Lachen und dem Klirren von Gläsern aus. Die Gäste zogen sich in den Innenhof unter den Sternen zurück, entspannt und ahnungslos, während in meinem Inneren eine ausgewachsene Rebellion stattfand. Ich blieb zurück und kümmerte mich um die letzten Details. Lächeln auf Autopilot, ruhige Hände, sanfte Stimme. Mein Inneres? Ein lichterloh brennender Müllcontainer.

Und dann – Max.

Nah. Zu nah.

Er sprach nicht. Berührte mich nicht. Stand einfach nur da und strahlte Hitze und Entschlossenheit aus, als wäre es seine eigene verdammte Anziehungskraft. Sein Blick fesselte mich, standhaft. Sicher. Als hätte er die Entscheidung bereits getroffen. Als er sich schließlich vorbeugte, streifte sein Atem die Biegung meines Halses, tief und bedächtig. »Komm mit mir.«

In seiner Stimme lag keine brüchige Note. Kein Riss. Nur Kontrolle. Vollständig. Absichtlich. Absolut.

Ich hätte weggehen sollen. Hätte Nein sagen sollen. Aber da war etwas in der Art, wie er es sagte – als wäre das Ergebnis bereits geschrieben und wir beide folgten nur dem Drehbuch.

Ich folgte ihm aus dem Saal, mein Puls hämmerte so stark, dass ich überrascht war, dass niemand sonst ihn hören konnte. Wir schafften es kaum in die Bibliothek, bevor Max die Tür hinter uns schloss – langsam, abgemessen, und sie mit einem leisen Klicken abschloss, das lauter als jeder Knall wirkte.

Er stürzte sich nicht auf mich. Überstürzte nichts. Trat nur in meinen Raum, stützte eine Hand neben meinem Kopf an der Wand ab, sein Körper drängte meinen, ohne mich zu berühren. Seine Augen fest auf meine gerichtet. Wartend. Beobachtend. Wählend.

»Sag, dass ich aufhören soll.« Seine Stimme war leise. Gefährlich in ihrer Ruhe.

Ich erwiderte seinen Blick, mein Atem blieb mir irgendwo zwischen Brust und Kehle stecken, mein Kopf schwamm. Ich blinzelte nicht. Wandte den Blick nicht ab.

Ich griff nach oben, mein Daumen strich über seine Lippen – langsam. Bestimmt. »Wag es ja nicht.«

Und das war alles, was es brauchte.

Max bewegte sich wie ein Mann mit einem Plan – kein Zögern, kein Zweifeln, kein Kontrollverlust. Sein Mund landete auf meinem, seine Hände vergruben sich in meinem Haar, legten meinen Kopf zurück, während er mich küsste, als ob er es ernst meinte. Als ob er es die ganze Zeit vorgehabt hätte.

Seine Hände glitten an meinem Körper hinab, über meine Brüste, über meine Hüften, bis er meine Oberschenkel packte und mich an sich hob.

Ich keuchte an seine Lippen, meine Beine schlangen sich um seine Taille, bevor ich überhaupt denken konnte. Mein Rücken traf mit einem dumpfen Geräusch auf die Tür.

»Max«, flüsterte ich, meine Stimme zittrig, verzweifelt.

Seine Antwort war ein tiefes Knurren, der Klang vibrierte auf meiner Haut. Seine Finger krallten sich in meine Hüften, sein Körper drückte sich fester an meinen, während sein Mund tiefer wanderte.

Mein Kiefer. Mein Hals.

Seine Zähne streiften die empfindliche Stelle an meinem Halsansatz, seine Zunge schnellte darüber und linderte das Brennen. »Du machst mich verdammt noch mal wahnsinnig«, murmelte er gegen meine Haut, seine Stimme rau und mit etwas Dunklem durchzogen. »Hast du irgendeine Ahnung, was du mit mir machst?«

Ich war zu weit weg, um zu antworten. Meine Nägel kratzten über seinen Rücken, und er zitterte. Er rollte seine Hüften gegen meine, und ich spürte ihn.

Jeden. Einzelnen. Zentimeter.

Hart und verzweifelt. Bereit, uns beide zu ruinieren.

Meine Finger fummelten ungeschickt zwischen uns und suchten nach seinem Gürtel. Das Leder glitt mit einem leisen, sündigen Geräusch auf. Sein Atem stockte. Er vergrub seine Hände im Stoff meines Kleides und zog es höher. Ich fand den Knopf seiner Hose, öffnete ihn und zog den Reißverschluss herunter.

Max' Kopf sank auf meine Schulter, sein ganzer Körper zitterte. »Rayann.« Mein Name klang wie eine Warnung. Wie eine Bitte.

Statt einer Antwort küsste ich ihn. Hart. Heiß. Wild. Ich wollte ihn. Verzweifelt. Ich war nur Sekunden davon entfernt, vor ihm auf die Knie zu sinken.

Dann – weil, wie sollte es auch anders sein – klopfte jemand. Hart. Laut. Brutal.

Ich schnappte nach Luft.

Max erstarrte.

»Rayann?«

Fiona.

Mir rutschte das Herz in die Hose.

Scheiße.

Scheiße. Scheiße. Scheiße.

Noch ein Klopfen, diesmal lauter. »Bist du da drin?«

Max atmete scharf durch die Nase aus.

Verdammt.

Ich strampelte mich los und stieß gegen seine Brust, aber er bewegte sich nicht. Jedenfalls nicht sofort. Seine Stirn blieb gegen meine gepresst, sein Atem heiß und unregelmäßig, seine Hände umklammerten immer noch meine Oberschenkel, als wäre das Klopfen nur eine geringfügige Unannehmlichkeit, um die man sich später kümmern konnte.

Das dritte Klopfen ließ die Spannung zerreißen.

Mit einem rauen Atemzug zog sich Max endlich zurück und ließ mich langsam hinunter. Ich hatte kaum Zeit, mein Kleid zurechtzuzupfen, bevor am Türgriff gerüttelt wurde.

Dann wieder.
Dann ein schärferes Klopfen.

»Eine Sekunde!«, keuchte ich und stolperte über meine eigenen Füße, als ich zum Schloss eilte. Meine Finger fummelten daran herum – zu heiß, zu zittrig, zu verdammt offensichtlich.

Als ich die Tür endlich aufriss, stand Fiona da, eine Augenbraue hochgezogen, ihr Blick für meinen Geschmack viel zu scharf. »Alles in Ordnung bei dir?«

Ihre Augen musterten mich, verweilten gerade lange genug, um mich ins Schwitzen zu bringen, und glitten dann über meine Schulter.

Zu Max.

Der immer noch da stand und natürlich wie das reinste Vorbild an Gelassenheit aussah. Denn natürlich lässt sich ein Max Harrington nicht aus der Ruhe bringen. Andere Leute schon.

Na ja ... abgesehen von dem Gürtel, der leicht schief saß. Und dem schwachen roten Fleck am Kragen, genau dort, wo ein Mund hätte sein können – falls hier jemand unvorsichtig genug gewesen wäre, genau diese Grenze zu überschreiten.

Rein hypothetisch.

Ich rang nach Luft. Kämpfte darum, mich zu etwas zurückzukämpfen, das an Fassung erinnerte, aber jeder Zentimeter meines Körpers brannte noch. »Alles bestens«, zwang ich mich zu sagen, wobei meine Stimme viel zu aufgekratzt klang. »Ich ... brauchte nur eine kleine Verschnaufpause.«

Fionas Brauen hoben sich. Aha. Aber sie bohrte nicht nach.

»Sie holen alle für einen letzten Toast in die Lounge«, sagte sie, während ihr Blick zwischen uns beiden hin und her schoss, als wüsste sie ganz genau, wie kurz wir vor einem Skandal gestanden hatten.

Ich nickte. »Klar. Ich bin gleich da.«

Sie zögerte einen Moment, lange genug, dass meine Haut zu kribbeln begann, dann drehte sie sich endlich um und verschwand den Flur hinunter.

Stille.

Ich drehte mich nicht um. Bewegte mich nicht. Das musste ich auch nicht. Ich konnte ihn hinter mir spüren. Seine Schwere. Die Spannung, die immer noch dick in der Luft zwischen uns lag.

Und als ich mich ihm endlich zuwandte –

War Max diesmal nicht undurchschaubar. Die Frustration hatte sich tief in seine Stirn eingegraben, sein Atem war immer noch zittrig, die Fäuste geballt, als wüsste er nicht, wohin damit, jetzt, wo sie nicht mehr auf mir lagen. Sein Blick traf meinen und flackerte mit etwas Rohem auf. Ein Kampf zwischen Verlangen und Selbstvorwurf.

Mein Magen verkrampfte sich.

Ich sollte etwas sagen. Meine üblichen Mauern hochziehen. Die Spannung brechen, bevor sie mich zerbrach.

Aber bevor ich dazu kam –

Hob Max eine Hand. Nicht zögerlich. Nicht unsicher. Einfach nur bedacht. Seine Fingerknöchel strichen über meine Wange, die flüchtigste Berührung – genug, um mir zu sagen, dass er nicht wirklich wegging.

Nicht davor.

Nicht vor mir.

Dann atmete er rau und ungleichmäßig aus und ließ seine Hand sinken.

»Verdammt«, murmelte er und fuhr sich mit einer Hand durchs Haar, als würde er sich neu kalibrieren – das System zurücksetzen, alles Stück für Stück wieder unter Kontrolle bringen. Und dann drehte er sich um und ging.

Nicht kalt. Nicht, als würde er mich ausschließen.

Sondern wie ein Mann, der wusste, dass er, wenn er nicht sofort ging, überhaupt nicht mehr gehen würde.

Und beim nächsten Mal? Würde es in diesem Schloss keine Tür geben, die verdammt noch mal stark genug wäre, ihn aufzuhalten.

15

Die Illusion der Kontrolle

DIE LOUNGE FLACKERTE IM goldenen Kerzenlicht und die Schatten streckten sich lang über die Steinmauern. Gelächter wirbelte durch den Raum, Gläser wurden gehoben, der letzte Trinkspruch vor der Hochzeit stand unmittelbar bevor.

Ich stand vorn, die Finger elegant am Stiel meines Glases, durch und durch die polierte Professionalität. Unberührt. Unbeeindruckt.

Ja, von wegen.

Innerlich? Ich zitterte.

Auf der anderen Seite des Raumes stand Max, als wäre nichts geschehen. Einen Whiskey in der Hand. Die Art, wie seine Finger das Glas umklammerten, die Knöchel weiß hervortretend, als wäre es das Einzige, was ihm Halt gab. Sein Kiefer mahlte, als würde er die Worte zwischen seinen Zähnen zermahlen. Was auch immer er sagen wollte, er schluckte es stattdessen hinunter.

Niemand würde es wissen.

Niemand würde ahnen, dass vor weniger als dreißig Minuten seine Hände in meinem Haar vergraben gewesen waren, sein Mund mir Feuer in die Kehle gehaucht hatte und sein Körper mich an die Tür drückte, als wollte er uns beide ins Verderben stürzen. Niemand hätte geahnt, dass ich nur Sekunden davor gewesen war, ihn mir in dieser gemütlichen Schlossbibliothek zu nehmen.

Niemand wusste, dass Fiona uns beide gerettet hatte.

Und trotzdem – ich spürte ihn. Seine Hitze. Seine Präsenz. Selbst mit einem halben Raum zwischen uns, selbst durch das Kerzenlicht, die Musik und ein Dutzend Körper spürte ich Max Harrington noch immer auf meiner Haut.

Ich wartete darauf, dass er mich ansah. Nur ein einziges Mal. Aber das tat er nie. Sein Blick blieb starr auf die gegenüberliegende Wand gerichtet, als wäre dies der einzig sichere Ort im Raum.

Als ob wir beide die Fassung verlieren würden, wenn sich unsere Blicke trafen.

Nur dass er das bereits getan hatte. Mit mir. Und wenn die Spannung, die von ihm ausging, ein Indiz war, dann machte es ihn genauso fertig wie mich.

Ich schluckte schwer und zwang mich zu einem höflichen Lächeln, als Fionas Blick meinen traf. Sie hob ihr Glas und gab das Zeichen. Zeit für den Auftritt.

Stille trat ein. Collum räusperte sich und lächelte breit. »Wir haben eine ziemliche Reise hinter uns, um hierherzugelangen, nicht wahr?«

Ein Lachen ging durch die Menge.

Ich hörte es kaum. Meine Augen schweiften immer wieder zu Max. Er hatte sich nicht von diesem einen Fleck an der Wand wegbewegt. Halb im Schatten, halb im Licht. Als könnte sich nicht einmal sein Körper entscheiden, ob er bleiben oder fliehen sollte. Verdammt, vielleicht war er schon mit einem Bein draußen.

Collum hob sein Glas höher. »Auf alten Groll, den wir in der Vergangenheit lassen, auf neue Anfänge und auf die Liebe, die uns alle zusammengebracht hat – möge sie heller brennen als jeder Sturm.«

Mir stockte der Atem, bevor ich es verhindern konnte.

Sturm.

Das Wort traf mich wie ein Schlag in die Magengrube und riss mich zurück – zurück zur Hütte, zurück zum

Feuer in Max' Augen, zurück zu der Art, wie seine Hände tatsächlich gezittert hatten, als er mich endlich berührte.

Auf der anderen Seite des Raumes erstarrte Max' Arm mitten in der Bewegung, das Whiskeyglas schwebte in der Luft, als wäre selbst das zu viel geworden. Sein Griff um das Glas wurde fester – nur einen Bruchteil zu fest. Genug, um mich fragen zu lassen, ob er es zerbrechen würde. Aber dann bewegte er sich und lockerte seinen Griff, als hätte er sich selbst bei der Tat ertappt.

Dann trafen sich unsere Blicke – heiß, dunkel und viel zu sehr mit allem gefüllt, was wir nicht aussprachen.

Meine Finger verkrampften sich um mein Glas. Ich hob es langsam, und auf der anderen Seite des Raumes tat Max dasselbe.

Er schaute nicht weg. Nicht für eine Sekunde. Als wären wir in ein stilles Duell verwickelt. Ein Krieg. Ein geheimes Geständnis, das wir nicht mutig genug waren, laut auszusprechen.

Der Trinkspruch endete. Wieder sprühte Gelächter auf, kleine Gesprächsinseln entstanden, als wäre gerade nichts zwischen uns passiert.

Ich bewegte mich weiter. Ein Lächeln hier. Ein Nicken dort. Beschäftigt bleiben. Poliert. Die Kontrolle behalten. Oder zumindest so tun als ob.

Für eine halbe Sekunde dachte ich, er würde den Raum durchqueren. Aber dann spannte sich sein Kiefer an, und er drehte sich weg, schnell und abrupt. Verschwunden, bevor ich ihn überhaupt zur Rede stellen konnte. Bevor ich seinen Bluff aufdecken konnte. Bevor ich ihn mit einem geflüsterten »Wir müssen reden« in die Enge treiben konnte.

Natürlich ging er weg. Natürlich konnte er mich nicht einmal ansehen. Es ist einfacher, so zu tun, als hätte es nichts bedeutet, wenn man sich dem nicht stellen muss.

Ich? Ich war fertig damit, nett zu sein. Und wenn Max Harrington rennen wollte, sollte er sich besser beeilen.

Ich fand ihn direkt vor dem Hauptsaal, er hatte sich auf dem Balkon postiert und die Hände auf die steinerne Brüstung gestemmt, als wolle er nicht springen. Oder jemanden hinunterwerfen. Womöglich mich. Seine Schultern waren so angespannt, als wären sie festgeschraubt worden.

Ich zögerte nicht. Meine Absätze klackerten wie Satzzeichen auf dem Steinboden. Ich ging geradewegs auf ihn zu, meine Stimme leise, scharf und endgültig ohne Geduld. »Du benimmst dich wie ein Arschloch, *Mr.* Harrington. Wirst du die ganze Nacht schmollen oder tatsächlich sagen, was dir durch den Kopf geht?«

Max' Kiefer spannte sich an. Sein Blick blieb auf den Garten unter uns gerichtet. »Du willst dieses Gespräch jetzt nicht führen.«

Ich blinzelte, überrumpelt. »Was zum Teufel soll das denn heißen?«

Max trat einen Schritt näher. »Fiona hat uns überrascht.«

Ich verschränkte die Arme. »Sie hat uns nicht überrascht. Sie hat geklopft.«

Sein Kiefermuskel zuckte. »Darum geht es nicht.«

Oh, dieser *unerträgliche* Mann.

»Nein, Max. Worum geht *es* dann?«

Stille.

Aber dann sah ich es – er war nicht nur sauer. Es ging tiefer. War komplizierter. Er ärgerte sich nicht über das Klopfen. Er war wütend auf sich selbst – vielleicht rasend –, weil er losgelassen hatte. Weil er mich hereingelassen hatte. Er hatte in der Hütte bereits einmal die Kontrolle verloren. Dann wieder in der Bibliothek. Und zum ersten Mal seit wer weiß wie langer Zeit hatte ich etwas in ihm gelockert – und er hasste es. Hasste es, dass seine sorgfältige Kontrolle keine Chance gehabt hatte, dass sein wohlgeordnetes Leben sich nicht mehr wie sein eigenes anfühlte.

»Du bist wütend auf mich«, sagte ich, meine Stimme etwas leiser. Gerade genug, um gefährlich zu sein.

Max' Brustkorb hob sich scharf. Und für nur eine Sekunde flackerte etwas Rohes in seinen Augen auf – etwas, das ich beinahe erhascht hätte. Und genauso schnell fuhr die Mauer wieder hoch.

»Nein.«

Er atmete ein. Langsam. Kontrolliert. »Ich bin wütend, weil es ein Fehler war.« Er spuckte die Worte nicht aus. Er klang nicht einmal wütend. Nur ... am Boden zerstört.

Das hatte ich nicht kommen sehen. Nicht im Geringsten. Meine Brust zog sich eng zusammen. Schmerzhaft. Als hätten meine Lungen vergessen, wie man arbeitet.

Und dann lachte ich. Leise. Ungläubig. Die Art von Lachen, die beim Herauskommen weh tat.

»Ein Fehler.«

Max blinzelte nicht. »Ja.«

Ich nickte einmal. Dann noch einmal. Langsam.

Dann trat ich einen Schritt vor und schloss die Lücke zwischen uns. »Warum zum Teufel siehst du mich dann immer noch an, als wärst du am Verhungern?«

Stille.

Sein Atem stockte – gerade genug, um mir zu verraten, dass ich ins Schwarze getroffen hatte.

Ohh. Verdammt, ich hatte ihn am Haken.

Seine Hände ballten sich zu Fäusten, als wäre das die einzige Möglichkeit, nicht wieder nach mir zu greifen.

Ich senkte meine Stimme, ließ sie leise und gefährlich klingen. »Na los. Sag es noch einmal. Sieh mir in die Augen und sag mir, dass es ein Fehler war.« Ich hob das Kinn und heftete meinen Blick auf seinen. »Mal sehen, ob ich dir glaube.«

Sein Kiefer spannte sich so sehr an, dass ich dachte, seine Zähne würden zersplittern. Seine Augen brannten sich in meine – aber er sagte kein Wort. Für eine brutale Sekunde dachte ich, er würde es tatsächlich sagen.

Ich sah es. Fühlte es. Diesen Riss, der sich weit auftat. Aber stattdessen drehte er sich um und ging weg.

Tja, fick mich doch einer.

***

MAX

Ich, Max Harrington, der sein Leben verdammt noch mal im Griff haben sollte, habe mich gerade wie ein Feigling mit einer Latte und Gefühlen verpisst.

Hervorragende Arbeit. Zehn von zehn Punkten. Echt verdammt geschmeidig, du Idiot.

Ich ging weiter.

Den Gang hinunter. Vorbei an den Burgmauern. Hinein in die Dunkelheit und direkt zu dem einzigen Ort, an dem ich dasitzen und grübeln konnte – die Bar.

Warm genug. Belebt genug. Aber nicht so sehr, dass es mich davon abhielt, diese Ecke für mich zu beanspruchen und mich verdammt noch mal aus allem rauszuhalten. Whiskey und Rauch lagen dick in der Luft. Die Feuchtigkeit klammerte sich immer noch an meine Jacke, als hege sie einen Groll.

Der Scotch brannte gleichmäßig auf dem Weg nach unten. Nicht schnell. Nicht langsam. Gerade genug, um ihn zu spüren. Gerade genug, um mich anzukotzen.

Der Barkeeper schlenderte herüber – ein älterer Kerl, scharfsinnig, mehr Silber als Rot im Bart. Die Art von Aussehen, die verriet, dass er genug Scheiße für ein ganzes Leben gesehen hatte. »Wenn Ihr weiter so finster dreinblickt, junger Mann, wird Euer Drink noch sauer.«

Ich ließ meinen Blick auf dem Glas. »Langer Tag.«

Er schnaubte. »Aye, und ich bin die verdammte Königin von England.«

Ich lächelte nicht. Nicht wirklich. Aber mein Mund versuchte es trotzdem.

»Mein Name ist Murdo«, fügte er hinzu und zog seinen Lappen mit einer Art Schwung über die Theke, der besagte, dass ich nicht sein erster vom Sturm durchnässter Streuner war und auch nicht sein letzter sein würde.

Der alte Knabe wischte eine saubere Stelle noch einmal ab, diesmal langsamer – als wäre es der halbe Spaß, mich auszusitzen. »Wenn Ihr hergekommen seid, um zu grübeln und Euch die Lichter auszuschießen, schlage ich vor, Ihr entscheidet Euch für eines und zieht es durch. Ansonsten verschwendet Ihr nur guten Whiskey.«

Ich sog die Luft ein. Ließ sie langsam durch die Zähne entweichen.

Ich hätte nach oben gehen und die ganze verdammte Nacht hinter mir lassen sollen.

Hätte ich.

Aber hier war ich.

Saß in einer Bar.

Nippte an einem Drink und grübelte wie der gottverdammte Feigling, der ich nicht sein wollte.

Verdammt, vielleicht hätte es das einfacher machen sollen – die Nacht hinter mir zu lassen. Sie wegzuschließen. Weiterzumachen. Einfach. Sauber.

So, wie ich die Dinge normalerweise handhabe.

Sie hatte mich nicht zur Rede gestellt.

War mir nicht nachgelaufen.

Hatte mir nicht eine ihrer spitzen kleinen Bemerkungen zugeworfen.

Und ja – das hätte es einfacher machen sollen.

Tat es aber nicht.

Murdo sagte kein verdammtes Wort. Beobachtete mich nur. Als wöge er ab, ob er mir in den Arsch treten oder mir noch einen einschenken sollte.

»Ärger mit einem Mädel?«

Ich umklammerte das Glas fester. »Nein.«

»Aye, und der Papst ist evangelisch.«

Ich knirschte mit den Zähnen und versuchte, nichts zu sagen, was ich bereuen würde.

Murdo kicherte, schenkte sich selbst ein Glas ein und nahm einen Schluck. »Ihr wärt nicht der erste Narr, der an dieser Bar sitzt und denkt, ein oder zwei Gläschen würden ihm aus einem selbstverschuldeten Schlamassel helfen.«

Ich widersprach nicht. Was zum Teufel hätte ich darauf sagen sollen?

Ich zog eine Augenbraue hoch. Gab mir nicht die Mühe, beeindruckt auszusehen. »Seid Ihr immer so gesprächig mit Euren Kunden?«

»Nur mit denen, die aussehen, als müssten sie eins auf den Hinterkopf bekommen.«

Ich fuhr mir mit der Hand über das Gesicht. »Mir geht es gut.«

Murdo warf mir einen Blick zu. »Junge, Ihr sitzt allein in einer Kneipe und starrt in dieses Glas, als würde es Euch gleich den Sinn des Lebens zuflüstern. Euch geht es nicht gut.«

Ich hielt den Mund. Der Mistkerl hatte nicht unrecht.

»Ihr schaut ständig auf das Handy, als ob es sich bei Euch entschuldigen müsste.«

Keine SMS. Kein Anruf. Nicht einmal ein verpasster, um mir einen Knochen hinzuwerfen.

Sollte mir scheißegal sein.

Aber da war es trotzdem.

Murdos scharfer Blick wanderte zu meinem Handy. »Ahh, jetzt verstehe ich. Ihr habt gehofft, sie würde Euch nachlaufen, nicht wahr?«

Ich fuhr mit dem Kopf herum, schroffer als beabsichtigt. »Das habe ich nicht ...«

Murdo grinste. »Aye, das habt Ihr. Nichts verwundet den Stolz eines Mannes so sehr wie ein Mädel, das ihn einfach gehen lässt.«

Ich machte mir nicht die Mühe, meinen Seufzer zu verbergen. »Mischt Ihr Euch immer so in das Leben von Fremden ein?«

Murdo zuckte mit den Schultern. »Menschen sind leicht zu durchschauen, wenn man vierzig Jahre lang Männer dabei beobachtet hat, wie sie versuchen, ihr Bedauern zu ertränken.«

Ich antwortete nicht. Drehte das Glas nur höllisch langsam auf dem Holz. Ich wusste es besser, als meinen verdammten Mund aufzumachen.

Tat es trotzdem.

»Habt Ihr jemals jemanden gesehen, der es richtig gemacht hat?«

Murdo beobachtete mich eine lange Minute lang, dann nahm er einen langsamen Schluck. »Aye. Aber nur diejenigen, die lange genug aufhören wegzulaufen, um es sich selbst zu gönnen.«

Ich brauchte den Whiskey nicht, um zu brennen. Seine Worte erledigten das.

Ja. Das war das Problem.

Genau da.

Den Nagel auf den Kopf getroffen.

Ich hatte Jahre – verdammt, ein ganzes Leben – damit verbracht, immer zwei Schritte voraus zu sein.

Immer.

Planen, kalkulieren, die Chancen zu meinen Gunsten beeinflussen, bevor ich überhaupt einen Zug machte.

Kontrolle war der Sinn. Der ganze verdammte Sinn der Sache.

Rayann?

Sie war pures Feuer und Ärger. Eingepackt in so verdammt hübsch, dass es wehtat, sie anzusehen. Sie machte mich leichtsinnig. Ließ mich die Kontrolle verlieren. Hat Verlangen in mir geweckt.

Und das? Das machte mir eine Heidenangst.

Murdo klopfte mit den Fingern auf die Theke.

Tock. Tock. Tock.

Ich konnte es spüren, noch bevor er fragte.

»Also, was hält Sie denn auf?«

Mir gefiel nicht, wie diese Frage bei mir ankam. »Wie bitte?«

»Sie mögen sie. Sie mag Sie. Und trotzdem sitzen Sie hier allein in einem Pub und hoffen, dass sie die Jagd für Sie eröffnet.« Murdo beugte sich vor und stützte die Ellbogen auf den Tresen. »Was hält Sie auf, junger Mann?«

Der hat gesessen, voll und unschön. »Es ist kompliziert.«

Murdo stieß ein leises Kichern aus. »Tja, die Liebe ist das meistens. Aber meiner Erfahrung nach, wenn ein Mann sagt, es sei kompliziert, meint er in Wirklichkeit, dass er zu stur – oder zu ängstlich – ist, um sich einzugestehen, was er will.«

Ich wollte ihm sagen, dass das Bullshit war.

Aber er hatte nicht unrecht.

Zu stur. Zu ängstlich. Vielleicht beides.

Es war nicht nur, dass ich sie wollte. Es war das, was sie mit mir anstellte.

Die Art, wie sie meine Konzentration zerstörte.

Mich in ihren Bann zog.

Jeden Faden auflöste, den ich über Jahre hinweg ver-knotet hatte.

Durch sie fühlte ich mich lebendig. Und, Herrgott – ich hatte keine Ahnung, was ich damit anfangen sollte. Nicht die geringste.

Murdo atmete durch die Nase aus und schüttelte den Kopf. »Wovor auch immer Sie davonlaufen, junger Mann ... früher oder später wird es Sie einholen.«

Ich brauchte Murdo nicht, um es mir zu erklären. Ich spürte es bereits in meinem Nacken.

Murdo wandte den Blick nicht ab. Musste er auch nicht. Er hatte mich bereits völlig durchschaut.

Ich nahm noch einen Schluck, verdammt langsam. Als ob der Whiskey ihn vielleicht für mich zum Schweigen bringen könnte.

Murdo schnaubte. »Ja, das habe ich mir gedacht.«

Ich sah ihn nicht an. »Und was wäre das?«

Der Barkeeper lehnte sich zurück und musterte mich mit einem langen, prüfenden Blick. »Sie haben nicht nur Angst davor, das Mädel zu wollen.«

Murdos Blick blieb fest. »Sie haben Angst davor, was passiert, wenn Sie es sich erlauben, sie zu haben.«

Ich umklammerte das Glas so fest, dass meine Fin-gerknöchel brannten.

Murdo nickte, als hätte er gerade etwas bestätigt, das ich bereits wusste. »Ja. Das ist es, nicht wahr?«

Ich blieb still. So war es schwerer zu lügen.

Murdo wischte mit langsamen, gleichmäßigen Bewegungen über den Tresen. »Männer wie Sie, junger Mann … Sie fürchten nicht die Liebe. Sie fürchten, was geschieht, wenn sie fort ist.« Er neigte den Kopf. »Und ich würde jede einzelne Flasche in diesem Laden darauf verwetten, dass es nicht das erste Mal ist, dass Sie etwas verloren haben, das Ihnen wichtig war.«

Ich spürte, wie der Schlag tief saß. Genau dort, wo ich die Dinge aufbewahrte, über die ich nicht sprach.
Ich konnte nicht richtig atmen.

Ich umklammerte das Glas, bis meine Fingerknöchel weiß wurden.

Murdo bohrte nicht nach. Er schenkte nur einen weiteren Schluck Whiskey ein und schob ihn über den Tresen, als wäre es ein gottverdammter Beichtstuhl.

»Na los. Erzählen Sie es mir.«

Ich wollte kein verdammtes Wort sagen. Aber die Worte kamen trotzdem.

16

Die Abrechnung des Max Harrington

»Es sollte eine einfache Extraktion sein.«

Die Worte kamen rau heraus, als wollten sie meinen Mund gar nicht verlassen.

Murdo sagte kein verdammtes Wort. Stand nur da und wartete ab.

Ich atmete langsam aus, meine Brust war zu verdammt eng, um wieder Luft zu holen. »Wir hatten einen Mann in der Klemme. Die Informationen waren beschissen. Wir dachten, wir hätten Zeit.«

Ich biss die Zähne so fest zusammen, dass ich das Knirschen spüren konnte.

»Hatten wir aber nicht.«

Ich zwang mich zu einem weiteren Atemzug. »Ich habe den Befehl gegeben, reinzugehen.«

Murdo blieb still. Ließ es einfach so im Raum stehen. Er nickte kaum merklich, langsam und ruhig. »Und?«

Der Scotch half nicht. Meine Kehle brannte immer noch. »Und ich lag falsch.«

Das war die Wahrheit. Der hässlichste Teil davon.

Ich rührte mich nicht. Atmete nicht.

»Wir haben in dieser Nacht zwei Männer verloren«, sagte ich und erstickte fast an den Worten. »Weil ich dachte, ich könnte die Situation kontrollieren. Weil ich es verdammt noch mal besser wusste.«

Die Erinnerung traf mich wie ein verdammter Hammerschlag. Chaos. Schüsse. Ihre Stimmen über den Funk – verzweifelt, aber sie hielten die Stellung, selbst als alles aus dem Ruder lief.

Und ich?

In der Falle. Festgenagelt. Gezwungen zuzuhören. Gezwungen zu warten.

Ich konnte es immer noch hören – den Moment, in dem ich wusste, dass sie es nicht herausschaffen würden. Und schlimmer noch? Der Moment, in dem ich wusste, dass es meine Schuld war.

Murdos Gesicht verriet verdammt nochmal gar nichts. »Du hast den Befehl gegeben?«

Ich nickte. Kurz. Als würde mein Genick brechen, wenn ich mich mehr bewegte.

Murdo summte leise. »Aye. Das erklärt einiges.«

»Sie haben mich danach vom Außendienst abgezogen. PTBS, nannten sie es.« Ich schwenkte langsam mein Glas. »Ich bin noch ein paar Jahre geblieben, aber es war nicht mehr dasselbe. Ich kam anders zurück. Bin ausgestiegen. Habe einen Job angenommen, bei dem ich die Risiken kontrollieren kann.«

Ich knirschte mit den Zähnen. Die Worte kamen flach heraus. Leer.

Murdo sagte kein Wort. Nahm nur einen weiteren Schluck, die Augen immer noch auf mich gerichtet.

Ich hätte vielleicht gelacht, wenn noch irgendetwas in mir gewesen wäre. »Tabellenkalkulationen. Risikobewertungen. Hochkarätige Sicherheitsarbeit. Vorhersehbar. Ich kenne die Variablen. Nichts wird dem Zufall überlassen.«

Murdo hob eine Augenbraue, verdammt langsam. »Außer, dass du es doch tust, nicht wahr?«

Ich spürte, wie das einschlug wie ein Stein. Schwer. Mitten in die Magengrube.

Murdo beugte sich vor, die Ellbogen auf der Theke abgestützt, als hätte er die ganze Nacht Zeit. »Siehst du, Junge, das Problem ist nicht, dass du damals die Kontrolle verloren hast.«

Er tippte langsam und bedächtig auf das Holz zwischen

uns. »Das Problem ist, dass du denkst, es war deine Schuld.«

Ich war so angespannt, dass meine Zähne schmerzten. Ich schluckte schwer. Ließ den Scotch brennen, so wie er es sollte. »War es auch.«

»Du wurdest für den Krieg ausgebildet, Junge. Ausgebildet, die beste Entscheidung zu treffen, während die ganze verdammte Welt um dich herum in Flammen stand. Manchmal basiert diese Entscheidung auf beschissenen Informationen, manchmal ist es das Bauchgefühl. So oder so, es ist eine Wahl – und die falsche Wahl zu treffen, macht dich nicht zum Versager. Es macht dich menschlich.«

Ich wollte es nicht hören. Der Mistkerl hatte nicht Unrecht.

Ich wusste genau, was Murdo tat. Ich wusste, dass es funktionierte – denn diese Nacht kam mit voller Wucht zurück, wie immer.

Wir waren zu sechst.

Festgenagelt in einem bröckelnden Gebäude, RPGs erhellten den Himmel, der Funk schrie mir Rauschen und Panik ins Ohr.

Wir waren vorgerückt. Um den Abholpunkt zu sichern.

Eine Entscheidung. Eine Sekunde. Ein Befehl – meiner.

Ich dachte, ich hätte Recht. Hätte bei Gott geschworen, dass ich es hatte. Habe nicht einmal mit der Wimper gezuckt.

Aber ich hatte Unrecht.

Ich sah die Explosion, bevor ich sie hörte. Spürte die Druckwelle vor dem Einschlag. Sah zu, wie ein Mann, den ich beschützen sollte, im Feuer verschwand.

Dafür war ich ausgebildet worden. Ausgebildet, um die Entscheidung zu treffen. Ohne zu zögern zu handeln. Mich anzupassen.

Aber jetzt?

Jetzt zweifelte ich verdammt noch mal alles an.

Jeden Instinkt. Jede Bewegung.

Jeden Atemzug.

Denn was, wenn mein Bauchgefühl nicht nur in dieser Nacht falsch lag?

Was, wenn es kaputt ist?

Murdo lehnte sich mit verschränkten Armen und ruhigem Blick an die Theke. Beobachtete mich, wie es nur ein alter Barkeeper kann – als hätte er dieses Schauspiel schon hundertmal gesehen und wüsste genau, wie lange es dauern würde, bis ich zusammenbreche.

Ich brach nicht zusammen. Noch nicht.

Nicht, bis er seinen verdammten Mund aufmachte.

»Du vertraust dir selbst nicht, was, Junge?«

Seine Worte trafen mich tief. Genau dorthin, wo ich sie nicht haben wollte.

Ich atmete langsam durch die Nase aus und bekämpfte den Drang, etwas zu erwidern. »Ich vertraue mir voll und ganz.«

Murdo schnaubte. Versuchte nicht einmal, es zu verbergen. »Aye? *Deshalb* brauchst du deine Pläne? Deine Tabellen? Damit du dich nicht mehr auf dein Bauchgefühl verlassen musst?«

Ich erstarrte. Gerade lange genug, damit er wusste, dass er ins Schwarze getroffen hatte.

Er beugte sich vor, die Ellbogen auf der Theke abgestützt. »Was ist schlimmer, Junge? Deinem Bauchgefühl zu vertrauen und ab und zu falschzuliegen? Oder ihm nie wieder zu vertrauen und alles zu verlieren, was es wert ist, zu haben?«

Das traf, voll und ganz.

Ich konnte das Zucken nicht unterdrücken. Konnte es unmöglich verbergen.

Murdo sah es. Wusste genau, was er tat – er traf genau ins Schwarze.

Er beugte sich vor, seine Stimme wurde leise. Nicht sanft. Nur scharf genug, um dort zu treffen, wo es wehtat. »Du denkst, du beschützt sie, indem du dich zurückhältst. Aber was, wenn du nur dich selbst schützt?«

Ich antwortete nicht. Verdammt, ich wusste es nicht mehr.

Sein Blick fiel auf mein Glas, dann wieder auf mich. »Sag mir was, Junge. Glaubst du wirklich, diese Männer würden wollen, dass du diese Last für immer mit dir herumträgst?«

Mein ganzer Körper wurde steif. Ich spürte, wie sich die Worte eng in meiner Brust zusammenzogen. Denn nein – ich hatte nicht wirklich darüber nachgedacht. Nicht auf diese Weise. Nicht auf eine Weise, die Luft hereinließ.

Wenn ich keine Schuld hatte, wofür zum Teufel hatte ich mich dann all die Jahre bestraft?

Murdo lehnte sich zurück, verdammt geduldig, und musterte mich wie ein Mann, der ein Puzzle zusammensetzt. Dann ließ er die Bombe platzen. »Du redest dir immer wieder ein, dass Kontrolle dich sicher macht. Aber alles, was ich sehe, ist ein Mann, der Angst davor hat, sein eigenes verdammtes Leben zu leben.«

Mein Puls donnerte. Er hatte Recht, und ich wusste es.

Rayann gab mir das Gefühl, lebendig zu sein. Holte mich aus meinem eigenen Kopf. Ließ mich vergessen. Machte mich leichtsinnig.

Und das? Das machte mir eine Heidenangst.

Ich starrte in mein Glas. Schluckte schwer.

Murdos Grinsen verblasste. Seine Stimme wurde leise. »Sei vorsichtig, Junge. Wenn du mit hochgezogener Mauer stirbst, ist niemand da, der es bemerkt.«

Er nahm einen langen Schluck von seinem Whiskey. Ließ die Worte sacken. Dann, noch leiser –

»Ist das das Leben, das du willst?«

Der Schmerz in meiner Brust hämmerte stärker. Meine Finger umklammerten das Glas, die Knöchel traten weiß hervor.

Denn vielleicht dachte ich zum ersten Mal seit Jahren nicht nur an die Vergangenheit.

Ich dachte darüber nach, was als Nächstes kommen würde.

***

Rayann

Ich rief Max nicht hinterher. Rannte ihm nicht nach. Stand einfach nur da und sah zu, wie der Riss tiefer wurde, als ich zugeben wollte.

Toller Zug, Rayann. Das nächste Mal hältst du ihm vielleicht die Tür auf, während er auf deiner Seele herumtrampelt.

Ich schaffte es kaum zurück in die Suite, bevor es mir die Luft aus den Lungen presste – scharf, unregelmäßig, hässlich. Meine Brust zog sich so eng zusammen, dass ich hätte glatt in zwei Teile zerbrechen können.

Ich wusste, dass er sich dagegen wehren würde. Wusste, dass Max Harrington in der Sekunde, in der ich zu viel Druck machen würde, auf die Bremse treten und rennen wie der Teufel würde.

Aber das zu wissen, machte den Schlag nicht sanfter.

Denn das ist die Sache, wenn man zu viel will – man lernt genau, wie schnell Menschen weglaufen können.

Ich streifte meine High Heels ab. Schenkte mir einen Scotch ein – großzügig, ohne jede Geduld. Zog die nächstbeste Decke von der Couch und wickelte mich fest darin ein, eine Rüstung gegen diesen gottverdammten freien Fall.

Dann ließ ich mich direkt vor dem Kamin auf den Boden fallen.

Die Flammen knisterten, gleichmäßig und beständig. Warm. Echt. Das Einzige in diesem Raum, das nicht auseinanderfiel.

Ich kauerte mich am Fuß der Couch zusammen, die Knie angezogen, die Fäuste fest in die Decke gekrallt, und verharrte regungslos, als ob das den Schmerz davon abhalten könnte, auszubrechen.

Was, seien wir ehrlich, ein hoffnungsloses Unterfangen war – aber in der Not frisst der Teufel Fliegen.

Keine Ahnung, wie lange ich so dasaß – und ehrlich gesagt? Es war mir egal.

Max war gegangen.

Und das? Das war der schlimmste Teil.

Aber der Teil, der mich wirklich störte?

Ich war mir nicht einmal sicher, ob ich wollte, dass er zurückkam.

Okay, das ist gelogen. Ich wollte ihn so sehr zurück, dass es wehtat.

Aber er würde zurückkommen. Das tat er immer.

… Oder?

Das Feuer war schon fast niedergebrannt, als ich hörte, wie die Tür aufging. Die Schatten zuckten lang über den Stein und dehnten sich aus, während die Flammen verblassten. Ich spürte ihn dort. Zögernd. Beobachtend.

Ich war immer noch da.

Immer noch auf dem Boden gekauert, die Decke fest um mich geschlungen, als wäre sie das Einzige, was mich zusammenhielt. Das Scotchglas baumelte lose in meiner Hand, halb vergessen. Meine Beine unter mir waren taub, aber ich konnte mich nicht dazu bringen, mich zu bewegen.

Konnte mich nicht dazu bringen, mit dem Warten aufzuhören.

Der Riegel klickte leise hinter mir.

Ich blickte nicht sofort auf. Atmete nicht.

Aber dann – spürte ich ihn.

Max durchquerte langsam den Raum. Vorsichtig. Lautlos.

Er kniete sich neben mich, so standhaft wie immer, und griff nach meiner Hand.

Meine Finger schlossen sich fester und verschränkten sich mit seinen, als hätte ich genau auf diese Berührung gewartet. Vielleicht hatte ich das.

Als ich endlich aufsah, trafen seine Augen meine.

Sanft.

Zerstört.

So offen, dass es mir die Kehle zuschnürte.

Ich hatte mich so lange auf den Kampf vorbereitet, dass ich nicht ein einziges Mal darüber nachgedacht hatte, wie es aussehen könnte, wenn er aufhören würde, sich gegen mich zu wehren.

Er sprach nicht. Erklärte sich nicht. Nahm nur meine Hand und zog mich auf die Füße.

Und dann – küsste er mich.

Nicht hart.

Nicht verzweifelt.

Langsam. Beständig. Eine Kapitulation, die ich bis in die Knochen spüren konnte.

Ich atmete gegen ihn aus, meine Finger krallten sich in sein Hemd, als könnte ich mich nicht fest genug halten.

Max vertiefte den Kuss und zog mich näher an sich, bis kein Zentimeter mehr zwischen uns war. Dann, ohne ein Wort, hob er mich in seine Arme.

Er trug mich direkt in sein Schlafzimmer.

Denn heute Nacht?

Heute Nacht sah er nicht wie ein Mann aus, der im Begriff war, dagegen anzukämpfen.

Und Gott steh mir bei – ich auch nicht.

17

Der einzige leichte Tag war gestern

MAX SETZTE MICH AUF die Bettkante, sein Griff verweilte, als wäre er nicht bereit loszulassen. Seine Finger gruben sich in meine Taille – fest, verzweifelt –, als bräuchte er den Anker genauso dringend wie ich.

Ich öffnete den Mund. Nichts kam heraus.

Max küsste meine Stirn, seine Stimme rau wie Schmirgelpapier. »Nicht. Bleib einfach bei mir.«

Okay. Sicher. Hau einfach mal so die sexieste Aufforderung aller Zeiten raus und erwarte, dass ich wie ein normaler Mensch funktioniere.

Gott, dieser Mann. All diese Stärke, all diese Kontrolle – und er gab sie auf, Atemzug für Atemzug, als wäre ich das Einzige, was ihn zusammenhielt.

Seine Hände glitten nach unten und fuhren jeden Zentimeter von mir nach, als hätte er alle Zeit der Welt. Eine Hand hob sich, um mein Kinn zu umfassen und mein Gesicht zu seinem zu neigen.

Sein Mund schwebte über meinem – so nah, so verdammt nah –, aber er küsste mich nicht noch einmal.

Er verharrte einfach dort, sein Atem vermischte sich mit meinem, und dehnte das Verlangen so lange aus, bis ich kurz davor war, meinen gottverdammten Verstand zu verlieren.

Er hielt sich zurück. Zog mich in seinen Bann. Forderte mich heraus, zuerst nachzugeben.

»Was für eine Quälerei«, flüsterte ich, meine Finger krallten sich in sein Hemd und zogen ihn näher heran, bis sein Atem meine Lippen streifte – heiß und zittrig, genau wie meiner.

Auf seinem Mund bildete sich ein langsames, spöttisches Lächeln, voller arroganter Kontrolle und doch einer gewissen Zerrissenheit.

»Du hast ja keine Ahnung«, murmelte er, seine Stimme eine tiefe Vibration auf meiner Haut.

Und einfach so entschied Max Harrington – der gefährlichste organisierte Mann der Welt –, dass er schmutzig spielen wollte.

Na, scheiße.

Der verspielte Max? Das ist neu. Und verdammt heiß.

Das war brandgefährlich. Und, Gott steh mir bei, ich wollte mehr. Ich wollte jeden rohen, ungeschützten Zentimeter von ihm.

Ich stieß einen Atemzug aus, langsam und zittrig, ein viel dramatischerer Seufzer, als ich beabsichtigt hatte. Ein Seufzer à la ach, ich Arme. Aber er ließ nicht los.

Ich legte den Kopf in den Nacken, mein Blick traf seinen.

Oh, diese verdammt schönen Augen.

Nicht dunkel und stürmisch – Max hatte nicht die Ausstrahlung eines grüblerischen Dichters –, sondern scharf. Stahlblau. Auf sein Ziel fixiert. Konzentriert. Intensiv genug, um mich zu ruinieren.

Ehrlich gesagt, würde ich diesen Blick unter »*alles davon*« und ja, bitte abheften.

Und dann, nur um die Sache noch schlimmer zu machen?

Ich mochte ihn.

Also ... *wirklich* mochte ihn.

Das hier sollte ein Flirt sein, nicht das Vorspiel zu einem Nervenzusammenbruch.

Super, wie du dich an den Plan hältst, Rayann.

Und ich war mir ziemlich sicher, dass das ein Problem werden würde. Die Art von Problem, die sich nicht einfach in Luft auflöst. Die Art, die bleibt.

Ich öffnete den Mund, um eine bissige Bemerkung zu machen.

Sag etwas. Irgendetwas. Gib ihm einen Grund zu lachen. Sich zurückzuziehen. Damit er nicht sieht, wie sehr du ihm verfällst.

Ich konnte es nicht.

Konnte kein gottverdammtes Wort sagen.

Ich hauchte seinen Namen – »Max« –, als wäre es das Einzige, was mich aufrecht hielt.

Sein Mund eroberte meinen, als hätten wir gerade alle Vorspiele übersprungen und wären direkt zur Sache gekommen.

Sein Griff in meinen Haaren? Besitzergreifend. Hemmungslos. Als wäre Max Harrington gerade völlig ausgerastet, und ich würde jede rücksichtslose Sekunde davon lieben.

Und, heilige Hölle, ich ließ ihn.

Habe ihm verdammt noch mal die Tür weit aufgerissen und ihm die Schlüssel in die Hand gedrückt.

Hätte ihm vielleicht sogar angeboten zu fahren.

Das war nicht der Kuss in der Bibliothek – der, der mein Nervensystem gegrillt hatte, bevor er den Feueralarm auslöste und sich aus dem Staub machte und mich verwirrt, fassungslos und vielleicht auch ein kleines bisschen untröstlich zurückließ.

Es war nicht einmal der verdammt heiße Kuss in der Hütte – und der hatte mich schon fast um den Verstand gebracht.

Nein, dieser hier war nicht gestohlen.

Er war nicht überstürzt.

Dieser hier war absichtlich. Kalkuliert.

Als hätte Max Harrington einen förmlichen Antrag gestellt, ihn in dreifacher Ausfertigung eingereicht, und jetzt war er hier, um ihn sich abzuholen.

Und verdammt, ich war bereit, mit Blut zu unterschreiben.

Zur Hölle, ich hätte es selbst beglaubigt. Mit Goldsiegel und allem Pipapo.

Ich spürte es in seinen Händen, fest und sicher, als wäre er nicht überzeugt, dass ich mich nicht in der Sekunde, in der er blinzelte, wie Houdini aus der Sache herauswinden würde.

Nö. Hiermit offiziell festgenagelt und schnurrend.

Seine Lippen bewegten sich über meine wie ein Vorspiel mit aller Macht – langsam, schmutzig und so verdammt gut, dass es ein Safewort hätte erfordern sollen.

Nicht nur die Hitze. Nicht nur die Spannung.

Cool, cool. Gehirn: weg. Denkprozess: tot. Das ist der Stand der Dinge.

Sondern er.

Der echte er. Der, den er fest unter Verschluss hält, so tief vergraben, dass niemand jemals nah genug herankommt, um ihn zu berühren.

Heute Nacht war mir das alles völlig egal.

Ich küsste ihn zurück –

Heftig. Gründlich. Zupackend.

Wenn Max Harrington heute Nacht die Kontrolle verlieren würde, würde ich ihn verdammt noch mal nicht allein untergehen lassen.

Und ich bin mir ziemlich sicher, dass das als Teambuilding-Maßnahme zählte, oder?

Er verlangsamte gerade so weit, dass ich jede sündige Sekunde spürte. Sein Mund blieb auf meinem und vertiefte den Kuss, als würde er eine Bestandsaufnahme machen – jeden Seufzer, jede Bewegung, jedes Geheimnis, das mein Körper preisgab.

Irgendwo tief in meinem Inneren musste ich Platz dafür freigehalten haben. Für ihn. Für genau diesen Moment.

Mein Pullover rutschte hoch, als Max' Hände sich bewegten – sie umfassten meine Taille, strichen über meine Oberschenkel und schoben den Stoff beiseite, als wäre er nur eine leichte Unannehmlichkeit auf seinem Weg zu einer sehr guten Zeit.

Zehn Punkte für die Entschlossenheit, Mr. Harrington.

Dann – *du meine Güte* – ließ sich dieser wunderschöne Mann auf die Knie fallen.

Seine Finger strichen langsam meine Oberschenkel hinauf, nackte Haut glühte bei jeder Berührung auf.

Seine Lippen folgten und hinterließen eine Spur der Hitze, als wäre es seine Jobbeschreibung.

Ein Kuss, sanft und bewusst, auf die Innenseite meines Knies.

Noch einer.

Dann höher.

Ich erschauderte, meine Finger gruben sich in sein Haar und ballten sich am Hinterkopf zu Fäusten, als würde ich mich festhalten, als hinge mein Leben davon ab.

Ehrlich? Hätte er mich in diesem Moment um eine Niere gebeten, ich hätte sie ihm als Geschenk verpackt gegeben.

Sein Atem geisterte über meine Haut, jede Bewegung langsam und von chirurgischer Präzision – darauf ausgelegt, mich nachweislich um meinen gottverdammten Verstand zu bringen.

Dieser Mann hatte es nicht eilig.

Nicht einmal ein bisschen.

Er kostete es aus.

Jeden Schauer. Jeden Atemzug. Jeden Zentimeter, den er für sich beanspruchte, als würde er seinen Namen auf meine verdammte Seele schreiben.

Mein Herz hämmerte so heftig, dass ich dachte, ich würde gleich ärztliche Hilfe benötigen.

Aufgelöst zu sein, war gar kein Ausdruck.

Ich löste mich regelrecht in meine Einzelteile auf – für den Mann, der mich nie zur Ruhe kommen ließ.

So unverschämt. Ungeheuerlich, sündhaft unverschämt.

Seine Hände glitten höher, langsam und überheblich und absolut zum Wahnsinnigwerden – in einem Tempo, das zu sagen schien: Ich habe die ganze Nacht Zeit, Süße. Sein Mund schwebte knapp außer Reichweite, seine Lippen streiften den Rand der Stelle, an der ich ihn am sehnlichsten wollte, bevor er sich wieder zurückzog und mich bis aufs Blut reizte.

Wenn das das Vorspiel ist, überlebe ich den Hauptakt nicht.

Und Gott steh mir bei, wenn er mich nicht bald richtig berührte, würde ich verdammt noch mal anfangen zu heulen.

Mein Körper vibrierte vor Verlangen. Meine Haut sehnte sich nach mehr. Mein Mund kannte nur ein Wort:

»Max.«

Sein Name kam keuchend und chaotisch über meine Lippen, als hätte mein Körper sich nicht einmal die Mühe gemacht, um Erlaubnis zu bitten.

Meine Finger zogen an seinem Haar, als könnte ich das Ganze vielleicht beschleunigen.

Spoiler-Alarm: Konnte ich nicht.

Sein Griff um meine Oberschenkel wurde fest und hielt mich genau dort, wo er mich haben wollte, während dieses verruchte Kichern durch mich hindurchdröhnte – langsam, selbstgefällig und sündhaft wie die Hölle.

Oh, er genoss jede verdammte Sekunde.

Sein Blick schnellte nach oben und fesselte mich mit diesem Blick – dem, der wie ein langsamer Feuerzug durch meine Brust fuhr. Dunkel. Zerstörerisch. Nur ein klein wenig zu selbstzufrieden.

Und dann begannen seine Lippen, sich höher zu bewegen.

Langsam. Zielgerichtet. Denn anscheinend war Folter Schritt eins im Verführungsplan von Max Harrington.

»Max«, warnte ich ihn.

»Hmm?« Er knabberte an der empfindlichen Stelle, wo mein Oberschenkel auf meine Hüfte traf.

Atmen? Ja, hab vergessen, wie das geht.

»Heilige Scheiße«, flüsterte ich – und ja, meine Stimme war noch wackliger als meine Selbstbeherrschung.

Er hob den Kopf, schweigend.

Er brauchte nichts zu sagen.

Dieser hungrige, unheilige Blick traf mich wie ein brennendes Streichholz, das auf Benzin geworfen wird.

Ausgehungert. Nach mir.

Vielleicht war es echt.

Vielleicht war es auch nur das, was ich glauben musste.

So oder so ... ich stand bereits in Flammen.

Und, mein Gott, ich wollte ihn genauso verdammt sehr.

Jeden Zentimeter. Jede Sekunde. Jede gottverdammte Sache, die er mich endlich haben ließ.

Meine Finger zitterten, als ich nach den Knöpfen seines Hemdes griff und natürlich daran scheiterte, weil ich es viel zu eilig hatte.

Ich stieß einen Atemzug aus, irgendwo zwischen verwirrt und wild gefangen, und konnte mir ein Grinsen nicht verkneifen, als er sich unter meinen Händen anspannte.

Er begann sich bereits aufzulösen – nur wegen ein wenig Hitze und meiner wandernden Finger.

Gut. Lass ihn das spüren.

Ich schob den Stoff von seinen Schultern, meine Handflächen glitten über feste Muskeln, die Hitze seiner Haut drang direkt in meine Hände ein.

Ich hielt inne, der Atem stockte mir, als meine Finger Tinte berührten.

Dieses Tattoo.

Dasselbe, das bei den Spielen beinahe einen Kurzschluss in meinem Höschen verursacht hätte –

jetzt unter meinen Handflächen, echt und aus der Nähe unfair sexy.

Dunkle, scharfe Buchstaben, sauber auf die Kontur seines Oberarms tätowiert.

Auffällig. Stark. Genau wie er.

Ehrlich? Wenn ich es jetzt ablecken würde, wäre das seltsam?

Ich frage für eine Freundin.

Eine geile Freundin.

Ich streckte die Hand danach aus, meine Finger fuhren den lateinischen Satz nach, langsam und bedächtig, ehrfürchtig.

Sein Körper zuckte unter meiner Berührung, angespannt und nervös, als wüsste er nicht, ob er sich hineinlehnen oder fliehen sollte.

Als hätte ihn noch nie jemand so berührt.

Nicht mit Fürsorge. Nicht mit Neugier. Nicht so, als würde ich alles sehen.

Ich las es laut vor.

»Unica dies facilis fuit heri.«

Max erstarrte unter meinen Händen, als hätte ich gerade den Notausschalter gedrückt.

Ich blickte auf, suchte sein Gesicht ab, und bei dem scharfen Luftholen seinerseits – der Art, wie sich seine Augen verdunkelten, als hätte ich ihm gerade die Luft aus den Lungen geschlagen – kräuselte sich eine Hitze tief in meinem Bauch.

Ja. Ich verstand es.

Ich spürte es.

Trotzdem ließ ich mir Zeit – fuhr jeden Buchstaben langsam und bedächtig nach, ließ das Gewicht der Worte zwischen uns wirken, bevor ich schließlich flüsterte:

»Der einzige leichte Tag war gestern.«

Max atmete heftig aus, die Anspannung knisterte von ihm ab wie ein stromführender Draht – scharf und funkelnd.

»Du kannst Latein?«

Seine Stimme klang rau, heiser – an den Rändern ausgefranst.

Ich lächelte und fuhr die Tinte immer noch nach.

»Was soll ich sagen? Klug, schön und eine miese Impulskontrolle – ich bin das verdammte Gesamtpaket.«

Er rührte sich nicht. Atmete nicht einmal.

Und ja – ich war mir ziemlich sicher, dass er nicht gewollt hatte, dass ich so viel von ihm sehe.

Definitiv nicht so.

Aber das hatte ich jetzt.

Und ich hatte nicht vor, wegzusehen.

Ich lehnte mich vor und küsste die Tinte, mein Atem sanft auf seiner Haut – als könnte mein Mund vielleicht lindern, was auch immer dieses Tattoo noch in sich trug.

Max fluchte, leise und kehlig, als wäre ihm der Laut entrissen worden.

Gerade als ich dachte, er würde etwas sagen, gerade als die Luft begann, in etwas Ernsteres zu kippen, bewegten sich meine Finger.

Tiefer.

Herum.

Und strichen über etwas, das sich wie Narben anfühlte, rau und erhaben.

Die Luft verschob sich nicht nur – sie spannte sich an. Als wüsste sie, dass ich gerade über etwas gestolpert war, das ich nicht anfassen durfte, wenn ich mir nicht sicher war.

Ich erstarrte, der Atem blieb mir mitten in der Brust stecken, scharf und eng.

Als ich aufblickte, schaute Max mich nicht nur an. Er hielt still.

Wartete.

Worauf, war ich mir nicht sicher.

Auf eine Frage? Einen Grund, aufzuhören?

Die Erlaubnis, weiterzumachen?

Ich fragte nicht. Drängte nicht.

Drehte ihn nur ein wenig und küsste sie.

Sanft. Langsam. Eine Narbe, dann die nächste.

Keine Frage. Keine Forderung.

Nur ein leises Versprechen:

Eines Tages werde ich die Geschichten erfahren.

Aber nicht heute Nacht.

Max' Atem stockte, scharf und unregelmäßig.

Sein Griff um meine Hüften wurde fester, als könnte er sich nicht entscheiden, ob er mich näher heranziehen oder wegstoßen sollte.

Als wäre es zu viel, einfach dazustehen und ohne Rüstung gesehen zu werden.

Ja, das wird nichts. Ich würde ihn sich nicht dahinter verstecken lassen.

Ich drehte ihn wieder, die Hände glitten seine Brust hinauf.

Dann tiefer – langsamer.

Ich ließ meine Zunge über die harte Spitze seiner Brustwarze schnellen und spürte, wie ein Schauer durch ihn lief, als sein Körper unter meinem Mund zuckte.

Heiliger Bimbam.

Dieses Geräusch, das er machte. Rau. Zerrüttet. Als hätte ich ihm gerade den letzten Rest Kampfgeist ausgetrieben.

Dann waren seine Hände in meinem Haar, hart und sicher, und sein Mund krachte auf meinen.

Und was auch immer an Beherrschung in ihm übrig geblieben war?

Ja. Das war weg.

Seine Hände fielen auf meine Hüften – fest, gierig, besitzergreifend – und führten mich zurück, bis meine Knie die Bettkante berührten.

Ich sank hinab.

Er folgte mir, schlang seine Arme um mich, drückte mich in die Matratze und sorgte verdammt noch mal dafür, dass ich genau dort blieb, wo er mich haben wollte.

Sein Mund fand wieder meinen, jetzt tiefer, rauer, verzweifelter.

Seine Zunge glitt über meine, fragte nicht. Nahm in Besitz.

Eine Ansage, verdammt unmissverständlich.

Der Mann hielt sich nicht länger zurück.

Ich stöhnte in seinen Mund, während meine Nägel über die harten Konturen seines Rückens fuhren, ihn näher an mich zogen, tiefer—ich brauchte jeden Zentimeter von ihm, so wie ich seinen Mund überall und seine Hände an jeder anderen Stelle brauchte.

Er löste sich von mir, sein Atem ging rau und unregelmäßig auf meiner Haut.

Er küsste eine Spur von meinem Kiefer zu meinem Hals, dann tiefer, wobei sein Mund sich Zeit ließ, als wollte er sich jeden Zentimeter von mir einprägen.

Tiefer.

Max machte keine Pause. Zuckte nicht einmal mit der Wimper.

Machte einfach weiter. Nahm sich einfach alles.

Er hielt an der Wölbung meiner Brust inne, hauchte Hitze auf meine Haut, bevor er seinen Mund um meine Brustwarze schloss.

Bei der Berührung zersplitterte mein Atem.

Heilige Scheiße. Irgendjemand wird meinen Ahnen erklären müssen, warum ich für den Mund dieses Mannes gerade das Paradies sausen lasse.

Das erste Streichen seiner Zunge war langsam, neckend und verdammt selbstgefällig.

Das nächste? Kein Geplänkel mehr. Reiner Hunger.

Dann saugte er, fest genug, um mir den Kopf zu verdrehen.

Ich bog mich durch, keuchte und krallte meine Finger in seine Schultern, als bräuchte ich etwas, das mich auf der

Erde hielt. Hitze löste sich in mir auf, scharf und blendend, und sammelte sich so tief, dass ich kaum in meiner eigenen Haut bleiben konnte.

Ein kehliges Geräusch grollte auf meiner Haut, bevor er seinen Mund zu meiner anderen Brust zog.

Nachzeichnen. Schmecken. Nehmen. Als hätte er die ganze verdammte Nacht Zeit.

Seine Hände glitten tiefer, langsam und bestimmt, besitzergreifend wie nur was, und hinterließen nichts als Feuer. Dann wanderte er meinen Bauch hinab, seine Finger zogen eine heiße Spur hinter sich her.

Ich hatte kaum Zeit zu atmen. Zu betteln. Irgendetwas anderes zu tun als zu fühlen—

bevor seine Hand zwischen meine Beine glitt, als wüsste er bereits, wonach ich verzweifelt verlangte.

Seine Finger fanden mich.

Feucht. Bedürftig. Und noch lange nicht fertig.

Ein scharfes Luftholen—meins.

Oh, verdammt.

Oh, verdammte Scheiße.

Dann—

seine Stimme.

Tief. Rau. Heiser vor Zustimmung, Besitzanspruch... purem, unheiligem, verdammtem Hunger.

Alles für mich.

»*Rayann*«, knurrte er.

Ich grinste. »Das ist mein Name. Leiere ihn nicht aus.«

Seine Augen verdunkelten sich. »Du bist *unerträglich*.«

»Und doch bist du hier, steinhart, und tust immer noch so, als wärst du der Vernünftige.«

Mein Körper zersplitterte. Keine Erlaubnis. Keine Geduld. Nur rohes, verdammtes Verlangen und sein Name, der sich von meinen Lippen riss.

»Max«, hauchte ich. Überwältigt. Völlig entblößt. Meine Hüften hoben sich ihm entgegen, nicht nur bettelnd—sondern vertrauend.

Seine Augen verließen mich nicht. Nicht für eine Sekunde.

Okay. Sicher. Fackel mich doch einfach von innen heraus mit diesem Blick ab. Ganz locker.

Seine Finger bewegten sich weiter, langsam, quälend und absichtsvoll.

Jede Berührung raubte mir den Atem.

Jedes Streicheln ließ mich schmerzend und aufgelöst unter der Last dieses Blicks zurück.

Er bewegte seinen Daumen in langsamen, sündigen Kreisen. Ich schnappte nach Luft, als hätte ich vergessen, wie man atmet. Jede Bewegung zog mich näher, feucht und zitternd, die Nerven lagen blank, die Haut summte.

Aber er gab mir nicht, was ich brauchte.

Noch nicht. Er hielt es knapp außer Reichweite, als wollte er mich zuerst zerfallen sehen.

Wenn er mich nicht bald zum Höhepunkt bringen würde, würde ich auf ihn klettern und uns beide in den Wahnsinn ficken – und ihn dann vielleicht mit einem Kissen ersticken, weil er mich hat warten lassen.

Max beugte sich vor, seine Lippen strichen über mein Ohr, sein Atem rau und unregelmäßig, durchzogen von etwas Dunklem und Zufriedenem.

»Du bist so verdammt schön so«, murmelte er, seine Stimme so heiser, als koste es ihn alles, sich zu beherrschen.

Er schob einen Finger in mich, jeder Zentimeter ohne Eile und exakt.

Ich schrie auf. Mein Kopf fiel nach hinten. Meine Hände krallten sich in seine Schultern, als stünde ich kurz vor einer spontanen Entzündung. Mein Körper spannte sich fest um ihn, Hitze pulsierte tief in mir, während Max fluchte, der Atem zischte durch seine Zähne, als hätte ich ihn gerade gebrandmarkt.

Er machte weiter, langsam und unerbittlich, als wäre dies seine persönliche Mission aus der Hölle.

Er fügte einen zweiten Finger hinzu und traf die Stelle mit so gezielter Sorgfalt, dass die Lust scharf und schnell aufblühte und mich nach Luft schnappen ließ. Mein

Atem entwich in scharfen, unregelmäßigen Zügen, meine Schenkel zitterten, als sein Name über meine Lippen glitt.

Ich war mir ziemlich sicher, dass ich allein durch diese Finger kommen und ihm danach trotzdem noch einen Dankesbrief schreiben könnte.

Seine Augen verrieten es, dieser letzte Faden der Kontrolle, der kaum noch hielt. Seine Lippen strichen über meinen Hüftknochen, dann über die empfindliche Haut meiner Oberschenkelinnenseite. Als er schließlich sprach, war seine Stimme tief und dunkel, von der Sorte, die ein Mädchen zum Orgasmus reden und dann höflich fragen konnte, ob sie noch ein Dessert möchte.

Jesus. Wer hat diesem Mann im selben Atemzug Manieren und Morden beigebracht?

»Lass für mich los, Rayann.«

Als hätte ich eine Wahl. Der Kerl sagte es wie ein verdammtes Gebot.

Ich spannte mich wieder um ihn, feucht und pulsierend vor Verzweiflung, und Max fluchte leise, als hätte ich gerade den letzten Stein aus seiner Mauer gestoßen.

Er legte nach. Härter. Rauher. Keine Gnade in Sicht.

Ich war eng, zitternd, überwältigt – und Max?

Er fing gerade erst an.

»Immer noch sarkastisch?«, murmelte er, während sein Daumen meine Klitoris in einem Rhythmus umkreiste, der meine Zehen kräuseln ließ.

Ich würgte ein Lachen hervor. »Fick dich.«

»Oh«, sagte er mit einer Stimme, die vor Versprechen rau war, »das habe ich vor.«

Heiliger Strohsack, heirate mich.

Sein Verlust traf mich wie ein Schlag, scharf und augenblicklich, und ein gebrochenes Wimmern entrang sich meiner Kehle.

Er tröstete nicht. Zögerte nicht.

Bewegte sich einfach tiefer. Tiefer, tiefer, tiefer—

Er stöhnte, tief und schmutzig, als würde ich ihn bereits fertigmachen. »Christus, Frau.«

»Weniger reden«, keuchte ich. »Mehr—«

Sein Mund schloss sich durch mein Höschen über mir. Worte weg. Gehirn weg. Alles weg.

Na sieh mal einer an, Harrington. Stellt sich heraus, du bist ein kleiner, versauter Unruhestifter.

Max zog sich gerade so weit zurück, um zu grinsen. »Mehr was genau?«

Ich trat ihm gegen die Schulter.

Er fing meinen Knöchel, küsste mein Fußgewölbe, als würde ihm das Treuepunkte einbringen, und zog mein Höschen mit den Zähnen herunter, grinsend wie ein

Mann, der genau wusste, welches Chaos er gleich entfesseln würde.

Ja, cool, als ob das nicht für den Rest meines Lebens direkt in mein Kopfkino wandern würde.

Ich würde ihn umbringen.

Oder ihn küssen.

Wahrscheinlich beides.

Dann traf seine Zunge diese perfekte Stelle, und jede einzelne meiner Gehirnzellen löste sich in Rauch auf.

Ich bog mich durch, mein Atem stockte, als die Lust durch mich riss, wild und brennend und unmöglich zu entkommen.

Seine Zunge schnellte über meine Klitoris, langsam und verheerend. Seine Hände umklammerten meine Hüften und hielten mich fest, während ich versuchte, mich zu bewegen, zu atmen, dem Rausch nachzujagen, den er mich nicht erreichen ließ.

Max ließ mich nicht.

Ließ mich nicht fliehen.

Ließ mich verdammt noch mal nichts anderes tun, als das zu nehmen, was er mir gab, ein unanständiges Lecken nach dem anderen.

Er leckte und saugte, als hätte er gerade seinen Lieblingsgeschmack entdeckt, und ich schrie auf, während mein Gehirn sich komplett verabschiedete und ich auf seiner Zunge auseinanderfiel.

Gott steh mir bei, er hatte mich verdammt noch mal mit seiner Zunge zum Orgasmus geleckt – und jetzt sah er aus, als wäre er bereit, mich direkt ins Jenseits zu ficken.

Ich versuchte, seinen Namen zu keuchen, brachte aber nur ein Geräusch zustande, das klang, als hätten ein sterbendes Eichhörnchen und ein Exorzismus ein Baby bekommen.

»Max ...«

Meine Stimme verdiente den Namen nicht einmal.

Nur Keuchen. Zittrig, rau, peinlich verzweifelt.

Er summte an mir, bearbeitete mich ohne Gnade. Die Vibration schoss wie eine Detonation geradewegs durch meinen Kern, spannte alles an und erfüllte mich mit un-bändigem Verlangen.

Näher. Näher. Verdammt, näher.

Ich zerbrach erneut – diesmal heftiger. Gewaltig. Mein Puls hämmerte, als wollte er mich von innen nach außen sprengen. Mein Körper verkrampfte sich um nichts, jagte ihm nach, ritt darauf, zerfiel, als der Orgasmus mich traf, als hätte er eine verdammte Rechnung mit mir offen.

Welle um Welle. Unnachgiebig. Glühend heiß. Als wüsste mein Körper nicht, wann er aufhören sollte.

Max hörte nicht auf.

Ließ nicht nach.

Machte einfach weiter.

Leckte weiter.

Zog es weiter in die Länge, als wäre ich seine liebste Art, ein Verbrechen zu begehen.

Zu gut.

Zu verdammt viel von allem.

Endlich hob er den Kopf, seine Lippen glänzten, seine Augen waren dunkel vor Hunger, voller Verlangen, schwer von Befriedigung.

Dann nahm sein Mund meinen in Besitz.

Tief. Langsam. Besitzergreifend.

Sein Mund blieb auf meinem, als er zwischen uns griff und sich dort ausrichtete, wo ich bereits durchnässt war und mich nach ihm sehnte.

Wir waren sicher. Ich war geschützt. Alles, was ich wollte, war er.

Ein langsamer Stoß, tief und gleichmäßig, bis alles, was blieb, Hitze, Atem und der Punkt des Zerbrechens war, dem wir beide gemeinsam nachjagten.

Jep. Da war er hin, mein letzter zusammenhängender Gedanke. Hat sich einfach mit einem »Du schaffst das, Süße« verabschiedet.

Ich keuchte, meine Finger gruben sich in seine Schultern, während Hitze von ihm ausströmte und mein Atem sich mit seiner Haut vermischte.

Er hielt inne, tief in mir vergraben, die Stirn an meine gelehnt, sein Körper zitterte, als wäre ich das Einzige, was ihn auf der Erde hielt.

Ich bewegte mich zuerst. Ein langsames Rollen meiner Hüften, sanft und gleichmäßig, mehr Gebet als Bitte.

Und das war's. Max schnappte über und verlor auf die geilste Art und Weise die Kontrolle.

Er begann langsam, stieß tief zu, als wollte er sich jeden Zentimeter von mir, jeden Seufzer, jedes Keuchen einprägen.

Aber es war nicht genug. Ich brauchte mehr.

Er umklammerte meine Hüften, zerriss den letzten Faden der Kontrolle und stieß härter, schneller in mich – auf der Jagd nach der Art von Lust, die keine Überlebenden hinterlässt.

Ich klammerte mich an ihn, mein Atem ging stoßweise, mein Körper begegnete jedem Stoß, als wäre er dafür gemacht, ihm zu entsprechen. Seine Hüften rollten zielgerichtet, langsam und tödlich, jeder Stoß tiefer, schärfer – und zog mich näher an den Rand, als wüsste er verdammt genau, dass er es sein würde, der mich darüberstoßen würde.

Oh Gott. Ich zerbreche gleich. Ich kann nicht – ich kann nicht – ich bin schon –

Als ich wieder kam, klammerte ich mich so fest um ihn, dass ich halb erwartete, das Bewusstsein zu verlieren. Sein Name purzelte aus mir heraus, lallend und bedürftig, als hätte ich vergessen, wie Worte funktionieren.

Das gab ihm den Rest. Max' Kontrolle zersprang, sein letzter Stoß war brutal und tief, seine Erlösung durchfuhr ihn, als hätte ich gerade seine ganze verdammte DNA neu geschrieben.

Jesus. Ich habe ihn gerade gebrochen. Ich habe Max Harrington gebrochen.

Minuten vergingen.

Oder vielleicht ein ganzes Geschäftsquartal.

Keiner von uns bewegte sich. Wir blieben ineinander verschlungen, Glieder verknotet, Herzen durchgebraten, zu erledigt, um uns um irgendetwas zu scheren.

Unsere Herzschläge verlangsamten sich und synchronisierten sich wie die von zwei Idioten, die gerade so guten Sex hatten, dass sie vielleicht eine neue Dimension freigeschaltet hatten.

Max atmete aus und zog mich an sich, sein Arm schloss sich fest um meine Taille, als ob ich versuchen könnte zu fliehen.

Spoiler: Ich würde *nirgendwohin* gehen.

Seine Finger malten Kreise auf meinen Rücken. Echte. Keine metaphorischen, emotionalen Spiralen – obwohl die wahrscheinlich später noch kommen würden.

Er drückte einen Kuss in mein Haar. Sanft. Anhaltend. In mehreren Bundesstaaten möglicherweise illegal.

Ich gähnte. »So. Das ist also passiert.«

Er lachte leise auf. »Wortgewandt.«

»Halt die Klappe. Ich hatte eine außerkörperliche Erfahrung.«

Seine Brust bebte. »Froh, dass du zurückgekommen bist.«

»Die Jury berät noch. Meine Seele schwebt über dem Bett und versucht, eine Yelp-Bewertung zu schreiben.«

Max kicherte leise und küsste mich erneut. »Fünf Sterne?«

»Oh, Harrington. Ich werde mehr Sterne brauchen.«

18

In der Hitze des Moments

Ich erwachte in Wärme und dem langsamen, gleichmäßigen Rhythmus eines Atems, der über meine Haut hauchte. Max' Arm lag schwer um mich, warm und besitzergreifend. Vertraut. Zum Wahnsinnigwerden. Als hätte er das Recht, mein ganzes verdammtes Leben allein durch seine Existenz aus den Angeln zu heben.

Die Erinnerungen an die letzte Nacht überkamen mich in langsamen, schaudernden Wellen: das Flackern des Kaminfeuers auf seiner Haut, die Art, wie ich unter seinen Händen, seinem Mund, zerfloss. Und wie er sich direkt mit mir verlor.

Und jetzt war ich immer noch hier, in seinen Laken verheddert, um ihn geschlungen, als hätte ich jedes Recht dazu.

Er ist warm. Er ist nackt. Er riecht nach Sünde. Das ist eine Falle.
Und heilige Scheiße, damit hatte ich ja nie im Leben gerechnet.

Er bewegte sich an mir, seine Finger spannten sich an meinem unteren Rücken an. Seine Berührung war zu warm. Wie ein Brandzeichen.

Ich hätte mich zurückziehen sollen. Abstand zwischen uns bringen, bevor das hier zu etwas noch Gefährlicherem wurde, als es ohnehin schon war.

Aber stattdessen streckte ich mich und mit einem trägen Seufzer schmiegte ich mich enger an ihn – seiner Wärme nachjagend wie ein Mädchen, das keine einzige gottverdammte Lektion gelernt hatte. Meine Finger strichen über seine Rippen, kaum spürbar, aber genug, um die Luft zwischen uns zu verändern. Geladen. Wahrnehmend. Jeder Zentimeter von uns summte, als wären wir neu verkabelt worden.

»Ich spüre, wie du mich anstarrst«, murmelte ich mit schlaftrunkener Stimme.

Er atmete langsam aus, seine Lippen zuckten, als würde er über ein Grinsen nachdenken. »Ich genieße die Aussicht.«

Ich blinzelte, während der Schlaf die Ränder des Morgenlichts noch immer verschleierte.

Ich blickte auf und traf seinen Blick, kühl und unergründlich, als gäbe er mir Raum zum Weglaufen, obwohl er bereits wusste, dass ich es nicht tun würde.

Nö. Ich laufe nicht weg. Und wenn er mich weiter so ansieht, als wäre ich ihm wichtig, brauche ich eine Minute.

Ich bewegte mich leicht und zog das Laken höher, als könnte es mehr schützen als nur Haut.

Max' Hand bewegte sich langsam, seine Finger strichen über meine, als er das Laken wieder nach unten zog, gerade genug, um meinen Rückzug zunichtezumachen.

Seine Stimme war leise. Sanft.

»Ich mag es, dich so zu sehen.«

Moment mal – ist das echt? Also, so richtig echt? Wenn das irgendeine Art von magischer Zauberei ist, dann verhex mich jetzt. Ich bin voll dabei.

Ohne nachzudenken, streckte ich die Hand aus und strich mit den Fingern über seine Lippen. Nur einmal. Nur, um zu fühlen, wie er unter meiner Berührung weich wurde.

Dann wanderte mein Blick tiefer, langsam und unverschämt, über die gemeißelten Linien seiner Brust, die Stärke in seinen Armen.

Ich ließ meinen Blick über seine Brust schweifen und folgte den Konturen seiner Arme. Meine Finger folgten und glitten tiefer über feste Muskeln und die vertrauten

Narben, die ich in der Nacht zuvor nachgezeichnet hatte. Meine Finger wanderten tiefer, glitten über die Wölbung seines Rumpfes – und hielten inne.

Unter meiner Berührung war Tinte. Eine Form, die ich wiedererkannte.

Scharfe Winkel. Lange Gliedmaßen. Regungslos.

Der Knochenfrosch.

Er atmete scharf aus, aber es war nicht spielerisch. Es war keine Erregung.

Es war etwas Tieferes. Schärferes.

Als wäre der Atem von einem Ort gekommen, den ich nicht finden sollte.

Die Neckerei blieb mir im Hals stecken, bevor ich sie aussprechen konnte.

Das war nicht einfach nur ein Tattoo.

Es war heilig.

Ein in Stille gemeißeltes Symbol. Trauer in schwarzer Tinte.

Meine Finger hielten inne. »Das hier ist nicht zur Schau gedacht, oder?«

Er antwortete nicht sofort. Er starrte nur an die Decke, als wäre er ganz woanders.

Als er endlich sprach, war seine Stimme leise. Rau.

»Nein. Ist es nicht.«

Oh, Max. Wen hast du verloren?

Ich sagte nichts.

Fragte nicht. Drängte nicht.

Beugte mich einfach vor und drückte einen Kuss daneben. Weich. Behutsam. Ließ meine Hand einen Moment länger dort ruhen, als könnte ich vielleicht einen Teil davon für ihn halten.

Meine Finger glitten tiefer und zeichneten die Wölbung seiner Wade nach. Meine Finger trafen auf die dunklen, scharfen Linien eines weiteren Tattoos: ein Dreizack. Kühn. Unnachgiebig. Das Zeichen eines Kriegers.

Ich strich mit dem Daumen über das beeindruckende Design und folgte jedem sauberen Winkel und jeder gezackten Kante. Ein in Salz und Schatten geschmiedetes Symbol. Gebaut, um zu überleben. Zu kämpfen. Zu siegen.

Na, verdammt. Er ist nicht nur heiß – er wird von seiner Vergangenheit heimgesucht. Und das macht was mit mir.

Max spannte sich unter mir an, jeder Muskel straff wie eine Sehne, die kurz vor dem Reißen stand.

Ich lächelte langsam. »Du wurdest wirklich für den Krieg gebaut, was?«

Er schluckte schwer, als wären die Worte, die ihm in der Kehle steckten, zu gefährlich, um sie auszusprechen.

Ich küsste seinen Dreizack. Langsam. Ehrfürchtig. Mein Atem strich über die harten Linien seines Oberschenkels und eine weitere Geschichte, die seine Haut zeichnete.

Er zuckte unter mir zusammen, als jeder letzte Faden der Beherrschung riss.

Seine Finger gruben sich in mein Haar und zogen mich zurück zu seinem Mund. Der Kuss, der folgte? Pure Hitze. Purer Hunger.

Purer Max.

Wir waren Sekunden davon entfernt, die Welt vollkommen zu vergessen.

Dann kam das Klopfen.

Nein. Ein verdammtes *Hämmern*. Laut. Scharf. Kriminell.

Ich stöhnte so laut, dass es von den Steinen widerhallte. Ließ mich zurückfallen, das Gesicht in den Händen vergraben. »Nein. Nein, nein, nein. Sag mir, dass das nicht jemand an der verdammten Tür ist.«

Max atmete durch die Nase aus. »Es ist jemand an der Tür. Und er klingt ... eifrig.«

Ich stieß ihn gegen die Brust. »Geh die Tür aufmachen.«

»Ich bin immer noch nackt«, sagte er, als wäre das mein Problem.

»Oh, dessen bin ich mir sehr wohl bewusst.« Ich hob eine Augenbraue. »Und?«

Gütiger Himmel.

Max grummelte etwas, das wie eine Morddrohung klang, schnappte sich das Nächstbeste – seine Jogginghose – und stapfte zur Tür. Ich hatte keinen Zweifel – wenn die keinen verdammt guten Grund hatten, war Max bereit, sie vom nächsten Burgturm zu werfen.

In der Sekunde, in der er die Tür einen Spalt öffnete, platzte ein atemloser Mitarbeiter heraus: »Mr. Harrington! Miss Wilder! Sie müssen evakuieren – sofort!«

Max war schon durch die Tür, bevor das letzte Wort überhaupt verklungen war, und riss sie ganz auf. Der Flur hinter dem Mitarbeiter war das reinste Chaos. Gäste und Angestellte eilten zu den Ausgängen, Stimmen überlagerten sich, die Luft war angespannt vor Panik.

»Es gibt ein Feuer. Es ist eingedämmt«, sagte der Mann schnell. »Hat in der Küche angefangen. Elektrisch. Hat sich schneller ausgebreitet als erwartet. Niemand ist verletzt.«

Feuer.

Ich stürzte in den Hauptraum, mein Herz hämmerte, der Atem stockte mir im Hals. Die Decke verhedderte sich in meinen Beinen und rutschte herunter, als ich mich aufrappelte. »Warte – was?«

Das Gesicht des Mannes war von Dringlichkeit gezeichnet. »Der Empfangssaal hat Rauchschaden. Die Küche ist außer Betrieb.«

Max zuckte nicht mit der Wimper. »Wer hat das Sagen?«

Der Mitarbeiter zögerte. »Äh – ich bin nicht sicher. Ich glaube, jemand von der Hausverwaltung? Vielleicht der diensthabende Manager –«

Max war schon in Bewegung. »Fangen Sie an durchzuzählen. Leiten Sie alle Gäste durch den Ostausgang. Der Pavillon ist der Sammelpunkt, richtig?«

Der Mitarbeiter blinzelte. »Ja, Sir.«

»Gut. Finden Sie denjenigen, der die Leitung haben sollte, und sagen Sie ihm, ich erwarte in fünf Minuten einen Lagebericht.«

Er wirbelte herum, durchquerte den Raum mit drei großen Schritten, zog einen Pullover von einer Stuhllehne und warf ihn mir zu, während ich mir meine Kleidung überstreifte. Dann Schuhe. Dann sein eigenes Sweatshirt.

»Fiona«, sagte ich atemlos. »Ich muss sie finden.«

Max' Kiefer spannte sich an. »Wir müssen evakuieren.«

»Werde ich auch. Aber nicht, bevor ich sichergestellt habe, dass diese Hochzeit nicht komplett im Eimer ist. Fionas Familie ist praktisch schottischer Adel, Max. Wenn dieser Tag in Rauch aufgeht, dann auch Wilder Horizons – und wahrscheinlich unser halber internationaler Ruf.«

Er durchquerte den Raum erneut, zog sich bereits die Schuhe an und sein Blick war fest auf meinen gerichtet.

»Geh«, sagte er. Keine Frage. Ein Befehl.

Also ging ich.

Und fünf Sekunden später ging er auch.

Fiona war in der Nähe des Gartens, barfuß im Gras, ihr Satinmorgenmantel hing an einer Schulter, als hätte sie es gerade noch rechtzeitig hinausgeschafft. Sie sah aus, als stünde sie kurz vor einem Zusammenbruch.

Aus dem Augenwinkel sah ich Max in der Ferne, der bereits in sein Telefon sprach, seine Haltung neben dem Feuerwehrchef so gefestigt, als wäre er geboren worden, um diesen verdammten Laden zu schmeißen.

Okay. Ich sollte nicht kurz vor einem Orgasmus stehen, nur weil ich ihm dabei zusehe, wie er die Führung übernimmt.

Nein. Absolut nicht. Das ist unangebracht. Und nicht hilfreich. Und – Jesus, sieh ihn dir an.

»Rayann, der Empfangssaal. Überall ist Rauch. Sie glauben, die Küche ist hin. Ich weiß nicht mal ... was zum Teufel sollen wir tun?«

Mein Puls schnellte in die Höhe. »Das Zelt«, sagte ich. »Von letzter Nacht. Bitte sag mir, dass es noch steht.«

»Ich ... ich glaube schon?«

»Okay. Gut.« Ich griff nach ihrem Arm. »Fiona, wo ist Collum? Und deine Eltern? Sind sie irgendwo in Sicherheit?«

Sie nickte, ein wenig zu schnell. »Ja. Den Eltern geht es gut. Jemand hat sie durch den Seitengarten gebracht. Collum ist los, um nach dem Rest der Familie zu sehen, glaube ich. Ich habe ihn seitdem nicht mehr gesehen.«

»In Ordnung. Das Zelt ist unser Plan. Wir verlegen die Deko, leiten die Gäste durch den Garten um, überprüfen Strom und Beleuchtung und lassen uns vom Catering bestätigen, was noch zu retten ist.«

Fiona blinzelte. »Okay. Okay ... das wird funktionieren.«

Ich drückte Fionas Arm. »Finde deine Hochzeitskoordinatorin – sofort. Sag ihr, dass wir alles ins Zelt verlegen. Sie müssen das Floristenteam umleiten, das Gedeck verschieben und die Gäste durch den Garteneingang umleiten.«

Fiona blinzelte, als würde sich bei ihr immer noch alles drehen.

»Verstanden?«, fragte ich mit fester Stimme.

Sie nickte. »Ja. Bin dabei.«

Sie schoss davon, ihr Morgenmantel flatterte hinter ihr her, während ich mich zur Menge umdrehte und die Gesichter nach jemandem in einer Kochjacke absuchte.

Ich fand zwei Mitglieder des Küchenteams in der Nähe des Steinpfades, die dicht beieinanderstanden; einer von ihnen rieb sich Mehl an die Hose, als könnte ihn das beruhigen.

»Sind Sie vom Catering?«, fragte ich.

Der Größere nickte.

»Gut. Ich brauche eine schnelle Einschätzung. Was ist verwendbar? Was ist ruiniert? Wenn die externen Caterer ankommen, will ich eine Liste haben, was wir noch servieren können und wo wir Verstärkung brauchen.«

Er blinzelte. »Ich – ich glaube, der hintere Gefrierschrank ist unberührt. Einige der kalten Vorspeisen könnten in Ordnung sein.«

»Fangen Sie damit an. Machen Sie schnell. Wir haben vielleicht drei Stunden.«

Als er sich umdrehte, um die Anweisung weiterzugeben, winkte ich bereits einen der Schlossangestellten in einer marineblauen Weste und mit einem Funkgerät herbei.

»Wer ist der diensthabende Manager?«

»Ich – äh – glaube, Ms. Keane, aber sie hat bei der Evakuierung geholfen –«

»Holen Sie sie. Ich brauche die Genehmigung, das Empfangsessen ins Zelt zu verlegen. Wir brauchen zusätzliche Beleuchtung, Stromzugang und ein Team, das den Bereich auf Sicherheit überprüft.«

Er nickte und rannte ohne ein weiteres Wort los.

Na toll. Ich hatte nur diesen einen Versuch, die Stellung zu halten. Und anscheinend zählten Feuer- und Blumennotfälle jetzt zu »sonstigen zugewiesenen Aufgaben«.

Ich drehte mich gerade um, als Max über den Rasen zurückschritt, ganz ruhige Befehlsgewalt und tödlicher Fokus. Er schätzte alles ein. Mich eingeschlossen.

Seine Anwesenheit durchschnitt das Chaos wie eine Kriegstrommel.

»Alles gut bei dir?«, fragte er, sein Blick musterte mich von Kopf bis Fuß.

»Das Make-up von letzter Nacht, Haare, als hätte ich eine Kneipenschlägerei verloren, und dieser Pullover? Ich bin im vollen Kobold-Modus.«

Sein Blick wich nicht aus. »Du übernimmst hier draußen die Führung wie ein General.« Dann, mit einem Augenzwinkern: »Und du siehst dabei verdammt sexy aus. Der Kobold-Modus steht dir irgendwie.«

Warte. Was?
Wie zum Teufel konnte er mich überhaupt wahrnehmen, mitten in seiner eigenen Krise?

Ich starrte ihn einen Moment zu lange an, mein Gehirn setzte aus. Das konnte nicht sein Ernst sein. Der Mann war selbst in Jogginghosen noch unverschämt sexy, und doch – er sah mich an, als wäre ich die einzige Person auf diesem Feld, der er zutraute, diesen verdammten Krieg zu gewinnen.

»Ähm. Danke?«

»Das Gelände ist sicher. Alle sind in Sicherheit.« Er trat näher, nah genug, damit mein Puls es bemerkte. »Was brauchst du? Wie kann ich helfen?«

»Du bist irgendwie heiß, wenn du voll auf Kommando schaltest«, murmelte ich.

Er grinste. »Gleichfalls.«

19

Sechseinhalb Minuten

Wir haben es gerettet.

Das Feuer hat die Hochzeit nicht ruiniert. Nur ein paar Blumenarrangements, einige Brandflecken und ein halbes Tablett mit schickimicki Törtchen, von denen wahrscheinlich jeder einzelne Bissen mehr gekostet hat als mein ganzes Kleid.

Ein explodierter Windbeutel war sogar auf einer Leinenserviette gelandet, die jetzt aussah wie ein Tatort. Möge er in klebrigem, überteuertem Frieden ruhen.

Die Rettungskräfte packten schnell ihre Sachen zusammen, ihre Stimmen waren leise und effizient. Die Aufräumteams fegten direkt hinter ihnen mit Gummihandschuhen und der Energie von Leuten durch, die sehr gut dafür bezahlt werden, nicht in Panik zu geraten.

Fiona stand barfuß im Gras, der Schleier saß schief, die Wimperntusche war gerade so weit verschmiert, dass es romantisch und nicht zerstört aussah. In der einen Hand hielt sie Champagner, mit der anderen umklammerte sie den Veranstaltungsplan, als könnte sie jemanden damit schlagen. Sie lächelte mich mit wildem Blick und total aufgekratzt an.

»Das ist ... eigentlich besser«, flüsterte sie, als würden wir ein Geheimnis teilen. »Viel romantischer.«

Ich nickte und lächelte, als hätte ich nicht gerade eine Krise der höchsten Alarmstufe in der Unterwäsche von gestern Abend bewältigt, mit dem Funkgerät eines anderen an meinen Arsch geklemmt.

Das Festzelt funkelte, als wüsste es, dass es etwas zu beweisen hatte. Auf jedem Tisch leuchteten Kerzen und flackerten in hohen Glaszylindern, die wir aus der ursprünglichen Dekoration gerettet hatten. Die Musik setzte wieder ein – leise und voluminös und genau das, was die Gäste brauchten, um so zu tun, als wäre all das nie passiert.

Meine Absätze sanken leicht in den weichen Boden ein, aber ich bewegte mich nicht. Ich stand einfach nur einen Moment lang still und ließ alles sacken.

Wir hatten es geschafft.

Irgendwie hatten wir es verdammt noch mal tatsächlich geschafft.

Obwohl Summer wahrscheinlich irgendwo eine Erschütterung der Macht spürte und anfing, mir gedanklich den Arsch aufzureißen. Na super.

Mein Kleid schmiegte sich immer noch an den richtigen Stellen an meinen Körper. Meine Locken hielten nur noch durch schiere Willenskraft und eine Reisegröße Haarspray zusammen. Und selbst nach allem hatte mich mein Lippenstift nicht völlig im Stich gelassen.

Ich musste mich nicht umdrehen, um zu wissen, dass Max mich beobachtete. Ich spürte es. Ein tiefes, warmes Kribbeln, wie statische Aufladung auf meiner Haut.

»Bist du immer so gut darin, so zu tun, als wärst du nicht kurz davor, umzukippen?«

Die Stimme hinter mir war tief und sanft und kroch an meiner Wirbelsäule herunter, als hätte sie eine Landkarte.

Ich drehte mich um.

Max stand direkt vor dem Zelt, das Jackett ausgezogen, die Ärmel hochgekrempelt, das Hemd am Kragen aufgeknöpft. Der Mann sah aus, als wäre er gerade aus Ruhe *unter Druck gemeißelt* und auf dem Weg hierher durch eine Parfümwerbung geschleift worden.

Ich blinzelte ihn an. »Definiere ›umkippen‹.«

Er trat näher. Berührte mich nicht, bedrängte mich nicht – er war einfach nah genug, um mich daran zu erinnern, wie es sich anfühlte, etwas ohne jeden Sinn für das richtige Timing zu wollen.

Sein Blick wanderte von meinem Haar zu meinen Schultern und erfasste den Stress, den ich mir bis zu diesem Moment nicht erlaubt hatte zu fühlen.

»Du hast die Nerven behalten«, sagte er. »Das war kein Glück.«

Ich schnaubte. »Das stand auch nicht in meiner Jobbeschreibung.«

»Heißt nicht, dass es nicht beeindruckend war.«

Bei dem letzten Wort wurde seine Stimme einen halben Ton tiefer. Und mein Puls machte *dieses Ding*, das er immer macht, wenn er so redet.

Ich schluckte schwer. »Siehst du nach mir?«

Er zuckte lässig und todsicher mit den Schultern. »Irgendjemand muss es ja tun.«

Er legte den Kopf schief und beobachtete mich, als ob er sich immer noch über etwas entscheiden würde.

Dann beugte er sich vor, tief und leise. »Wir müssen ein paar Dinge besprechen.«

Ich blinzelte. »Jetzt?«

Seine Stimme war kaum hörbar. »Dringende Überprüfung des Zeitplans.«

Bevor ich fragen konnte, wovon zum Teufel er sprach, drehte er sich um und ging davon wie ein Mann mit einer Mission – ruhig, gefasst und übertrieben selbstbewusst. Als wäre dies kein äußerst verdächtiges Verhalten und als würde ich ihm nicht folgen wie eine Frau, die absolut keine Rücksicht auf öffentliche Auftritte oder berufliche Grenzen nimmt.

Aber das tat ich.

Denn natürlich tat ich das.

Er führte uns an der Seite des Festzeltes entlang, vorbei an einem mit Vorhängen verdeckten Personaleingang und einen Gang hinunter, den, da war ich mir ziemlich sicher, nur Kellner benutzen durften. Dann blieb er vor einer unmarkierten Tür stehen, öffnete sie, zog mich hinein und schloss sie hinter uns.

Klick.

Ein Lagerraum.

Regale voller Weingläser. Ein Stapel Leinentücher. Ein paar Bankettstühle in der Ecke.

Und Max.

Der die Tür blockierte. Mit Augen, die dunkel genug waren, um meine Knie vergessen zu lassen, wie sie funktionieren.

»Max ...«

»Sechseinhalb Minuten.« Seine Stimme war tief. Rau. Auf die beste Art gefährlich. »So lange habe ich dich vermisst, bevor ich anfing, meinen verdammten Verstand zu verlieren.«

Ich öffnete den Mund. Schloss ihn wieder. Mein Puls befand sich irgendwo im Orbit.

»Wir sollen doch arbeiten«, flüsterte ich.

»Das tue ich.« Er trat näher. »Ich manage aktiv eine Situation.« Seine Augen schnellten zu meinen Lippen. »Und im Moment ist die Situation die, dass du eine Rede gehalten hast, bei der ich mir genau vorgestellt habe, wie du klingen würdest, wenn dein Mund anderweitig beschäftigt wäre.«

Luft? Wer brauchte die schon.

»Das klingt nach einem Verstoß gegen die Personalrichtlinien.«

Er grinste. »Gut, dass ich technisch gesehen nicht im Dienst bin.«

Er drängte mich so schnell gegen die Leinentücher, dass die Regale hinter mir klirrten. Dann küsste er mich – hart. Als hätte der ganze verdammte Tag auf diesen Moment hingearbeitet. Als hätten *wir* auf diesen Moment hingearbeitet.

Seine Hände waren überall. Mein Kleid war halb bis zu meinen Oberschenkeln hochgerutscht. Und ich hatte völlig vergessen, wie man atmet.

Einer meiner Absätze rutschte auf einem herumstehenden Wischeimer aus.

Ich quietschte auf.

Max fing mich mit einem Arm auf und stieß den Eimer mit dem anderen weg, als hätte dieser meine Ehre beleidigt.

»Konzentrier dich, Wilder.«

»Du hast mich in eine Besenkammer gezerrt. Wie konzentriert soll ich da deiner Meinung nach sein?«

Seine Stimme wurde tiefer.

»Oh, dabei helfe ich dir.«

»Max ...«

Seine Hände waren wieder an mir, noch bevor ich das Wort ausgesprochen hatte. Sie packten meine Hüften und drängten mich zurück, bis mein Rücken gegen die Wand stieß. Sein Mund presste sich auf meinen – hungrig, fordernd, versaut – und ich schmolz dahin, als hätte mein Körper den ganzen Tag auf genau diesen Druck gewartet.

Ich keuchte an seinen Lippen, und er nutzte es aus und drang mit seiner Zunge in meinen Mund, mit einer Konzentration, die illegal hätte sein sollen. Seine Zunge glitt über meine, langsam und verheerend, und als ich wimmerte, stöhnte er tief in seiner Kehle und packte meinen Arsch, als bräuchte er einen festeren Halt in der Realität.

»Du hast das Kleid mit Absicht angezogen«, raunte er an meinem Kiefer, während er schon den Saum über meine Oberschenkel hochzog. »Und du wusstest ganz genau, dass ich deswegen den ganzen verdammten Tag so drauf sein würde.«

Ich – okay. Wow. Heiliger Bimbam, du heißer Krisenmanager, du hast also den ganzen Tag daran gedacht? Etwa bei den Sicherheitsbesprechungen? Hast du mich in Gedanken ausgezogen, während du uns durchgezählt hast? Kopf. Ohhh.

Verdammt, nein. Jesus. Reiß dich zusammen, Rayann.

»Ich hab es angezogen, weil ich darin gut aussehe.«

»Genau.«

Er küsste mich wieder, ließ dann seinen Mund zu meinem Hals sinken und streifte mit den Zähnen die empfindliche Stelle unter meinem Ohr. Ich bog mich ihm entgegen. Mein Kleid rutschte höher.

Dann glitt seine Hand zwischen meine Schenkel, seine Finger kühn und unnachgiebig, und fanden mich, bereits durch und durch nass bis auf den Slip.

»Verdammt«, knurrte er. »Schon feucht für mich?«

Ich nickte – kaum merklich.

Er schob seine Hand unter den Stoff, seine Fingerspitzen strichen durch die feuchte Hitze und umkreisten dann meine Klitoris mit einem Druck, der meine Knie weich werden ließ.

»Ich habe keine Zeit, sanft zu sein, Rayann.«

»Gut«, keuchte ich. »Sei es nicht.«

Er riss mein Höschen zur Seite und stieß zwei Finger in mich, tief und schnell.

Mein Kopf knallte gegen die Wand. »Jesus – Max –«

Er pumpte mit seinen Fingern, krümmte sie, bis ich zitterte, verzweifelt war und mich an seinen Schultern festklammerte, als wäre er das Einzige, was mich aufrecht hielt.

»Lass es mich hören«, flüsterte er. »Ich will wissen, wie es klingt, wenn du um meine Hand herum kommst.«

Es dauerte nicht lange.

Ein paar Stöße mehr, und ich war so weit. Ich stöhnte in seine Schulter, rieb meine Hüften an ihm, mein Körper verkrampfte sich, als alles andere um mich herum verschwand.

Er küsste mich dabei, jetzt langsam. Ehrfürchtig. Als müsste er jeden Teil davon für sich beanspruchen.

Dann ließ er sich auf die Knie fallen.

Sah einfach von zwischen meinen Schenkeln zu mir auf, als hätte er vor, mich mit voller Absicht zu ruinieren.

»Du hast gesagt, ich hätte dich in eine Besenkammer gezogen. Du hast nicht gefragt, wofür.«

Er hakte eines meiner Beine über seine Schulter, schob mein Kleid über meine Hüften und leckte mich mit einem einzigen langen, besitzergreifenden Zug, der mir den Atem aus den Lungen raubte.

Dann noch einmal.

Und noch einmal.

Seine Zunge kreiste, reizte, steigerte die Erregung – bis er seinen Mund um meine Klitoris schloss und saugte.

Fest.

Als würde er versuchen, einen verdammten Flaschengeist zu beschwören.

Meine Hände fuhren in sein Haar. »Max – verdammt – oh mein Gott –«

Er hörte nicht auf. Nicht, als ich nach Luft schnappte. Nicht, als ich wieder kam und an seinem Gesicht zitterte. Nicht, als mein Bein beinahe nachgab und er etwas Dreckiges in mich hinein knurrte, als wollte er darin ertrinken.

Er stand langsam auf, die Lippen feucht, die Pupillen so dunkel, dass sie den Raum zu verschlucken drohten, und jeder einzelne große, harte, Gott-hilf-mir-Zentimeter von ihm drohte, seine Hose zu zerreißen, als hätte er vor, mich in der Mitte zu falten und die Stabilität dieses Klapptisches auf die Probe zu stellen.

»Dreh dich um.«

»Was?«

Er wirbelte mich herum, beugte mich über den Tisch, schob mein Kleid hoch und ließ seinen Schwanz zwischen meine Schenkel gleiten, in einem einzigen langen, perfekten Stoß, der dem Raum die Luft entzog.

»Heilige, barmherzige Scheiße –«

Er lachte leise, sanft und heiser. »Jesus, ich liebe es, wenn du für mich die Fassung verlierst.« Seine Stimme sank zu einem Flüstern. »Aber wenn du weiter solche Geräusche machst, brauche ich eine bessere Tarnung.«

Er stieß in mich, hart und tief, seine Hände umklammerten meine Hüften, als könnte er es nicht ertragen, loszulassen. Meine Wange schlug auf den Tisch. Sein Tempo war brutal. Wunderschön. Kompromisslos.

»Das wollte ich den ganzen Tag«, knurrte er. »Seit ich gesehen habe, wie du heute Morgen die verdammte Führung übernommen hast. Voller Selbstvertrauen. Ganz und gar verdammt noch mal mein.«

Warte. Hat er mich gerade knurrend für sich beansprucht? Ist das legal?

»Dann nimm es dir«, keuchte ich. »Nimm dir alles.«

Er zog mich an den Schultern hoch und vögelte mich härter.

Und ich ließ ihn.

Denn in diesem Moment gab es keinen Zeitplan. Keine Hochzeit. Keine Welt jenseits dieser Hitze, dieses Drucks, dieses Mannes, der mich mit nichts als Hunger und Schweiß und Verlangen in zwei Hälften brach.

»Max – ich –«

»Ich weiß.«

Seine Hand glitt zwischen meine Beine und brachte mich zum Höhepunkt, genau in dem Moment, als er mit einem Knurren in meinem Ohr und meinem Namen auf den Lippen kam.

Er hielt mich einen Moment lang so fest, wir beide keuchten, als hätten wir etwas Katastrophales überlebt. Seine Hand lag noch immer flach auf meinem Bauch. Sein Mund auf meinen Hals gepresst.

»Zeitplan überprüft«, murmelte er, seine Stimme immer noch rau.

»Ja. Meine liebste Art von mündlichem Bericht.«

20

Die Abendbesprechung

WIR SPRACHEN NICHT AUF dem Weg zurück zum Empfang. Zu kurzatmig. Zu selbstzufrieden. Zu wund an Stellen, die ich in der Öffentlichkeit nicht wirklich kühlen konnte.

Meine Beine zitterten, als hätten sie ihre Aufgabe vergessen, und mein Höschen lag irgendwo in einem Lagerraum, wahrscheinlich traumatisiert.

Der Garten leuchtete im Kerzenschein, der Champagner fing das Flimmern auf, Musik schwebte mit geübter Eleganz und einem entsprechenden Preisschild durch die Luft. Die Gäste lachten und verweilten in kleinen Gruppen und erhoben ihre Gläser, als hätte ein Küchenbrand die Veranstaltung nicht beinahe aus dem Programm gestrichen.

Wir schlüpften leise und unauffällig hinein und mischten uns unter die Menge, als hätten wir nicht gerade einen absolut unschuldigen BBanketttisch entweiht.

Aber dieser Barkeeper. Murdo?

Murdo entdeckte uns in dem Moment, als wir über die Schwelle traten, als hätte er nur darauf gewartet, sich auf uns zu stürzen.

Er stand in einem kompletten Smoking hinter der Bar und rückte Weingläser mit der Eleganz eines Mannes zurecht, der Champagner durch ein Kriegsgebiet geschmuggelt und es dabei noch stilvoll aussehen lassen hatte. Seine Handschuhe glänzten. Sein Grinsen nicht.

Er hob eine einzelne Braue, sobald wir näher kamen, dann beugte er sich mit der ganzen Anmut eines Mannes vor, der im Begriff war, einen Skandal bis ins kleinste Detail zu erzählen.

»Na also«, sagte Murdo, sein Akzent dick und viel zu wissend. »Schön zu sehen, dass ihr beide wieder Luft holt.«

Ich verschluckte mich und wäre beinahe an dem erstickt, was von meiner Würde übrig war.

Max zuckte nicht einmal mit der Wimper. »Zeitplan überprüft.«

Murdo polierte langsam ein Glas, seine Augen funkelten. »Ah. Nennen wir das heutzutage so?«

Nein. Ich werde nicht rot. Ich erinnere mich nur an die genaue Dezibelzahl, die ich erreicht habe, als er an meinem– ja, das reicht.

Murdo reichte Max einen Tumbler mit Scotch und mir ein Glas Champagner, dann bedachte er uns mit diesem uralten schottischen Orakel-Blick. Wie ein Mann, der an ein und demselben Wochenende einen Junggesellenabschied, einen Exorzismus und eine königliche Orgie veranstaltet hatte.

»Herzlichen Glückwunsch«, sagte er knochentrocken. »Ihr habt diesen frisch ausschweifenden Schimmer.«

Max nahm einen Schluck, als könnte ihm kein Skandal etwas anhaben. »Ich weiß deine Diskretion zu schätzen.«

Murdo blinzelte. »Diskretion? Bitte. Ich habe an der Bar schon Wetten angenommen. Du schuldest mir zwanzig Pfund und einen Wischeimer.«

Mir schoss Champagner in die Nase. Die Würde war dahin. Schon wieder.

Murdo machte mir eine kleine Verbeugung, ganz im Charme der alten Schule und mit der Bedrohlichkeit eines Mannes im Smoking. Die Art von Geste, die Frauen um 1974 wahrscheinlich dazu brachte, ihre Moral über Bord zu werfen.

»Miss Wilder, es ist mir eine Freude, endlich Ihre Bekanntschaft zu machen. Murdo Campbell – Barkeeper,

Vertrauter, Chaos-Beobachter und inoffizieller Therapeut für emotional instabile Bräutigame und mindestens eine entlaufene Stripperin.«

Ich blinzelte. »Warte mal – du weißt tatsächlich, wer ich bin?«

Er neigte den Kopf, als hätte ich gerade gefragt, ob Scotch aus Trauben gemacht wird. »Mädel, du bist der Grund, warum diese Hochzeit nicht mit brennenden Kilts und in die Wälder flüchtenden Gästen geendet hat. Natürlich weiß ich, wer du bist.«

Murdo stieß mit seinem Glas völlig unzeremoniell mit uns an.

»Na dann«, verkündete er mit einer Stimme, die wie eine Skandal-Kanone dröhnte, »ein Toast auf das Mädel, das die Flammen gezähmt, den Empfang gerettet und trotzdem noch Zeit gefunden hat, sich in einem Wäscheschrank gründlich und glorreich durchnehmen zu lassen.«

Ich spuckte meinen Champagner direkt in meine Hand. Sexy.

Max, todernst wie immer: »Es war ein Lagerraum.«

Murdo hob eine Braue. »Ich bin korrigiert. Wäscheschränke sind für Amateure.«

Ein paar Gäste klatschten.

Klatschten.

Ich überlegte, kopfüber in Murdos Eiskübel zu tauchen und den Deckel hinter mir zuzuziehen.

Max, ärgerlich gelassen, lehnte sich an die Bar und murmelte gerade laut genug, dass ich es hören konnte, aber nicht leise genug, damit es sicher war: »Ich glaube, ich würde zur Beichte gehen, wenn es nicht bedeuten würde, dass ich lügen müsste, was ich wieder mit dir anstellen würde.«

Mein Gesicht wurde thermonuklear.

Murdo nickte wie ein Mann, der persönlich gesündigt, überlebt und Snacks ins Fegefeuer mitgebracht hatte. »Aye. Riskier lieber nicht die Verdammnis ohne Verstärkung.«

»Am besten flüssige.«

Ich war dabei, jede Entscheidung, die ich je in meinem Leben getroffen hatte, aktiv zu überdenken – einschließlich der, die mich in ein schottisches Schloss, einen Lagerraum und zu dieser Bedrohung im Smoking hinter der Bar geführt hatte.

Ohne auch nur mit der Wimper zu zucken, griff Murdo unter die Bar und holte einen polierten silbernen Flachmann hervor, als hätte er nur auf diesen Moment gewartet.

Er schob ihn zu Max hinüber wie ein erfahrener Dealer mit dem letzten Ass im Ärmel. »Für dich. Den wirst du brauchen, wenn du auch nur irgendeinen Plan hast, diese hier zu überleben.«

Max nahm ihn mit einer Hand und der reinen Sünde in seinem Lächeln entgegen. »Oh, ich überlebe sie nicht. Ich gehe glücklich unter.«

Max. Fucking. Harrington. Bringt mich mit einem Einzeiler zum siebten Orgasmus, ohne mich auch nur zu berühren.

Murdo zog eine perfekt urteilende Braue hoch. »Gesprochen wie ein Mann, der gerade seine Meisterin gefunden hat.«

Max sah mich an, als wäre ich sowohl das Streichholz als auch das Lauffeuer. »Sie ist die schöne Art von Chaos. Ich bin nur der glückliche Bastard, der versucht, die Flammen in die richtige Richtung zu lenken.«

Ich war nur noch Sekunden davon entfernt, direkt auf dem Rasen zu zerfließen. Nur eine kleine Pfütze überhitzten Mädchenschleims, versteinert unter einem whiskydurchtränkten Himmel.

Murdo wandte sich mir mit dem Grinsen eines Teufels und der Miene eines Engels zu. »Sie sind gefährlich, Miss Wilder. Das respektiere ich. Versprechen Sie mir nur, wenn Sie ihn umbringen, dass Sie es wie einen Unfall aussehen lassen. Ich hasse Papierkram.«

Mein Mund öffnete sich. Nichts kam heraus. Kein gottverdammtes Wort.

Eine wildfremde Frau hob ihr Glas. »Was ist denn da drüben los?«, rief sie, viel zu begierig für jemanden, der nicht in der Schusslinie stand.

Murdo zögerte keine Sekunde. »Nur Ihre durchschnittliche romantische Erfolgsgeschichte. Mädchen trifft Jungen. Mädchen verführt Jungen in einem Krisen-Schrank. Junge bettelt um mehr.«

Ich starb. *Ich starb.*

Max? Max leerte nur den Rest seines Scotchs und sagte: »Zeitplan aktualisiert.«

Murdo schenkte ihm nach. »Und gründlich überprüft.«

Murdo summte vor sich hin, während er die Kreidetafel aktualisierte. Lässig. Professionell.

Als wäre er nicht im Begriff, meine gesamte Würde mit Stil in Brand zu stecken.

Er drehte sie mit einem Schwung um.

Der Signature-Cocktail des heutigen Abends: Die Abendbesprechung

– Scotch. Champagner. Langsam aufbauendes Brennen.

– Geht runter wie Öl. Kühner Abgang.

– Am besten als Doppelter serviert.

Max las es. Nippte an seinem Drink. Sah mich direkt an.

»Da fehlt etwas«, sagte er.

Murdo hob eine Augenbraue. »Oh?«

»Braucht mehr ... Biss«, murmelte Max viel zu lässig. »Nur einen Hauch von Gefahr. Vielleicht eine Zeile darüber, wie man jemanden seinen eigenen Namen vergessen lässt.«

Ich *keuchte mit dem ganzen Körper* wie jemand, der gerade beim Lesen von Schundliteratur in der Kirche erwischt wurde.

Genau in diesem Moment schlenderte ein Gast – Mitte dreißig, hieß wahrscheinlich Bob – heran und tippte auf die Karte. »Abendbesprechung? Das klingt harmlos. Den nehme ich.«

Murdo zuckte nicht einmal mit der Wimper. »Sicher, Junge? Er ist ein bisschen ... temperamentvoll.«

»Ich mag es kräftig«, sagte Bob.

Murdo mixte den Drink. Schob ihn über den Tresen. »Pass nur auf, dass er dich nicht aus den Latschen haut.«

Bob nahm einen Schluck. Verzog das Gesicht. »Wow. Der ist stark.«

Murdo lächelte wie ein Mann, der Geheimnisse hat. »Das war sie auch.«

Max hustete in seine Faust.

Ich lief in dreißig verschiedenen Rottönen an und flüsterte: »Wir müssen gehen. Sofort.«

Murdo polierte ein Glas. »Zu spät. Du bist jetzt eine Legende.«

Ich versuchte immer noch, die Kontrolle über mein Gesicht – und meine Würde – wiederzuerlangen, als Fiona und Collum sich einen Weg durch die Menge auf uns zu bahnten und für zwei Menschen, die an ihrem Hochzeitstag sowohl einen Brand im Schloss als auch einen Skandal in der Abstellkammer überlebt hatten, unfairerweise strahlend aussahen.

»Rayann«, sagte Fiona und packte meine beiden Hände, als hätte ich persönlich ihren Schleier davor bewahrt, in Flammen aufzugehen. »Ich weiß, ich habe es schon hundertmal gesagt, aber danke. Danke.«

»Ernsthaft«, fügte Collum hinzu und schüttelte Max die Hand, als würde er ihm einen Ehren-Clan-Titel verleihen. »Ihr habt beide den Tag gerettet. Und uns eine verdammt gute Geschichte geliefert, die wir unseren Enkeln erzählen können.«

Ich stieß ein wackeliges Lachen aus. »Hoffentlich nur den Teil mit dem Feuer. Nicht den mit dem Schrank.«

Fionas Augen funkelten. »Oh nein, der Teil mit dem Schrank macht die Nacherzählung erst richtig gut. Du bist jetzt eine richtige Legende.«

Murdo hob wie aufs Stichwort seinen Flachmann, als hätte er den Moment choreografiert.

»Hör zu«, sagte Fiona und verstärkte ihren Griff um meine Hände, »ich weiß, ihr fliegt wahrscheinlich bald zurück in die Staaten, aber Collum und ich möchten euch etwas anbieten. Ein Dankeschön.«

Mein Magen zog sich zusammen. »Das ist wirklich nicht nötig—«

»Oh, es ist kein Dankeschön«, sagte Fiona mit einem Grinsen. »Es ist eine Bestechung. Wir wollen, dass ihr noch ein paar Tage bleibt. Macht eine richtige Pause.«

»Wir haben ein Familien-Cottage an der Nordspitze von Skye«, sagte Collum. »Direkt am Strand. Abgelegen. Ruhig. Nur ihr beide, das Meer und ein paar verurteilende Schafe.«

Max zog eine Augenbraue hoch, sichtlich fasziniert. »Gibt es ein Schloss an der Tür?«

Fiona lachte. »Kaum. Es ist rustikal. Romantisch. Und mit genug Whisky ausgestattet, um eine kleine Apokalypse zu überstehen.«

»Ihr bietet uns ein Strand-Cottage an?«, fragte ich blinzelnd. »Das ist kriminell großzügig.«

Cool, cool, cool, heute einfach mal so ganz lässig alle Meilensteine einer Beziehung im Schnelldurchlauf nehmen.

Warte – habe ich gerade Beziehung gesagt?

»Technisch gesehen ist es eher eine charmante Hütte«, sagte Collum. »›Treibholz-Chic‹, wie die Damen vielleicht sagen würden. Sanitäranlagen, die größtenteils funktionieren.«

Max sah mich an.

Ich sah ihn an.

Und genau in diesem Moment wussten wir es beide.

Mein Gehirn sagte, flieg nach Hause. Geh wieder arbeiten. Pflichten. Struktur. Definitiv keine schottischen Strände oder SEALs in geliehenen Betten.

Aber mein Mund sagte: »Das klingt perfekt.«

Max grinste. »Ich schätze, wir überarbeiten den Zeitplan noch einmal.«

Murdos Stimme drang von der Bar herüber. »Setzt dieses Mal nur nicht das Reetdach in Brand.«

Fiona stieß mit ihrem Glas an meins. »Auf Legenden, Wäscheschränke und den verdammt besten Hochzeitstag aller Zeiten.«

Und einfach so flogen wir nicht nach Hause.

Noch nicht.

21

Lass mich einfach bei den Dudelsackspielern zurück

ALS WIR WIEDER IM Zimmer waren, lief ich nur noch auf Reserve, Koffein und den letzten hartnäckigen Endorphinen von einem sehr befriedigenden Nachmittag.

Der Kamin glühte schwach. Beide Betten waren aufgeschlagen. Unsere Taschen waren auf magische Weise umgezogen. Und jemand – wahrscheinlich ein verzaubertes Waldwesen, das nebenberuflich als Zimmermädchen jobbte – hatte zwei Shortbread-Kekse auf den Nachttisch gelegt, als wäre dies ein ganz normaler Samstag.

Max trat hinter mir ein und ließ die Tür ins Schloss klicken. Ich starrte auf die häusliche Szenerie, als wäre ich in ein Märchen geraten, das von jemandem mit extrem speziellen Kinks geschrieben wurde.

»Wir sollten tot sein«, murmelte ich.

»Sehe ich auch so«, sagte Max. »Entweder vor Erschöpfung oder vor öffentlicher Demütigung. Such dir dein Gift aus.«

Ich ließ mich auf die Couch fallen, die Stöckelschuhe noch an, wie eine Frau, die eine letzte Rebellion gegen das Erwachsensein und verantwortungsbewusste Entscheidungen inszeniert.

»Ich sollte mich wahrscheinlich bei Brynn melden«, stöhnte ich. »Als ich das letzte Mal nachgesehen habe, hatte sie vier Nachrichten, zwei Feuer-Emojis, ein GIF mit einem brennenden Vibrator und eine Sprachmemo geschickt, in der sie schreit: ›BIST DU TOT ODER WIRST DU GERADE DURCHGENOMMEN?‹ Also, du weißt schon. Die Ruhe selbst.«

Max hustete, als hätte sich die Luft gegen ihn verschworen. »Und sie weiß nicht einmal, dass ich es war?«

Ich blinzelte. »Max. Du bist über eins achtzig geballte, grüblerische Anziehungskraft in Militärqualität mit einer Stimme, die Titan zum Schmelzen bringen könnte. Jede

Frau in unserer Firma hat dich unter ›*Sündige Personal-abteilungs-Fantasie*‹ *abgespeichert.*«

Er starrte mich an, als hätte ich gerade in Zungen gesprochen.

»Du stampfst hier herum wie ein emotionales Gewitter und erwartest, dass es niemandem auffällt? Bitte. Du bist im Grunde ein wandelndes ›Bitte nicht stören‹-Schild in maßgeschneiderten Hosen.«

Max sah tatsächlich skandalisiert aus. »Ich dachte, sie hätten Angst vor mir.«

»Oh, Schätzchen«, schnaubte ich. »Haben sie auch. Das ist die Hälfte des Reizes.«

Max fuhr sich mit einer Hand über das Gesicht, als würde er neu laden.

»Großartig. Ich bin eine Fantasie und ein abschreck-endes Beispiel.«

Er ging zum Sideboard, schnappte sich den Blue Label und schenkte zwei Fingerbreit mit der ruhigen Präzision eines Mannes ein, der sich auf einen Hinterhalt im Kon-ferenzraum vorbereitet, dann reichte er ihn mir, als sei ich diejenige, die eine Stärkung brauchte.

»Du hast nicht unrecht«, sagte ich und nahm das Glas. »Aber die Personalabteilung tappt noch im Dunkeln. Hauptsächlich, weil du die Praktikanten zu Tode er-schreckst.«

Er schenkte sich ein Glas ein, die Stirn gerunzelt. »Ich rede nicht mal mit den Praktikanten.«

»Genau«, sagte ich und nippte. »Du bist der Stoff, aus dem die Legenden in der Mittagspause sind. Es gibt eine Excel-Tabelle, die die Wahrscheinlichkeiten einstuft, was sich unter diesem Anzug verbirgt. Oberkörperfreie Einsatzfotos? Absolut analysiert.«

Max blinzelte heftig. »Analysiert?«

»Mit Zoom. Anmerkungen. Ein Mädchen hat sogar deine Bauchmuskeln farblich markiert.«

Er nahm einen langsamen Schluck. »Ich kann mich nicht entscheiden, ob ich mich geschmeichelt oder leicht belästigt fühlen soll.«

»Oh, es ist absolut beides«, sagte ich sonnig. »Aber hauptsächlich ein Dienst an der Allgemeinheit.«

Er sah mich an, als hätte ich eine Glitzerbombe in seinem Gehirn gezündet und wäre pfeifend davongelaufen.

Ich grinste und schmolz zurück auf die Couch. »Ich sollte Brynn wohl eine SMS schicken, bevor sie eine großangelegte Rettungsaktion startet.«

Max zuckte nicht einmal mit der Wimper. »Sie hat der Mission doch schon einen Namen gegeben, oder?«

»Operation Rayann ist gefallen«, sagte ich mit feierlicher Miene.

»Hast du schon mit Summer gesprochen?«

Ich nickte. »Vorhin. Ich habe ihr die Brand-Infos, die Schadensübersicht und den kompletten Plan zur Rettung der Hochzeit gegeben. Sie war ... professionell unaufgeregt.«

Max ließ sich neben mir auf die Couch fallen. »Professionell ist eine Umschreibung für unbeeindruckt.«

»Das habe ich nicht gesagt«, wand ich mich.

»Musstest du auch nicht.« Er stieß mit seinem Glas gegen meins. »Du hast die Hochzeit gerettet. Den Kunden. Die ganze verdammte Marke. Ich werde dafür sorgen, dass sie das weiß.«

Ich nippte und ließ die Wärme sich in mir ausbreiten. »Meinst du, sie glaubt es, wenn es von dir kommt?«

»Ich bin äußerst überzeugend, wenn ich im Recht bin.« Er grinste. »Was im Grunde immer der Fall ist.«

Ich lächelte in mein Glas und tippte eine schnelle Nachricht an Brynn: Lebendig. Größtenteils unversehrt. Hochzeit gerettet. Rufe dich morgen früh an.

»Kurze Nachricht«, bemerkte Max.

»Sie wird zwischen den Zeilen lesen. Und dann eine ganze Verschwörungstheorie aufbauen, in der ich von dem sexiesten Sicherheitsberater der Welt als Geisel gehalten werde.«

Er hob eine Augenbraue. »Bin ich in diesem Szenario bewaffnet?«

»Reden wir von körperlich oder emotional?«

Er musterte mich lange und bewusst. »Klingt, als hätte sie es verstanden.«

Ich verdrehte die Augen. »Das ist dieselbe Frau, die mir vor einer Dienstreise einmal den Koffer mit Glitzer und Kondomen vollgestopft hat.«

Max verschluckte sich mitten im Schluck. »Bitte sag mir, dass das ein Witz ist.«

»Absolut nicht. Die Kondome waren farblich sortiert. Der Glitzer? Winziges, penisförmiges Konfetti. Und sie hat ›Hol sie dir, Schlampe‹ mit Strasssteinen auf meine Kulturtasche geklebt, als würde sie für Dior designen.«

Er blinzelte. »Und du sollst der ruhige Zwilling sein?«

»Sie ist das Chaos in Lipgloss. Ich bin das Chaos in Stöckelschuhen und einer Spesenabrechnung.«

Max kippte sein Glas, als hätte er das Rätsel meiner Person gelöst. »Das erklärt einiges.«

Ich nippte an meinem Scotch und sank tiefer in die Couch. »Wenn der heutige Tag ein Meme wäre, dann wäre es ›Wie es anfing vs. Wie es jetzt läuft‹.

Erstes Bild: selbstgefälliges Nach-dem-Sex-Glühen, glatte Haare, sorgenfrei.

Zweites Bild: Haare, als hätte ich einen Stromschlag bekommen, der Lippenstift irgendwo auf meiner Stirn, wie ich ein rauchverschmiertes Klemmbrett umklammere und einem Catering-Team Schlachtpläne zumurmle.

Max blinzelte langsam. »Tut mir leid. Du hast mich bei Nach-dem-Sex-Glühen verloren.«

Ich schlug ihm auf den Arm. »Konzentrier dich.«

»Tue ich doch«, sagte er, völlig unbeeindruckt. »Was?«

Ich verdrehte die Augen. »Du bist unmöglich.«

Er trank langsam und bedächtig und nickte zum Kamin, als würde er eine Mission nachbesprechen. »Du hast einem Feuerwehrchef Befehle zugebrüllt und er hat tatsächlich zugehört. Der Kerl hatte dreißig Jahre Erfahrung und hat genickt, als wäre er zurück im Bootcamp.«

Ich grinste. »Was soll ich sagen? Ich kann sehr überzeugend sein, wenn es drauf ankommt.«

Max hob sein Glas. »Eher furchteinflößend. Der arme Hilfskellner wäre fast in Ohnmacht gefallen, als du ihn losgeschickt hast, um Eis zu holen. Armer Junge. Er ist gerannt, als wäre es eine scharfe Granate. Und du hast nicht mal Bitte gesagt.«

Ich schwenkte meinen Scotch. »Das war eine Woche, zusammengepfercht in drei Tagen.«

Max nahm einen langen Schluck, zum Verrücktwerden ruhig. »Du bist im Krisenmodus, seit wir gelandet sind. Ehrlich gesagt dachte ich, du würdest irgendwo zwischen der Gepäckausgabe und dem zweiten Espresso explodieren.«

Ich schenkte ihm ein langsames, schmutziges Grinsen. Die Sorte, die Gefahr versprach. »Oh, ich bin explodiert.«

Sein Blick schoss zu meinem.

»Mehrmals«, fügte ich hinzu und fuhr den Rand meines Glases nach, als hätte ich noch einige Geheimnisse auf Lager. »Mit Begeisterung. An einer Wand. In einem Lagerraum. Klingelt da was bei dir?«

Max verschluckte sich. An Luft. Am Leben. An allem.

Ich grinste, kein bisschen reumütig. »Versuch es nächstes Mal mit einem besseren Evakuierungsplan.«

Er fuhr sich mit einer Hand übers Gesicht, halb lachend, halb fertig mit der Welt. »Jesus. Du bringst mich noch um.«

»Du bist ein guter Mann, Max Harrington«, murmelte ich, zog meine Füße unter mich und lehnte mich an seine Seite.

»Und du«, sagte er, seine Stimme ein tiefes Grollen nahe meinem Ohr, »sitzt endlich still.«

Ich lachte leise auf und ließ meinen Kopf an seine Schulter sinken. »Sei ehrlich. Wusste Murdo wirklich von dem Lagerraum?«

Max zuckte nicht zusammen. »Ich könnte erwähnt haben, dass du einen ruhigen Ort zum Runterkommen brauchst.«

Ich legte den Kopf schief und sah ihn an. »Runterkommen?«

»Geistig. Emotional. Vielleicht ... körperlich. Möglicherweise mit einer Umarmung.«

»Jesus«, stöhnte ich und schlug mir eine Hand vors Gesicht. »Also wusste er es ganz genau.«

»Er könnte uns in diese Richtung gehen gesehen haben.«

Ich spähte durch meine Finger. »Und Fiona? Woher weiß sie es?«

»Murdo hat es ihr erzählt.«

Mir klappte die Kinnlade herunter. »*Er hat es ihr erzählt?*«

Max schluckte langsam, völlig unbeeindruckt. »Sie haben das seit dem Frühstück inszeniert.«

Ich blinzelte. »Du meinst ... als Kuppler?«

»Sie nennen es ›strategische Gästeplatzierung‹. Aber ja.«

Ich starrte ihn an. »Warte. Sie *wollten*, dass das passiert?«

Max nickte im Zeitlupentempo. »Es gab eine Wette.«

Ich kniff die Augen zusammen. »Was für eine Wette?«

Er sah mich mit vollkommen ernstem Gesicht an. »Lagerraum oder Garderobe.«

Ich stöhnte mit dem ganzen Körper auf und ließ meinen Kopf auf seine Brust fallen. »Das war's. Ich sterbe genau hier. Überlasst mich einfach den Dudelsackspielern und sagt ihnen, ich bin als Legende von ihnen gegangen.«

Seine Hand glitt langsam und gleichmäßig über meinen Arm. »Nö. Du stirbst nicht, solange ich da bin. Ich atme gerne, und deine Schwester würde mich mit einem Lächeln auf den Lippen umbringen.«

Ich gähnte wieder und versank tiefer im Schein des Feuers – und in der lächerlich soliden Schulter, die ich für mich beansprucht hatte, als gäbe es einen Mietvertrag dazu. »Du bist beunruhigend gelassen dafür, dass du Opfer romantischer Spionage geworden bist.«

»Kein Opfer«, sagte Max mit leiser Stimme. »Nur ein Mann, der klug genug ist, sich nicht mehr gegen etwas Gutes zu wehren.«

»Du bist unmöglich«, murmelte ich und glitt bereits unter die Oberfläche.

»Und du bist wunderschön«, murmelte er mit leiser Stimme. »Du kommst in einen Raum und alles andere ... verblasst einfach.«

Die Stille hüllte uns ein, warm und schwer.

»Max?«, flüsterte ich, kaum bei Bewusstsein. »Was hat deine Meinung geändert?«

Er lachte leise auf. »Sagen wir einfach, ein schottischer Yoda hat mir den Arsch aufgerissen. Nannte es Perspektive.«

Meine Lider fielen zu. Das Feuer knisterte. Seine Wärme drückte sich an mich – leise, beständig und gefährlich leicht, sich daran zu gewöhnen.

Kurz bevor mich der Schlaf übermannte, hätte ich schwören können, dass er sich bewegte – gerade genug, um mich näher an sich zu ziehen. Vielleicht ... um mich festzuhalten.

Ich war mir nicht sicher, was der morgige Tag bringen würde, aber heute Nacht? Heute Nacht war ich genau da, wo ich sein wollte.

Kurze Auszeit
(Schuld ist Max)

Hey. Rayann hier.

Also, ich sage jetzt nicht, dass das ein Hilferuf ist ...

Aber wenn du es bis hierhin geschafft hast und noch keine Rezension hinterlassen hast – jetzt ist der Moment.

Kate Sweden kippt hier Kaffee runter, mit diesem bösen Autorinnen-Glitzern in den Augen, als hätte sie mich nicht gerade Kapitel für Kapitel emotional zerstört. Und Max? Der tut irgendwo so, als würde Grummeln gleichbedeutend mit emotionaler Reife sein.

Wenn du also das schottische Chaos feierst – all die Spannung, das Drama und die höchst fragwürdigen Lebensentscheidungen, die ich unter Zwang (lies: Max) getroffen habe – dann tu mir einen Gefallen ...

Hinterlass Kate hier eine kurze, ehrliche Rezension.

Okay. Zurück zu Max. Und dem Drama. Und vielleicht zu Kilts.

P.S. Aye, ich bin's, Murdo. *Lasst der jungen Frau doch bitte eine Rezension da, ja? Sie wuppt dieses absolute Chaos besser als die meisten – und das will was heißen. Und den Mann. Und den Whisky. Ehrlich gesagt, ich verdiene inzwischen wohl meine eigene Spin-off-Story. Cheers, ihr großartigen Leserinnen und Leser. Wir sehen uns im Pub.*

22

Ich hätte ein Einzelkind sein sollen

Der Duft von Kaffee stieg mir in die Nase, noch bevor ich die Augen öffnete.

Kräftig. Vollmundig. Sündhaft genug, um als Vorspiel durchzugehen.

Ich blinzelte, streckte mich und nahm schnell zwei Dinge nacheinander wahr – erstens, ich war auf der Couch eingeschlafen, und zweitens, jemand hatte mich mit einer Decke zugedeckt, als wäre ich Dornröschen persönlich.

Max.

Auf der anderen Seite des Zimmers knisterte leise das Kaminfeuer, und Max hockte davor. Mit einer Hand stocherte er in der Glut, während er in der anderen eine Tasse hielt. Er trug eine Jogginghose und ein eng anliegendes schwarzes T-Shirt, das von seinem morgendlichen Lauf, wie ich annahm, noch leicht feucht war.

Weil er natürlich laufen war.

Weil er eine Maschine ist. Eine widerlich disziplinierte, selbstgefällig heiße Maschine mit Bauchmuskeln, die ihren eigenen Fanclub haben.

»Morgen«, sagte er, immer noch dem Feuer zugewandt. »Du bist offiziell der letzte verbliebene Gast.«

Ich stöhnte und setzte mich auf, blinzelte in das sanfte Licht und schlang die Decke enger um mich. »Wie spät ist es?«

»Kurz nach zehn«, sagte er und erhob sich zu seiner vollen, nervtötend großen Statur. »Ich habe um einen späten Check-out gebeten, damit du ausschlafen kannst.«

Ich blinzelte ihn an. »Hast du?«

Er reichte mir die Tasse völlig unzeremoniell. »Das hast du dir verdient. Und das Personal liebt dich. Die würden dich wahrscheinlich hier einziehen lassen, wenn du fragen würdest.«

Ich nahm einen Schluck und hätte fast gestöhnt. »Gott, heirate mich.«

»Verlockend«, sagte er todernst. »Aber du bist technisch gesehen noch bewusstlos. Ich will nicht der emotionalen Nötigung beschuldigt werden.«

Ich kniff die Augen zusammen. »Du genießt das.«

»Ein bisschen.«

Ich streckte mich erneut und genoss, wie die Wärme des Feuers und die Magie des Kaffees meine Wirbelsäule hinabflossen.

»Und der Check-in im Cottage?«

»Theoretisch jederzeit. Fiona hat gesagt, die Schlüssel liegen unter dem Gartenzwerg.«

»Natürlich gibt es einen Gartenzwerg.« Ich schüttelte den Kopf. »Das hier sind die Highlands. Mich schockt nichts mehr.«

Er fuhr sich mit einer Hand durchs feuchte Haar und deutete zum Badezimmer. »Die Dusche gehört dir, es sei denn, du willst, dass ich vorgehe.«

Mitten im Schluck erstarrte ich. »Warte mal – Brynn. Ich habe ihr versprochen, sie heute Morgen anzurufen.«

Max hielt inne, sein Blick wanderte zu meinem Handy, als könnte es beißen. »Dann solltest du dich besser entsprechend vorbereiten.«

Ich zog eine Augenbraue hoch. »Warum?«

»Weil sie deine Zwillingsschwester ist. Was bedeutet, dass sie zwölf Stunden Zeit hatte, durchzudrehen, und mindestens acht, um Memes zu erstellen.«

Ich zuckte zusammen. »Gutes Argument.«

»Mmhmm.« Er zeigte auf den Bildschirm. »Viel Spaß dabei, die Sache zu erklären, ohne einen Meineid zu schwören.«

»Du bist albern«, murmelte ich und entsperrte mein Handy.

Dann verschwand er im Badezimmer und zog sich dabei sein Shirt aus.

Ich starrte auf mein Handy, als wäre es eine Bombe.

Fünf Minuten später, mitten in einem Schluck Kaffee und ernsthaft darüber nachdenkend, mir zur emotionalen Unterstützung einen Schuss Scotch zu gönnen, summte mein Handy.

Ich kniff die Augen zusammen und blickte auf den Bildschirm.

Brynn.

Scheiße. Die Schlampe ist mir zuvorgekommen. Oh nein. Oh, verdammt.

Videonachricht.

Denn natürlich griff sie direkt zur nuklearen Option.

»Nicht jetzt«, flüsterte ich, als könnte mein Handy mich hören. »Nicht heute. Niemals. Ich bin schon tot.«

Es summte wieder. Länger diesmal. Definitiv besessen.

Genau im richtigen Moment schlenderte Max aus dem Bad, das Handtuch gefährlich tief um die Hüften geschlungen, das Haar feucht und zerzaust, als wäre er gerade dem Cover eines schlüpfrigen Liebesromans entsprungen. Wahrscheinlich einem von meinen.

Ich stöhnte. »Max. *Versteck dich.*«

Er zog eine Augenbraue hoch. »Wie bitte?«

Ich hielt das Handy hoch, als könnte es in Flammen aufgehen. »Brynn. Videoanruf. Sie weiß es. Ich bin am Arsch.«

Er rührte sich nicht. Schenkte sich nur eine weitere Tasse Kaffee ein, jede Bewegung langsamer und selbstgefälliger als die letzte. Wie die handtuchumwickelte Inkarnation der Dreistigkeit.

»Du könntest ihr einfach die Wahrheit sagen«, sagte er, ruhig wie ein Mönch. Ein umwerfend heißer, unerträglich gelassener Mönch.

»Welche Wahrheit?«, zischte ich. »Dass ich die letzten zwei Tage damit verbracht habe, den Kerl zu vögeln, den ich eine wandelnde Excel-Tabelle mit einem Überlegenheitskomplex genannt habe?«

Sein Grinsen wurde lässig und tödlich. »Das ist eine Version.«

Summ. Summ. SUUUUUMMM.

»Jesus. Sie ist unerbittlich.«

Ich wischte, um anzunehmen, und richtete die Kamera aus, als würde ich ein Geiselvideo drehen. »Heeey, Brynn!«

Ihr Gesicht erschien auf dem Bildschirm – die Haare zu Berge stehend, die Augen zusammengekniffen wie ein Falke auf der Jagd. »Du siehst ... komisch aus.«

»Wie komisch?«

»Strahlend. Verdächtig ruhig. Als hättest du meditiert oder jemanden ermordet.«

Dann passierte es.

Ein Schemen. Ein Aufblitzen von Bauchmuskeln. Ein Handtuch.

Max. Lässig hinter mir herumschleichend, als ob dieses verdammte Handtuch nicht ausreichen würde, um mich bei der Erinnerung an seinen Mund pulsieren zu lassen.

Brynn schnappte nach Luft. »Warte mal – war das ein *Mann*? Ray, bist du – hast du – OH MEIN GOTT, WAR DAS MAX HARRINGTON?«

Ich zuckte zusammen. »Nein! Das war ... ein Handtuchgeist. Super selten. Erscheint nur den moralisch Zerrissenen.«

Max ging noch einmal vorbei, diesmal langsamer, wie ein wandelnder Orgasmus ohne jede Scham und mit Waden wie aus Stein gemeißelt.

»Hi, Brynn«, sagte er, ohne aufzusehen, als wäre das alles vollkommen normal.

Ich schlug mir eine Hand vors Gesicht. »Ich hasse alles.«

Brynn schrie so laut, dass das Handy bebte. »DU HAT-TEST WAS MIT MAX VERDAMMTEN HARRING-TON?!«

Und genau in diesem Moment ließ ich das Handy fallen, als wäre es radioaktiv.

Mir wurde schlecht.

Oh Gott. Sie wusste es.

Wahrscheinlich entwarf sie bereits eine Interventions-Chatgruppe. Es würde mit Sicherheit Memes geben.

»Ich hätte ein Einzelkind sein sollen«, murmelte ich zum Boden.

Max zuckte nicht einmal mit der Wimper. Er nippte nur an seinem Kaffee, als wäre mein emotionaler Zusammenbruch nur Hintergrundgeräusch. Seine Augenbraue hob sich auf diese langsame, amüsierte Art, die mich dazu brachte, ihn erwürgen zu wollen. Und ihn küssen zu wollen. Und ihn dann wieder zu erwürgen.

»Ich muss duschen. Und packen. Und vielleicht meinen Tod vortäuschen, bevor Brynn eine Taskforce zusammenstellt.«

»Du könntest auch einfach in dieses Handtuch schreien«, bot er an und zupfte wie ein Unruhestifter an der Kante.

Ich blinzelte. »War das ein Witz? Hast du gerade einen *Sexwitz* gemacht?«

Er nippte an seinem Kaffee. »Ein bisschen von beidem.«

»Ich drehe durch und du flirtest«, stöhnte ich und lief in panischen kleinen Kreisen auf und ab, wie ein Roomba mit Angststörung.

»Hast du eine Ahnung, was jetzt passiert? Sie wird Antworten fordern. Definitionen. Schubladen. Sie wird meinen Beziehungsstatus aktualisieren, bevor ich überhaupt herausgefunden habe, was das hier ist.«

»Und?«, fragte er völlig unbeeindruckt.

Ich starrte ihn an. »Und?! Max, wir haben in so einer komischen kleinen Schlossblase gelebt. Einem sexy Fiebertraum im Highland-Stil. Und jetzt fahren wir in ein Strandhaus. Allein. Ohne Ablenkungen. Nur... wir. Was, wenn das alles nur Urlaubslaune und Schlosshormone war und—Gott—ich weiß nicht einmal, was ich da sage.«

Max durchquerte den Raum mit drei langen, gemächlichen Schritten und blieb gerade so nah stehen, dass er meine Sauerstoffzufuhr kaperte. Seine Stimme wurde tiefer—leise, ruhig, ernst.

»Rayann«, sagte er, fest wie ein Fels. »Ich bin nicht verwirrt.«

Mir stockte der Atem.

Er hob langsam und bedächtig die Hand und strich mir eine lose Haarsträhne hinter das Ohr, als hätte er das schon hunderte Male getan. »Ich mag dich. Alles an dir. Das Feuer, das Chaos, die Art, wie du mit den Händen redest, wenn du wütend bist. Ich will sehen, wohin das mit uns führt. Und es ist mir egal, ob deine Schwester davon weiß. Zur Hölle, es ist mir egal, ob das ganze verdammte Reiseteam es livestreamt.«

»Aber was, wenn wir es vermasseln?«

»Dann vermasseln wir es gemeinsam.«

Ich stand einfach nur da — erstarrt, durchdrehend, errötend, begehrend.

Er unterbrach den Augenkontakt nicht—nicht ein einziges Mal—während er zu meinem Koffer nickte, als würden wir nicht beide schweigend darüber nachdenken, genau dort zu bleiben, wo wir waren.

Seine Stimme wurde tiefer, leise und fest. »So sehr ich dich auch über meine Schulter werfen und den Check-out stornieren würde...«

Er trat gerade so nah an mich heran, dass mein Nervensystem ins Trudeln geriet.

»Ich meine es ernst«, sagte er leise, wie ein Schwur. »Und wenn wir allein sind... werde ich mir die Zeit nehmen, dir ganz genau zu zeigen, was das bedeutet.«

Ich rührte mich nicht.

Konnte nicht atmen.

Ziemlich sicher, dass ich vergessen hatte, wie Beine funktionierten.

23

Auf den Baum klettern

Der Himmel errötete in Lavendel und Gold, als Max den Wagen langsam anhielt. Das private Cottage lag versteckt zwischen uralten Bäumen und einem unberührten Küstenstreifen. Es sah aus wie aus einer Reisewerbung – nur besser. Nicht aufpoliert. Nicht gefiltert. Einfach perfekt.

Rustikal, von wegen. Collum hatte vergessen zu erwähnen, dass es atemberaubend und irgendwie magisch war.

Es war echt. Ruhig. Abgelegen.

Und es gab keine Feuermelder.

Keine Hochzeitsgäste.

Keine Barkeeper, die uns misstrauisch beäugten, als wären wir der Grund, warum der Wäscheschrank eine Gefahrenzulage bräuchte.

Nur wir.

Und vielleicht machte es mir ein wenig Angst, dass es sich wie Frieden anfühlte – und nicht die falsche Art, die man von Badebomben und Verleugnung bekommt.

Ich stieg zuerst aus, ließ die Brise durch mein Haar wehen, während ich mein Gesicht dem verblassenden Himmel entgegenhob und den Moment auf mich wirken ließ.

Salzige Luft. Das Licht des Sonnenuntergangs. Die Art von Stille, die sich prall gefüllt mit Versprechungen anfühlte.

Max rührte sich hinter mir nicht, also blickte ich über meine Schulter.

Er umklammerte immer noch das Lenkrad, die Augen auf mich gerichtet, als wäre ich gerade aus einer seiner Fantasien getreten und er wäre noch nicht ganz mitgekommen.

Oh nein. Nope. Für diesen glühenden Blick war ich heute nicht gewappnet.

»Machst du mir gerade ernsthaft Herzchenaugen?«, fragte ich und zog eine Braue hoch. »So subtil bist du nicht, Harrington.«

Endlich stieg er aus dem Auto, sein Blick immer noch auf mich geheftet. »Kannst du es mir verübeln?«

Ich schnaubte. »Das ist dein Spruch?«

Er überbrückte die Distanz mit ein paar langen Schritten, zog mich dicht an sich und küsste mich, als wäre die Welt endlich still geworden und er wollte keine Sekunde der Ruhe verschwenden.

Hitze breitete sich tief in meinem Bauch aus, als ich an ihm schmolz.

Ich krallte meine Hände in sein Hemd und zog ihn näher, verankerte uns in der Stille, in dem Moment, in allem, was hinter dieser Tür wartete.

Als wir uns voneinander lösten, um Luft zu holen, raste mein Herz und ich lächelte bereits. »Wirst du mich über die Schwelle tragen, Harrington?«

Seine Braue hob sich. »Willst du das?«

»Ich will, dass du es versuchst«, neckte ich ihn und wich rückwärts zum Cottage zurück, als hätte ich nicht gerade einen griechischen Gott herausgefordert, der etwas zu beweisen hatte. »Könntest dir einen Muskel in deinem alten Rücken zerren.«

Ich bekam nicht einmal die Genugtuung, seine Reaktion zu sehen. In einem Moment stand ich noch aufrecht. Im nächsten war ich in der Luft.

»Max!«, quiekte ich lachend, als er mich hochhob und mit einem Fuß die Tür aufstieß – als wäre dies der Teil des Films, in dem die Musik anschwillt und das Budget für die Dessous sich auszahlt.

Das Cottage war gemütlich und warm, duftete nach etwas Frischem und Sauberem, vielleicht nach Leinen. Wildblumen. Die Art von Geruch, die flüsterte, eine Weile zu bleiben, die Schuhe auszuziehen und den Rest der Welt zu vergessen.

Am anderen Ende stand ein Steinkamin, in dem bereits Holz aufgeschichtet war. Auf dem Tisch wartete ein Willkommenskorb mit lokalen Pralinen, Obst und einer Flasche Champagner, die kühlte, als hätte sie auf uns gewartet.

»Wow«, flüsterte ich, während meine Augen durch den Raum schweiften. »Okay, das ist ... ja. Perfekt.«

Er setzte mich langsam ab, als wäre er nicht ganz bereit, loszulassen, und drückte mir einen letzten Kuss auf die Schulter, bevor er einen Schritt zurücktrat.

Mir fiel der gekühlte Champagner im Korb auf und ich hob eine Braue. »Ist der zum Trinken oder um für Stimmung zu sorgen?«

Max trat hinter mich, sein Atem war warm an meinem Ohr. »Kommt drauf an. Willst du ihn in einem Glas ... oder über deinen Bauch geträufelt?«

Geträufelt. Über. Meinen – okay. Ja. Dafür würde ich betteln.

Ich drehte mich zu ihm um, das Haar vom Wind zerzaust, immer noch nach Luft ringend und wahrscheinlich emotional entblößter aussehend, als ich beabsichtigt hatte. »Ich will im Moment eine Menge Dinge«, sagte ich mit einem halben Lachen. »Aber ich fange mit einem Glas an.«

Max sagte kein Wort. Er entkorkte nur den Champagner mit einem leisen Ploppen und reichte mir die Flasche, als ob er mir tatsächlich zutraute, keine Sauerei damit anzustellen.

Ich schenkte uns beiden ein Glas ein und stieß meines leicht gegen seines. »Aufs Überleben«, sagte ich.

»Darauf, dass du mich bei jeder Gelegenheit überwältigst«, sagte er und sein Blick war fest auf meinen gerichtet.

Ein Grinsen umspielte meine Lippen. »Es gefällt dir.«

»Und wie, verdammt.«

Ich lehnte mich gegen den Tisch und ließ den Rand des Glases an meinen Lippen schweben, während meine Stimme leiser wurde. »Und nur, damit das klar ist, Harrington? Ich habe heute Nacht auch so einiges mit dir vor.«

Sein Lächeln wurde langsam. Gefährlich.

»Ich bin neugierig«, sagte er.

Ich ließ mich auf das übergroße Sofa sinken, streifte meine Schuhe ab und zog die Beine unter mich. Das Champagnerglas schimmerte im gemütlichen Schein des

Raumes, kühl an meinen Fingerspitzen und mit Kondenswasser überzogen.

Auf der anderen Seite des Raumes kniete Max vor dem Kamin und schichtete Anzündholz auf wie der Mann, der echte Schlachtfelder erobert hatte, es aber immer noch nicht lassen konnte, die Dinge auf die umständliche Art zu tun.

»Du weißt schon, dass im Korb ein Anzündblock ist, oder?«, rief ich und schwenkte den Champagner, als hätte ich sonst nichts zu tun.

»Ich weiß«, knurrte er. »Ich ignoriere ihn, um meine robuste und kompetente Fassade aufrechtzuerhalten.«

Ich grinste. »Du hast mich über die Schwelle getragen, du hast dir Robustheitspunkte für zwölf Stunden verdient.«

Er blickte über seine Schulter, eine Braue hochgezogen. »Nur zwölf?«

Ich nippte langsam, mein Lächeln kräuselte sich hinter dem Rand des Glases. »Wir verhandeln neu, je nachdem, wie gut du mit dem Feuer umgehen kannst.«

Er kicherte und zündete das Streichholz trotzdem an. Die Flammen fingen schnell Feuer und züngelten mit einem leisen Grollen über die Holzscheite.

Als er aufstand, barfuß, die Ärmel hochgekrempelt, die Hitze auf seinen Wangenknochen, sah er so unverschämt gut aus, dass es sich persönlich unfair anfühlte.

Dann verschwand er im Schlafzimmer und überließ das Feuer und mich dem leisen Wahnsinn.

Die Flammen knisterten. Die Stille dehnte sich aus.

Und dann –

Er kehrte zurück.

Die Jeans saß tief auf seinen Hüften. Das schwarze T-Shirt schmiegte sich an seine Brust, als wäre es von jemandem mit einer sehr spezifischen Fantasie auf seinen Körper geschneidert worden. Mein Champagnerglas erstarrte in der Luft.

Starre ihn nicht an, Rayann.

Ich starrte ihn an.

Er ließ sich mit einem leisen Seufzer neben mich auf die Couch fallen und griff nach seinem Glas. »Ich werde nie wieder Anzugschuhe tragen.«

»Haben die dein Grübeln behindert?«, fragte ich und bemühte mich sehr, normal zu klingen.

»Sie haben meine Seele beleidigt.«

Ich schnaubte. »Deine Seele ist zäher als das.«

Wir nippten eine Weile schweigend an unseren Getränken und ließen das Feuer für uns sprechen. Die Atmosphäre hatte sich verändert, weniger Chaos, mehr

Spannung. Wie die Szene in einem Film, in der jeder weiß, was kommt, aber sich noch niemand traut, es auszusprechen.

»Also«, sagte ich schließlich und neigte den Kopf zum Willkommenskorb. »Wirst du mir Schokolade anbieten oder muss ich erst meine Verführungskünste einsetzen?«

Max zog eine Augenbraue hoch. »Das war Verführung?«

»Das war eine Vorschau.«

Er stand auf, ging zum Tisch und nahm ein in Goldfolie gewickeltes Stück dunkler Schokolade. »Diese hier ist mit Highland-Honig und Meersalz verfeinert.«

Ich hielt meine Hand hin.

Max hielt inne. »Oder ich könnte sie dir einfach füttern.«

Ich kniff die Augen zusammen. »Versuchst du gerade, romantisch zu sein, oder bist du einfach nur spitz?«

Er zuckte nicht einmal mit der Wimper. »Ja.«

Ich nahm ihm die Schokolade aus den Fingern, ließ sie auf meiner Zunge schmelzen und zwinkerte ihm dann zu. »Punkte für die Ehrlichkeit.«

Er schnappte sich ein weiteres Stück für sich und schenkte sich einen Fingerbreit Whiskey ein – die Flasche stand neben dem Champagner, als hätte sie auf eine Erlaubnis gewartet. Dann ließ er sich mit einem Stöhnen auf die Couch sinken, das meinen Magen verkrampfen und mein Gehirn neu starten ließ.

Ich streckte mich, langsam und unbeeindruckt, der Stoff meines Kleides glitt über meine Haut mit einer lässigen Anmut, die mich unsicher gemacht hätte, wäre ich nicht auf einem Hoch aus Champagner, Kaminfeuer und einem Mann, der aussah, als wäre er nur einen Atemzug von der Selbstentzündung entfernt.

»Ich muss aus diesem Kleid raus«, murmelte ich.

Max verschluckte sich an der Luft. »Ich brauche einen Priester.«

Ich unterdrückte ein Grinsen, stand auf und schlenderte zum Flur, als hätte ich alle Zeit der Welt und keinerlei Scham. Der Saum meines Kleides schwang hinter mir her, als hätte er seine eigene Agenda – und die war nicht subtil. Ich sah nicht zurück. Musste ich auch nicht. Ich konnte spüren, wie er mich beobachtete. Konnte seine Gebete praktisch hören.

Ich verschwand um die Ecke, mein Puls war ruhig, mein Atem nicht so sehr. Mein Herz war voll im »Was zum Teufel tust du da«-Modus, aber mein Körper? Der ritt auf einer ganz anderen Welle. Einer, der die Vorstellung gefiel, dass Max Harrington die Fassung verlor.

Ich schlüpfte aus dem Kleid und warf es beiseite, dann zog ich das Hemd an, das er vorhin getragen hatte, das weiße mit dem Kragen, weich und noch warm von seinem Körper. Es hing gerade so lang herunter, dass es als Kleidung durchging, und war gerade so weit zugeknöpft, dass ich einer Verhaftung entgehen würde. Barfuß und voller Mut schlich ich zurück ins Wohnzimmer.

Max sah aus, als hätte er vergessen, wie die Zeit funktionierte.

Wie er da auf der Kante der Couch saß, das Glas in einer Hand baumelnd, den Mund leicht geöffnet, sah er aus, als hätte sein Gehirn gerade einen totalen Absturz erlitten.

»Jesus«, krächzte er.

Ich hob mein Glas, langsam und unschuldig. »Was?«

Sein Blick wanderte über mich, als würde es schmerzen. »Du. In diesem Hemd. Siehst aus wie jede Fantasie, von der ich nicht wusste, dass ich sie habe.«

Ich schlenderte zum Sessel ihm gegenüber und rollte mich langsam und bedächtig zusammen. Das Kaminfeuer küsste meine Beine, als ich sie unter mich zog.

Dann streckte ich die Hand aus und stieß mein Glas gegen seines.

»Auf verbesserte Fantasien«, sagte ich.

Seine Stimme war belegt. Rau. »Auf aufgeschobene Befriedigung.«

Ich grinste. Lasterhaft. Unbeeindruckt. »Oh, Baby – tu nicht so, als würdest du leiden.«

Er stöhnte und legte den Kopf in den Nacken. »Das tue ich. Aber ich war noch nie bereiter zu leiden.«

»Du bist so dramatisch.«

Max hob sein Glas und zeigte damit auf mich. »Das sagst du jetzt, aber in zehn Minuten wirst du auf mir herumklettern wie auf einem Baum.«

Ich legte den Kopf schief, langsam und selbstgefällig. »Nur, wenn der Baum ganz lieb darum bittet.«

Er verschluckte sich an seinem Drink. Heftig.

Die Stille war nicht unangenehm, sie war elektrisierend.

Ich schwenkte den letzten Schluck Champagner in meinem Glas und bemerkte, wie Max mich aus dem Augenwinkel beobachtete. Sein Blick wanderte immer wieder von meinen Beinen zum Feuer und wieder zu mir, als dächte er, ich würde es nicht merken.

Er war nicht subtil.

Überhaupt nicht.

»Ich spüre, dass du mich ansiehst«, murmelte ich mit träger Stimme, während sich meine Lippen zu einem Lächeln verzogen.

»Ich sehe dich nicht an«, log er.

Starrte aber weiter, als wollte er nicht blinzeln und eine Sekunde von mir verpassen.

Ich legte den Kopf schief. »Warum sind deine Pupillen dann so groß wie Untertassen, hm?«

Er stellte sein Glas langsam ab, das Geräusch zu bedächtig, um beiläufig zu sein. »Weil du mich quälst.«

Ich streckte mich, langsam und selbstgefällig, und ließ den Saum seines Hemdes höher an meinen Oberschenkeln hochrutschen. »Armes Baby.«

»Weißt du, was das Schlimmste ist?«, fragte er, beugte sich vor, die Ellbogen auf die Knie gestützt, die Augen auf meine gerichtet. »Ich glaube, ich entwickle eine Vorliebe fürs Leiden.«

Das brachte ihm ein Grinsen ein.

Ich stand auf und durchquerte barfuß den Raum, jeder Schritt langsam und fließend. Der Saum seines Hemdes flüsterte an meinen Oberschenkeln.

Ich hetzte nicht. Musste ich auch nicht.

Die Spannung lag bereits so straff in der Luft, dass ich sie summen hören konnte.

Ich blieb vor ihm stehen, ließ den letzten Schluck Champagner meine Kehle hinuntergleiten und stellte das Glas dann mit einem leisen Klirren beiseite.

Er rührte sich nicht.

Atmete nicht.

Sah mich nur an wie ein Mann, der am Rande von etwas steht und verdammt bereit aussieht, sich kopfüber hineinzustürzen.

Ich kletterte ohne Zögern auf seinen Schoß, ein Knie auf jeder Seite seiner Oberschenkel.

Seine Hände fanden sofort meine Hüften, groß, warm, sicher, als wüsste sein Körper genau, was ich brauchte, bevor sein Gehirn eine Chance hatte, aufzuholen.

»Leidest du immer noch?«, flüsterte ich, nah genug, dass er es schmecken konnte.

Sein Atem stockte. »Ich hänge am seidenen Faden.«

Ich ließ meine Hände langsam und neckisch über seine Brust gleiten, meine Fingerspitzen streiften seinen Halsansatz. »Dann lass los.«

Sein Kiefer spannte sich an. Sein Griff wurde fester. Aber er bewegte sich immer noch nicht.

Also beugte ich mich vor, meine Lippen streiften sein Ohr. »Oder hast du Angst, dass ich dich dieses Mal überwältige?«

Das Stöhnen, das er ausstieß, war tief und animalisch, seine Beherrschung löste sich in Echtzeit auf.

Seine Hände glitten unter das Hemd, raue Handflächen fuhren qualvoll langsam meine Oberschenkel hinauf, über meine Hüften, entlang meiner Wirbelsäule. Ich stützte meine Hände auf seine Schultern, mein Herz hämmerte laut genug, um jeden Gedanken zu übertönen. Meine Haut kribbelte.

»Ich habe keine Angst vor dir«, murmelte er an meinem Hals. »Ich sehne mich nach dir.«

Seine Lippen wanderten langsam und ehrfürchtig über mein Schlüsselbein, als wäre er sich nicht sicher, ob er es dürfte, aber einfach nicht aufhören könnte. »Du lässt mich ... alles fühlen.«

Meine Finger vergruben sich in seinem Haar und zogen gerade fest genug daran, um ihn zum Stöhnen zu bringen. »Dann fühl mich.«

Er küsste mich.

Tief. Verzehrend. Als wäre ich etwas Heiliges und Gefährliches zugleich.

Seine Hände glitten höher und zogen mich näher an sich, während sein Mund sich bewegte, als wüsste er genau, was er tat – und vorhatte, sich verdammt noch mal Zeit dabei zu lassen. Ich rieb mich langsam und bewusst an ihm, und er warf den Kopf mit einem Fluch in den Nacken.

»Sadistin«, raunte er.

Ich grinste. »Du warst doch der, der von verzögerter Befriedigung geredet hat.«

»Scheiß auf verzögert«, knurrte Max.

In einer einzigen, fließenden und zielsicheren Bewegung schlang er einen Arm um meine Taille, hob mich von seinem Schoß und legte mich vor dem Kamin auf den Rücken.

Ich landete atemlos und lachend, mein Haar breitete sich fächerförmig auf dem Teppich aus.

»Oh, jetzt spielen wir also Spielchen«, keuchte ich und mein Atem stockte, als er sich über mich beugte, eine Hand neben meinem Kopf aufgestützt.

»Ich spiele immer«, sagte er mit einer Stimme wie raue Seide. »Du erhöhst nur ständig den Einsatz.«

Ich schlang meine Beine um seine Taille und hob die Hüften gerade so weit an, dass ich die Lücke zwischen uns schloss.

»Dann lass uns den Einsatz noch mal erhöhen.«

24

Ein Ganzkörper-Amen

I**CH GAB IHM KEINE** Chance zu antworten.

Ich stieß gegen seine Schultern und rollte ihn in einer einzigen sauberen Bewegung auf den Rücken. Max ließ es zu. Seine Augen dunkel. Die Lippen geöffnet. Schon halb weggetreten, als ich zurück auf seine Hüften glitt. Seine Hitze drückte sich an mich, hart und prall unter seiner Jeans, und heilige Scheiße, wenn sich dabei nicht mein ganzer Körper verkrampfte.

Meine Finger fanden den Knopf an seinem Hosenbund.

Langsam. Bedächtig. Absichtliche Folter.

»Scheiße«, hauchte er und seine Hände krallten sich in den Teppich, als würde er sich nicht zutrauen, mich nicht sofort wieder umzudrehen.

Ich grinste. »Geduld.«

Seine Oberschenkel spannten sich an. Jesus. Konzentrier dich, Rayann.

Ich schob seine Jeans nach unten und umfasste mit der Handfläche die dicke Beule, die sich unter der weichen Baumwolle abzeichnete. Gott steh mir bei. Seine Boxershorts verbargen nichts.

Denn Boxershorts. Natürlich. Als ob er nicht gemerkt hätte, dass ich ihn den ganzen Tag mit den Augen gefickt habe, und eine ganze verdammte Strategie darum herum aufgebaut hätte.

Aber ich war noch nicht fertig damit, ihn zu reizen.

Ich beugte mich hinunter und küsste die Innenseite seines Oberschenkels, sanft und langsam, direkt auf den angespannten Muskel.

Max zischte. Seine Hüften zuckten.

»Rayann–«

»Schh. Du gehörst jetzt mir.« Ich leckte denselben Weg entlang, langsam und heiß, und genoss es, wie sein Atem stockte. Dann hakte ich meine Finger in den Bund seiner Boxershorts und zog sie herunter, um ihn vollständig zu befreien.

Er stöhnte auf und ließ seinen Kopf auf den Teppich zurückfallen, als ich meine Hand um ihn legte, fest und sicher, und ihn einmal streichelte. Zweimal. Gerade genug, um jeden Muskel unter mir anzuspannen, als ob sein Körper die Kontrolle übernehmen wollte, er mich aber machen ließ.

»Hängst du immer noch am seidenen Faden?«, murmelte ich, während mein Daumen seine Spitze umkreiste und den Tropfen Lustsaft verschmierte.

Er antwortete nicht – er fluchte nur.

Ich lächelte, dann senkte ich meinen Mund zu ihm.

Das erste Lecken war langsam und absichtsvoll. Ein nasser, bedächtiger Strich von der Wurzel bis zur Spitze, der seinen ganzen Körper zusammenzucken ließ.

Max' Finger verfingen sich in meinem Haar. Fest, aber nicht gewaltsam. Einfach da. Ihn erdend, während ich meine Zunge erneut über seinen Schwanz gleiten ließ und das Salz und die Hitze von ihm schmeckte.

»Jesus Christus«, krächzte er mit rauer Stimme.

Ich summte zustimmend und er stöhnte bei der Vibration erneut auf. Ich umschloss ihn mit meinen Lippen und saugte, langsam und tief, zog die Wangen ein, als ich ihn in meinen Mund nahm. Zog mich zurück. Tat es wieder.

Seine Hände umklammerten mich fester, seine Hüften zuckten, als ich einen Rhythmus fand: glitschige, hungrige Stöße, gepaart mit einer Drehung meines Handgelenks und dem gelegentlichen Schnalzen meiner Zunge direkt unter der Eichel. Ich wusste genau, was ich tat, und er wusste genau, wie am Arsch er war.

»Rayann – Baby, ich halte nicht lange durch, wenn du so weitermachst–«

Ich zog mich gerade so weit zurück, dass ich zu ihm aufsehen konnte, mein Mund feucht, mein Lächeln gefährlich.

»Sollst du auch nicht.«

Sein Atem stockte.

»Du zuerst«, krächzte er.

Kaum waren die Worte verklungen, als er nach oben schnellte, mich um die Taille packte, als würde ich nichts wiegen, und mich auf den Rücken warf. Mein Haar breitete sich in einem unordentlichen Heiligenschein aus Chaos und Hitze auf dem Teppich aus.

Sein Mund krachte auf meinen, heiß, ungestüm und besitzergreifend. Es war mir egal, dass meine Lippen noch feucht von ihm waren. Tatsächlich gefiel es mir. Mir gefiel, dass er sich selbst schmeckte, als er mich küsste. Mir gefiel, dass er nicht zögerte.

Gott, ich bin ihm verfallen. Und er weiß es.

Seine Hand glitt zwischen meine Schenkel, seine Finger fanden mich durchnässt und schmerzend durch den Stoff seines Hemdes.

»Du bist verdammt nass«, murmelte er an meinem Mund, seine Stimme wie raue Seide. »Wie lange bist du schon so feucht für mich?«

»Seit du diesen verdammten Champagner geöffnet hast«, hauchte ich.

Er stieß ein Lachen aus, das eher wie ein Stöhnen klang. »Jesus, Rayann.«

Er schob das Hemd hoch, um mich vollständig zu entblößen, und fuhr dann mit seinen Fingern durch meine feuchten Falten, als würde er mich kartografieren. Ich stöhnte, meine Hüften hoben sich, bedürftig und schamlos.

Als sein Daumen meine Klitoris fand und sie langsam und umwerfend umkreiste, wäre ich fast auf der Stelle gekommen.

»Max – heilige Scheiße –«

»Noch nicht«, flüsterte er und küsste meinen Hals hinab, während seine Finger tiefer glitten. »Ich will spüren, wie du zuerst zerfällst.«

Und dann ließ er zwei Finger in mich gleiten.

Tief. Gekrümmt. Genau richtig.

Ich keuchte, griff nach seinen Schultern und ritt den Rhythmus seiner Hand, während er langsam und gleichmäßig stieß und seine Handfläche dabei nie meine Klitoris verließ.

Mein Orgasmus baute sich schnell auf, heiß und scharf, und erreichte mit jedem Stoß seinen Höhepunkt. Als er kam, zerbrach ich unter ihm, mein Körper verkrampfte sich um seine Finger, mein Schrei wurde an seiner Kehle erstickt.

»Scheiße«, knirschte er, zog seine Hand gerade lange genug heraus, um sich zu meinem Eingang zu führen, prall und gerötet und bereit. »Spürst du das?«

Ich pulsierte immer noch, als er seinen Schwanz in mich stieß.

Ganz.

Tief und rau und perfekt.

Ich schrie auf, bog mich ihm entgegen, und er stöhnte, als hätte er den Verstand verloren.

»Du gehörst mir«, sagte er mir, leise und rau, und stieß erneut in mich.

Ich zog seinen Mund zu meinem, schmeckte mich selbst auf seiner Zunge und klammerte mich an ihn, während er mich mit einer Art von Hunger fickte, die nicht um Erlaubnis bat. Sie nahm einfach.

Und ich ließ ihn.

Und er tat es.

Ich zitterte immer noch vom ersten Orgasmus, als Max sich langsam zurückzog und uns beiden ein Stöhnen entlockte. Mein Körper verkrampfte sich bei dem Verlust, zurückgelassen, leer und schmerzend, bis ich den Blick in seinen Augen sah.

Fokussiert. Wild. Verdammt tödlich.

Er war nicht fertig. Nicht einmal annähernd.

Max setzte sich auf seine Fersen, schnappte sich die Champagnerflasche vom Tisch und drehte den Rest der Folie mit dieser ruhigen, präzisen Leichtigkeit ab, die meine Oberschenkel zucken ließ.

»Was machst du da?«, hauchte ich, während sich mein Brustkorb noch immer hob und senkte.

Sein Blick schnellte zu meinem, als er die Flasche am Hals hielt und die kalte Kondensation über seine Finger lief. »Hab ich dir vorhin gesagt«, sagte er. »Kommt drauf an, wo du ihn willst.«

Dieser wunderschöne Mann. Verdammt unwirklich.

»Max.«

»Schh.« Er rückte näher und neigte die Flasche nur ganz leicht, sodass das kälteste verdammte Rinnsal auf meinen Bauch traf.

Und dann war sein Mund auf mir.

Heiß. Offen. Nass.

Er leckte einen Pfad durch den Champagner, zog ihn tiefer und tiefer, seine Zunge jagte den eisigen Streifen in langsamen, sündigen Zügen nach.

Oh, mein Gott. Arroganter, talentierter Arsch.

Jede Bewegung dieses Mannes verströmte kalkulierte Sünde auf Alpha-Niveau.

»Du schmeckst verdammt unglaublich«, murmelte er und küsste die Innenseite meines Oberschenkels wie ein Mann, der mit seinem Mund Versprechungen macht.

Ich konnte nicht denken. Konnte nicht atmen. Besonders nicht, als er seine Hände unter meinen Hintern schob und mich an den Rand des Teppichs zog, als ob ich ihm gehören würde.

Und dann?

Dann vergrub er sein Gesicht zwischen meinen Beinen.

Seine Zunge war überall, geschmeidig und zielgerichtet, neckte meine Klitoris mit langsamen Leckern, bevor er mich mit unerbittlicher Präzision in seinen Mund sog.

Ich schrie auf, meine Finger gruben sich in sein Haar, meine Hüften zuckten gegen sein Gesicht, aber Max hörte nicht auf.

Er packte meine Schenkel, hielt mich offen, hielt mich still und verehrte mich weiter mit diesem umwerfenden Mund.

Als er zwei Finger wieder in mich gleiten ließ, genau richtig gekrümmt, und dazu ein langsames Reiben seiner Zunge an meiner Klitoris hinzufügte, sah ich Sterne.

Ich bäumte mich unter ihm auf, stöhnte seinen Namen, hielt mich kaum noch, während sich der zweite Orgasmus hart und schnell aufbaute und ich mit jeder feuchten Bewegung seiner Zunge auf dem schmalen Grat balancierte.

»Komm schon«, knurrte er an mir, seine Stimme tief und dunkel und verdammt versaut. »Gib mir noch einen.«

Ich zerbrach.

Wieder.

Diesmal heftiger. Tiefer. Mit einem Ganzkörperzittern, das mich seinen Namen schluchzen ließ, als wäre es das einzige Wort, das in meinem Körper noch übrig war.

Max küsste meine Innenschenkel und leckte mich sauber, als wäre er noch nicht fertig damit, mich zu schmecken.

»Verdammt noch mal«, keuchte ich, außer Atem, mein Blick immer noch unscharf. »Was zum fantastischen Teufel ist da gerade passiert?«

Er grinste wie ein Mann, der genau wusste, was er getan hatte.

»Jetzt bin ich dran«, knurrte er und glitt dann mit einem einzigen harten, perfekten Stoß, der mir den Atem raubte, wieder in mich hinein.

Ich sah Sterne. Ich keuchte, meine Nägel zogen sich über seinen Rücken, als er ganz in mir versank und dort für einen Herzschlag verharrte, tief, prall, als wollte er, dass ich jeden verdammten Zentimeter von ihm spürte, bevor er sich bewegte.

Und dann tat er es.

Zuerst langsam. Tiefe, schleifende Stöße, die überall rieben, wo ich es brauchte, und mit wahnsinnig machender Präzision die perfekte Stelle trafen. Jeder einzelne bewusster als der letzte, seine Hüften rollten, als würde er meinen Körper besser kennen als ich selbst.

»Sieh mich an«, befahl er mit heiserer Stimme.

Das tat ich.

Die Blicke verhakten sich, der Atem vermischte sich, die Körper spannten sich an.

Sein Tempo wurde schneller, jeder Stoß härter, tiefer, versauter.

»Ich will, dass du mich tagelang spürst«, raunte er an meinem Mund. »Ich will, dass dir alles wehtut, du feucht bist und nur noch daran denkst.«

Mein Körper reagierte, als würde er ihm gehören. In diesem Moment tat er das.

Er stieß in mich, eine Hand in mein Haar gekrallt, die andere packte meinen Oberschenkel und presste ihn an seine Taille. Der Winkel schickte Schockwellen der Lust durch mich.

»Spürst du das?«, stieß er hervor.

»Gott, ja—Max—«

»Wie du dich um mich schließt, als ob du versuchst, mich festzuhalten.«

»Verdammt, das tue ich.«

Etwas in ihm riss.

Er biss mir in die Schulter, nicht fest genug, um wehzutun, nur gerade so, dass ich mich durchbog. Dann fickte er mich härter. Wilder. Hungriger.

Mein Orgasmus baute sich auf wie ein Güterzug.

Unaufhaltsam. Verzweifelt.

»Fass dich an«, befahl er mit unregelmäßigem Atem. »Reib dich für mich, Rayann. Lass mich zusehen, wie du kommst.«

Heilige Mutter des Dirty Talks, Max Harrington ist gerade zehnmal heißer geworden. Ich bin verdammt noch mal sofort dabei.

Ich zögerte nicht.

Meine Hand glitt zwischen uns, meine Finger fanden meine geschwollene Klitoris und umkreisten sie schnell, unkontrolliert, hektisch. Ich war so kurz davor, dass ich es schmecken konnte.

»Genau so«, stöhnte er. »Jesus Christus, du bist so verdammt heiß, wenn du so die Kontrolle verlierst.«

Ich kam mit einem Schrei, den Kopf zurückgeworfen, mein Körper verkrampfte sich um ihn, als ich zerbarst, während hinter meinen Augen Lichter explodierten, meine Schenkel zitterten und ich ihn umklammerte, als wollte ich ihn nie wieder loslassen.

»Verdammte Scheiße—Rayann—«, brach Max' Stimme, als er seine Hüften ein letztes Mal nach vorne schnellen ließ und hart und tief in mir kam, sein Körper zuckte mit jedem pulsierenden Schub seines Ergusses an meinem.

Er stöhnte an meinem Hals, ein langer, gebrochener Laut, seine Arme schlangen sich fester um mich, als würde er sich nicht zutrauen, aufrecht zu bleiben.

So blieben wir liegen.

Atemlos. Feucht. Ineinander verschlungen in einem Gewirr aus Gliedmaßen und Schweiß und Sex und zu vielen Emotionen, die keiner von uns schon die Kraft hatte zu benennen.

Schließlich strich seine Hand über meine Wange.

»Alles okay bei dir?«, fragte er mit tiefer, rauer Stimme.

Ich lachte, leise und erschüttert. Total fertig.

»Ich glaube, du hast gerade meinen Beckenboden ruiniert.«

Er lächelte, küsste meine Schläfe und murmelte: »War es wert.«

Max rührte sich lange Zeit nicht.

Er schwebte einfach über mir, sein Atem streifte meinen Hals, sein Herz pochte gegen meins, als wäre er sich nicht ganz sicher, ob wir fertig waren.

Ehrlich gesagt? Ich war mir auch nicht sicher.

Sein Körper war immer noch in mir, wurde jetzt weicher, aber seine Hände waren überall. Eine auf meinem Oberschenkel. Die andere in meinem Haar. Haltend. Streichelnd. Nicht mehr besitzergreifend. Einfach... da. Echt.

Echt.

»Ich sollte mich bewegen«, sagte er schließlich, seine Stimme ein leises Kratzen an meinem Hals.

»Wenn du dich bewegst, beiße ich.«

Er stieß etwas zwischen einem Lachen und einem Stöhnen aus. »Verstanden.«

Wir blieben so liegen, verschlungen und klebrig und fertig, für eine weitere Spanne der Stille, die sich irgendwie lauter anfühlte als alles, was wir gerade getan hatten.

Sein Atem verlangsamte sich. Meiner auch.

Es war still. Zu still.

Ich hätte etwas Bissiges sagen sollen. Etwas Sicheres. Etwas Rayann-Typisches.

Stattdessen drehte ich den Kopf und ließ meine Lippen seinen Kieferwinkel streifen. »Das war...«

»Ja«, murmelte er.

»Ich meine, ich hatte schon guten Sex.«

Max zog eine Augenbraue hoch.

»Aber das war… ein ganz anderes Level. Als ob das hier ein Videospiel wäre, bräuchte ich jetzt eine Errungenschafts-Plakette und eine postkoitale Dehydrationswarnung.«

Sein Mund verzog sich zu einem Lächeln. »Ziemlich sicher, dass ich auch gerade ein Level aufgestiegen bin.«

Er bewegte sich dann, zog sich sanft zurück, und ich zischte bei der Überreizung. Er hielt inne, murmelte etwas Unverständliches, das »Entschuldigung« oder »heilige Scheiße« gewesen sein könnte, und griff nach der Decke auf der Couch.

Dann wickelte er sie um uns beide und zog mich an seine Brust, als wäre das keine Frage.

Ich wehrte mich nicht.

Was… neu war.

Er küsste meinen Scheitel. »Geht es dir gut?«

Ich nickte an seiner Schulter.

»Sicher?«

»Nein«, gab ich zu. »Aber das wird schon wieder.«

Er war einen Moment lang still. Dann: »Du machst mich fertig, weißt du.«

Ich lächelte. »Das kann ich nur zurückgeben.«

Seine Arme schlangen sich fester um mich.

Und zum ersten Mal seit einer Ewigkeit wollte ich nicht weglaufen. Nicht vor ihm. Nicht davor.

25

All die Teile, die ich zu verstecken versuchte

W IR BLIEBEN EINE WEILE SO, auf dem Teppich zusammengekauert, unsere Haut kühlte ab, während das Feuer neben uns leise knisterte. Irgendwann begann mein Rücken vom harten Boden zu schmerzen, aber ich wollte nicht diejenige sein, die den Zauber brach. Sich zu bewegen fühlte sich an, als könnte es etwas Zerbrechliches zerschmettern.

Max bewegte sich zuerst. »Komm schon«, murmelte er und streifte mit seinen Lippen meine Schläfe. »Du zitterst.«

Ich hatte es nicht einmal bemerkt. Aber die Kälte war hereingekrochen, hatte sich um meine Wirbelsäule geringelt, und ich protestierte nicht, als er mich auf die Füße zog und uns zur Couch führte.

Oder vielleicht stand ich unter Schock, weil ich irgendeine unsichtbare Grenze zwischen Spaß und Gefühlen überschritten hatte und mein Gehirn noch nicht hinterherkam.

Er sank in die Kissen und zog mich mit sich, als wäre es das Natürlichste auf der Welt. Dann legte er die Decke um meine Schultern und zog mich an seine Brust. Sein Körper strahlte Wärme aus. Solide. Erdend. Unfassbar beständig.

Keiner von uns sprach. Wir lauschten einfach. Dem Feuer. Dem Wind. Der Art, wie sich die alte Hütte um uns zu setzen schien, als würde sie es gutheißen.

Da spürte ich es. Nicht Stille, genau genommen. Eher Stillstand. Die Art, die sich nur nach etwas Großem einstellt.

Etwas in mir war weicher geworden. Alles fühlte sich bloßgelegt an.

Ein sanfter Regen klopfte an die Fenster, nicht lauter als ein Atemzug, als würde die ganze Welt mit uns ausatmen.

Ich ließ meinen Blick zu lange auf ihm ruhen.

Ja. Großer Fehler.

Denn natürlich erwischte er mich.

»Was?«, fragte er, seine Stimme rau vor Befriedigung, als hätte er nicht gerade mein Nervensystem zerlegt und sonnte sich nun lässig im Nachglühen wie ein selbstgefälliger Sex-Gott.

Er zog eine Augenbraue hoch, als wüsste er bereits genau, was ich gedacht hatte.

Ich schaute zu schnell weg und zog die Decke höher, als könnte sie mich davor schützen, wie absolut durch den Wind ich mich fühlte. »Hätte dich nicht für den Typen gehalten, der nach dem Feuerwerk noch da ist, Harrington.«

Ein Tiefschlag. Ich wusste es, in der Sekunde, in der es mir herausrutschte.

Ich war am Durchdrehen, okay?

Max zuckte nicht zusammen. Blinzelte nicht. Traf mich nur mit diesem wahnsinnig ruhigen Blick, als wäre er eine Art menschlicher Lügendetektor.

»Warum glaubst du, ich würde dich verlassen wollen?«

Oh, nein. Das ziehen wir nicht durch.

Ich lachte. Scharf. Abwehrend. Das verbale Äquivalent dazu, Glitzer zu werfen und zum Ausgang zu sprinten. »Komm schon. Seien wir mal ehrlich, Max. Typen wie du bleiben nicht bei Frauen wie mir.«

Seine Stirn legte sich in Falten. Er neigte den Kopf, der Blick fest auf mich gerichtet. Er ließ es nicht durchgehen.

»Erklär mir das.«

Nein. Nein. Mission abbrechen.

Aber ich war bereits dabei, mich aufzulösen. Meine Finger fanden einen losen Faden an der Decke und zupften daran, als hielte er die verdammten Antworten bereit.

»Ich bin ein einziges Chaos«, sagte ich und versuchte, es locker klingen zu lassen, als würde ich nicht in Echtzeit mein ganzes Betriebssystem bloßlegen. »Impulsiv. Mein Gehirn läuft wie ein Maserati ohne Bremsen. Eine Million Ideen pro Minute, ohne Fahrwerk. Ich bin ... anstrengend.«

Gott. Dieses letzte Wort kam zu sanft heraus. So sanft, dass sich mein Magen verkrampfte.

Scheiße. Das wollte ich nicht laut sagen.

Vergrab es, Rayann. Mach einen Witz darüber. Ersticke es in Frechheit.

Max blinzelte nicht. Sah nicht weg. Stützte sich nur auf einen Ellbogen und konzentrierte sich auf mich, als wäre ich das Einzige, was zählte.

»Du bist nicht anstrengend«, sagte er, seine Stimme leise. Beständig.

»Du bist mehr.«

Ich machte mich auf einen ausgewachsenen Rom-Com-Monolog gefasst. Meine Augen waren darauf vorbereitet und bereit.

Aber dann haute er es raus.

»Du bist Feuer«, sagte er. »Du bist der Antrieb. Der Funke, den langweilige Leute ihr ganzes Leben lang jagen. Du träumst nicht nur. Du reißt die Leute mit. Du gibst ihnen das Abenteuer, von dem sie nicht einmal wussten, dass sie es brauchen.«

Ich starrte nur …

Denn ernsthaft, was zum Teufel sagt man darauf überhaupt?

Weglaufen? Lachen? Mich selbst anzünden und in den Orbit schießen?

Und natürlich war Max noch nicht fertig.

»Ich schwöre bei Gott«, sagte er mit einem breiten Grinsen im Gesicht. »Du, wie du auf Zack warst und mich einen Feigling genannt hast, weil ich das Kilt-Rennen ausfallen ließ? Der sexieste Hinterhalt meines Lebens.«

Mir klappte tatsächlich die Kinnlade herunter.

Worte? Weg. Verdampft. Ersetzt durch ein emotionales Rauschen, das laut genug war, um Schaltkreise durchzubrennen.

Max beugte sich vor, als würde er den ganzen verdammten Moment in Stein meißeln. »Oder das Tauziehen. Du, platt auf dem Rücken, wütend und sprachlos? Von diesem Hoch werde ich noch monatelang zehren.«

Ich kniff die Augen zusammen und zog die Decke hoch, als könnte sie mich irgendwie vor seinem lächerlichen Grinsen schützen. »Wow. Die Bescheidenheit? Beeindruckend. Vergiss nicht, das unter ›persönliche Erfolge‹ in deiner Tabelle einzutragen.«

Er kicherte, leise und warm, ärgerlich zufrieden mit sich selbst. Seine Finger fanden den Rand der Decke und fuhren eine langsame Linie an meiner Wade entlang, wo sie heruntergerutscht war.

»Würde ich um nichts in der Welt verpassen.«

Die Stille, die folgte, war nicht peinlich. Oder leer. Sie war voll. Gesättigt. Als hätte der Raum selbst angehalten, um den Atem anzuhalten.

Dann sprach Max wieder, jetzt leiser.

»Ich *sehe* dich, Ray.«

Mein Kopf schnellte hoch. »Okay. Das klingt ... vage nach Serienmörder.«

Aber er lächelte nicht.

Seine Augen hatten diese wahnsinnig ruhige, beständige und seelentiefe Ausstrahlung, die Art, die mich gleichzeitig dazu brachte, fliehen und dahinschmelzen zu wollen.

»Ganz und gar«, sagte er. »Nicht nur die charmanten, auffälligen Teile, die du wie Konfetti um dich wirfst. Auch das Chaos. Das Zerdenken. Das unordentliche Zeug, von dem du glaubst, du müsstest es verstecken.«

Verdammt. Der ist durchgekommen.

Mein Hals schnürte sich um ein Schlucken zu, für das ich nicht bereit war. »Vorsicht, Harrington. Du bringst mich noch dazu, dich zu mögen.«

Sein Grinsen wurde breiter, langsam und ohne jede Reue. »Ja. Ich hoffe inständig, dass das das Problem ist.«

Ich dachte, das wär's. Ein frecher Spruch. Perfekt getimtes Grinsen. Vorhang zu.

Aber dann veränderte sich etwas. Das Grinsen verblasste. Die Luft zwischen uns wurde schwerer.

»Das Chaos«, sagte er, seine Stimme jetzt leiser. »Das liegt sozusagen in der Familie.«

Ich blinzelte, überrascht von der plötzlichen Wendung.

»Meine Schwester ist die Wilde«, sagte er, den Blick auf das Feuer gerichtet. »Brillant. Liebenswürdig. Die reinste Tornado-Energie.«

Sein Blick schnellte zu mir zurück. »Du würdest sie lieben. Mein kleiner Bruder hat einiges durchgemacht—Angstzustände, Sucht. Einige gute Tage. Viele schwere. Und ich?«

Er lachte leise. »Ich habe die Zwangsstörungskarte gezogen. Habe die Müslipackungen alphabetisch geordnet. Meine Star-Wars-Actionfiguren nach Kategorie und

Erscheinungsjahr sortiert. Habe sie beide in den Wahnsinn getrieben.«

Meine Brust zog sich zusammen, obwohl er versuchte, die Stimmung aufzulockern.

»Ich schätze, wir sind alle ein bisschen anders verdrahtet. Meine Eltern auch. Der ganze verdammte Stammbaum ist schief gewachsen.«

Er lachte wieder, aber diesmal leiser. Es erreichte immer noch nicht seine Augen. »Anscheinend hat das Gen für Angepasstheit um unseren Zweig einen großen Bogen gemacht.«

»Ich glaube, ich würde deine Schwester mögen.« Ich zögerte. »Vielleicht lerne ich sie eines Tages kennen.«

»Oh, das wirst du«, murmelte er.

Dann leiser. »Das ist ein Versprechen.«

Aber innerlich? Drehte sich mein Gedankenkarussell wie verrückt.

Oh mein Gott. Hat er gerade gesagt, dass ich seine Familie kennenlernen werde? So wie ... seine richtige Familie? Rayann, was hast du da gerade getan?

Und dann – obendrein –

Heilige Scheiße.

Alles, was er gerade gesagt hat. Das Chaos. Die Neuverdrahtung. Die Art, wie er seine Schwester beschrieben hat. Dabei ging es nicht nur um sie.

Das war ich.

Er sieht es. Alles davon. Und er ist immer noch hier.

Es war die Art, wie ich Leute mitten im Satz unterbrach, weil mein Gehirn immer schneller war als mein Mund. Die Art, wie ich mitten in einer Tätigkeit vergaß, was ich gerade tat. Die Art, wie meine Gedanken niemals zur Ruhe kamen – nicht einmal, wenn ich sie anflehte. Nicht einmal, wenn ich ihn küsste.

Den größten Teil meines Lebens hatte ich es als eine schrullige Eigenart behandelt. Ein liebenswertes Chaos. Etwas, worüber man scherzen konnte, bevor jemand zu genau hinsah.

Aber Max war nicht zurückgeschreckt.

Hatte nicht versucht, es zu reparieren.

Oder es zu erklären.

Oder es mit einem Witz abzutun.

Er hat ihm einfach Raum gegeben.

Mir.

Und plötzlich fühlte sich das Atmen unmöglich an.

Max sagte kein weiteres Wort.

Das musste er auch nicht.

Er blieb neben mir, seine Finger strichen über meine Haut, als wüsste er nicht, wie er aufhören sollte – und ich wollte nicht, dass er es tat. Nicht heute Nacht.

Nicht, wo sich plötzlich alles anders anfühlte.

»Max?«

»Hmm?«

»Weißt du, du hättest mir auch einfach sagen können, dass sie nicht deine heimliche schottische Geliebte ist.«

Max blinzelte. »Wer?«

Ich warf ihm einen vielsagenden Blick zu. »Annabelle Sinclair. Seidennegligé. Toskana. Klingelt da was bei dir?«

Er starrte mich an – dann brach er in lautes Gelächter aus. »Jesus. Darum ging es also die ganze Zeit?«

»Was? Nein. Vielleicht. Halt die Klappe.«

Sein Grinsen wurde breiter. »Du dachtest also die ganze Zeit, ich stünde auf Annabelle?«

Ich verschränkte die Arme vor der Brust, abwehrend und leicht beschämt. »Sie hat deinen Arm berührt, als wäre er mit ihrem Monogramm versehen. Und du hast es zugelassen.«

Er zog eine Augenbraue hoch. »Sie ist verheiratet.«

Ich blinzelte. »Was?«

»Ja. Mit irgendeinem Cousin der McIveys. Zweiten Grades, glaube ich. Warum?«

»Warum zum Teufel hast du mich dann wie eine heiße Kartoffel fallen gelassen, als sie während des Ceilidh-Tanzes auftauchte?«

Er beugte sich vor, sein Mund streifte meinen. »Sie hat gewinkt. Ich dachte, sie braucht etwas. Habe mir nichts weiter dabei gedacht.«

Und mit einem Mal stürzten alle Schreckensszenarien, die ich mir in meiner Gedankenspirale ausgemalt hatte, in einem riesigen, flammenden Haufen von Oh-mein-Gott-ich-bin-so-eine-Idiotin zusammen.

Schließlich wurde das Feuer kleiner, und eine Kühle kroch über die Dielen. Meine Zehen krallten sich unter der Decke fest, aber Max war schon in Bewegung. Er zog sie enger um mich, stand dann auf und streckte eine Hand aus, als wäre es das Offensichtlichste auf der Welt.

»Komm mit mir ins Bett«, sagte er.

Es war kein Befehl. Oder eine Neckerei.

Nur eine Einladung. Leise. Einfach. Eine, zu der ich endlich Ja sagen konnte, ohne einen Teil von mir selbst zu verlieren.

Also tat ich es.

Und zum ersten Mal zergrübelte ich es nicht.

26

Im Einklang. Alles gut. Mir geht's gut.

Ich wachte in Wärme auf.

Nicht durch Sonnenlicht. Schottland bot morgens weniger Licht als vielmehr ein diffuses, graues Ambiente. Aber Wärme. Die Art, die tief einsickerte und sich irgendwo unter deinen Rippen einnistete, bevor dein Gehirn überhaupt hinterherkam.

Max' Arm lag noch immer auf meiner Taille, seine Brust war an meinen Rücken gepresst, sein Atem ging langsam und gleichmäßig auf meinen Nacken.

Und ich rührte mich nicht.

Nicht, weil ich Angst hatte, ihn aufzuwecken.

Sondern weil ich nicht wissen wollte, ob dieser Moment zerbrechen würde, sobald ich es tat.

Ich hielt die Augen geschlossen und tat so, als wäre mir nicht überdeutlich jede Stelle bewusst, an der sich unsere Haut berührte. Meine Oberschenkel taten weh, meine Muskeln waren wie zerschlagen und mein Gehirn fühlte sich immer noch an, als hätte jemand gegen Mitternacht einen Molotowcocktail hineingeworfen. Ich hätte in Panik ausbrechen sollen.

Stattdessen ließ ich mich darin fallen.

Ließ mich davon umhüllen wie von der Decke, die ich bereits von Fionas Sofa gestohlen und gedanklich zu meinem seelischen Stützobjekt erklärt hatte.

Max bewegte sich leicht, sein Arm spannte sich gerade so weit an, dass klar war, dass er wach war.

»Morgen«, sagte er, seine Stimme noch rau vom Schlaf und unfair sexy.

Mein Gehirn hatte für eine halbe Sekunde einen Kurzschluss.

»Morgen«, brachte ich hervor, meine Stimme etwa zwölf Oktaven tiefer als gewöhnlich. Ich räusperte mich, als ob das helfen könnte. »Wir haben die Hütte nicht abgefackelt, also würde ich das als einen Sieg bezeichnen.«

Er kicherte. Lässig. Zufrieden. »Verlockend wär's aber gewesen.«

Ich biss mir auf die Lippe und rollte mich dann zu ihm um.

Fehler.

Großer, oberkörperfreier Fehler mit zerzausten Haaren.

Seine Augenlider waren noch schwer, dieses dämliche Grinsen spielte auf seinem Mund, als hätte er jedes Recht, so gut auszusehen, während er im geliehenen Bett eines anderen lag.

»Geht's dir gut?«, fragte er, jetzt leiser.

Sicher. Jap. Absolut gut. Hatte gerade den besten Sex meines Lebens und Gefühle für den Kerl entwickelt, von dem ich dachte, ich könnte ihn nicht ausstehen. Aber ja, einigen wir uns auf ,gut'.

Ich blinzelte. »Ja. Ich meine ... ja.«

Keine Lüge. Nur ... auch nicht die ganze Wahrheit.

Er musterte mich, als könnte er den Rest hören, den ich nicht sagte. Und vielleicht konnte er das.

Er bohrte nicht nach.

Stattdessen beugte er sich vor und küsste meine Stirn, als wäre es das Natürlichste auf der Welt. Als hätte ich mich gestern Abend nicht seelisch vor ihm entblößt und würde immer noch sortieren, welche Teile von mir ich gefahrlos zeigen konnte.

»Hunger?«, fragte er.

»Ja«, sagte ich, viel zu schnell.

Er lachte wieder und schälte sich dann mit der Leichtigkeit von jemandem aus dem Bett, der nicht gerade das gesamte Weltbild einer Frau mit einem gut getimten Kompliment zerstört hatte.

»Bleib hier«, sagte er und zog sich bereits sein Shirt an. »Ich finde was Essbares.«

»Bitte sag nicht Haggis.«

Er hielt inne, grinste. »Keine Versprechungen.«

Ich blieb nicht liegen.

Jedenfalls nicht sofort.

Ich hielt es dreißig Sekunden aus, bevor der Geruch von Kaffee wie ein verdammter Sirenenruf durch das Cottage zog. Ich spritzte mir kaltes Wasser ins Gesicht, starrte mein Spiegelbild an, als hätte sie vielleicht Antworten, warf meine Haare dann zum chaotischsten Dutt der Welt zusammen und gab die Hoffnung auf, mich heute emotional zu erholen.

Als ich es in die Küche schaffte, hatte Max irgendwie Eier, Toast und Marmelade gefunden und es geschafft, Kaffee in zwei Tassen zu bugsieren, ohne Fionas absurd saubere Küche zu zerstören.

Ich kletterte auf einen Hocker an der Theke, immer noch in die Decke gehüllt, und hockte dort wie eine Art verwilderter Kobold, der ins häusliche Glück gestolpert war und dem Ganzen nicht traute.

Er stellte eine Tasse vor mich hin und lehnte eine Hüfte gegen die Theke.

»Siehst du? Kein Haggis.«

»Heldenhafte Zurückhaltung«, sagte ich und nahm einen Schluck. Der Kaffee war heiß, stark und machte mich fast emotional.

Wir aßen eine Weile schweigend, aber die Stille war nicht unangenehm.

Sie war einfach.

Behaglich.

Was es eigentlich nur noch schlimmer machte.

Denn behaglich bedeutete vertraut. Vertraut bedeutete sicher. Und sicher bedeutete—

Nein. Schluss damit.

»Sieh mich nicht so an«, sagte ich, ohne aufzuschauen.

»Ich habe nichts gesagt.«

»Dein Gesicht schon.«

Er schob seinen Teller beiseite, verschränkte die Arme und beobachtete mich immer noch. »Denkst du schon wieder nach?«

»Immer«, murmelte ich. »Es ist ein Fluch.«

Er beugte sich leicht vor, seine Stimme wurde gerade so tief, dass es zu einem Problem wurde. »Das ist eine der Sachen, die ich am liebsten an dir mag.«

Gott. Hilf mir.

»Du hast ja Probleme«, murmelte ich.

»Da hast du nicht unrecht.«

Wir hatten es nicht eilig, das Cottage zu verlassen.

Tatsächlich verließen wir es gar nicht wirklich. Max fand einen Pfad hinter dem Cottage, einen schmalen Weg, der direkt hinunter zum Ufer führte. Der Wind war schneidend und salzig, stark genug, um mir alle paar Sekunden die Haare ins Gesicht zu peitschen. Es war mir egal.

Ich hielt Max' Hand.

Und irgendwie flippte ich deswegen noch nicht aus.

Der Strand erstreckte sich in beide Richtungen. Felsig und wild, übersät mit Treibholz und Seetang und Dingen, die ich nicht benennen konnte, von denen ich mich aber seltsam verzaubert fühlte.

Max ging schweigend neben mir, seine Finger strichen gelegentlich über meine, als wollte er nicht loslassen. Ich zog nicht weg. Nicht einmal, als ich es wahrscheinlich hätte tun sollen.

Ich blieb stehen, als mir etwas ins Auge fiel. Ein kleines, rundes Objekt, halb im Sand in der Nähe eines Gezeitentümpels vergraben.

»Oh. Ein Fossil.« Ich ging in die Hocke und wischte den Sand weg, als würde ich eine Art antiken Schatz enthüllen.

Max beugte sich über meine Schulter und kniff die Augen zusammen. »Das ist eine Kartoffel.«

Ich drehte langsam den Kopf. »Wie bitte?«

Er zuckte mit den Schultern. »Sie ist rund, schmutzig, vage verdächtig. Definitiv eine Kartoffel.«

»Das ist keine Kartoffel.«

Er hockte sich neben mich, pflückte sie aus dem Sand und drehte sie in seiner Hand um. »Nö. Kartoffel.«

»Du bist zum Verrücktwerden.«

»Ich habe recht.«

»Das ist prähistorisch.«

»Sieht für mich wie Mittagessen aus.«

Ich schnappte sie ihm weg und hielt sie hoch wie eine Reliquie. »Das ist Geschichte.«

»Das ist Stärke.«

Wir starrten uns an. Keiner von uns blinzelte.

Dann lachte ich. Die Art von Lachen, die in meiner Brust begann und in einem Atemzug aus mir heraussprudelte, von dem ich nicht gewusst hatte, dass ich ihn ganze zwei Tage lang angehalten hatte. Max grinste, als hätte er etwas gewonnen.

»Gott, bist du selbstgefällig«, sagte ich und klopfte mir den Sand von den Knien.

Er reichte mir die Hand, zog mich hoch und ließ sie auch nicht los, als ich stand.

»Du bist wunderschön, wenn du falschliegst«, sagte er mit leiser Stimme.

»Witzig. Du bist wunderschön, wenn du die Klappe hältst.«

Er trat näher. Der Wind fuhr ihm durchs Haar, das Salz klebte auf seiner Haut, und da traf es mich. Genau dort, mitten im Nirgendwo, mit einem gefälschten Fossil in der Hand und bloßen Füßen im kalten Sand.

Ich küsste ihn.

Ich dachte nicht nach. Ich hatte es nicht geplant. Ich griff einfach hoch, krallte meine Finger vorn in sein Hemd und zog ihn zu mir herunter.

Er zögerte nicht. Fragte nicht. Er küsste mich einfach so, als wüsste er bereits, was ich brauchte, und hätte nicht die Absicht, mir weniger zu geben.

Der Kuss wurde schnell heiß. Hitze entfachte sich in meiner Brust, breitete sich tief in meinem Bauch aus und nistete sich zwischen meinen Beinen ein, als hätten wir ein Streichholz entzündet und es in Zunder geworfen.

Ohne den Kontakt zu unterbrechen, drängte Max mich rückwärts zum nächsten flachen Stück Treibholz. Seine Hände glitten unter meinen Pullover und breiteten sich über meine Rippen aus, als müsste er mich ganz neu kartografieren.

Ich keuchte an seinen Mund und vergrub meine Finger in seinem Haar. »Hier?«

Sein Mund streifte meinen Kiefer. »Sag mir, dass ich aufhören soll.«

Das tat ich nicht.

Nicht einmal, als er mich auf das Treibholz hinabließ, nicht einmal, als seine Hände unter den Bund meiner Leggings glitten, nicht einmal, als die kalte Luft meine Oberschenkel traf und ich zitterte.

Weil sein Mund auf meinem lag.

Weil hinter uns der Wind heulte und das Meer unablässig anbrandete und Max mir das Gefühl gab, standhaft zu sein, selbst wenn ich es nicht war.

Sein Körper bedeckte meinen, seine Haut war warm, seine Hände sicher, sein Blick auf mich fixiert, als wäre ich das Einzige auf der Welt, das einen Sinn ergab.

Wir hatten es nicht eilig.

Nichts daran war hektisch. Nur Hitze und Druck und diese Art von Verlangen, die sich anfühlte, als hätte sie Wurzeln.

Er drang langsam in mich ein, und ich vergaß zu atmen.

Meine Nägel gruben sich in seinen Rücken. Er stöhnte an meinem Hals und flüsterte meinen Namen, als sei er ein Geheimnis.

Und als ich kam – langsam, tief, mit weit geöffneten Augen – sah ich ihn.

Ganz und gar.

Und er sah mich.

27

Ebbe

I N DIE STADT ZU fahren, fühlte sich an, als würde ich aus einer Geschichte heraustreten, die ich noch nicht zu Ende gelesen hatte.

Sand hatte sich an Orten festgesetzt, die keine Namen haben sollten. Meine Beine schmerzten auf die bestmögliche Art. Max' Hand ruhte auf meinem Oberschenkel, als wäre sie dort zu Hause. Und vielleicht war sie das auch. Vielleicht hatte sich in den letzten beiden Tagen gerade genug verschoben, um Raum für die Vorstellung zu schaffen, dass Max Harrington in mein Leben gehörte.

Was – natürlich – furchteinflößend war.

Weiß getünchte Cottages kamen in Sicht. Die Bäckerei mit dem Strohdach – und ihrem frechen Kreideschild mit der Aufschrift Heiße Brötchen, noch heißerer Klatsch – wartete wie immer an der Ecke des Platzes. Kinder flitzten um einen Gemüsestand. Eine Frau verkaufte Blumensträuße aus einem umgebauten Kinderwagen. Das wahre Leben. Hell, gewöhnlich und bereit, uns ganz zu verschlucken.

Max lenkte den Mietwagen langsam zum Markt, wobei sich seine Hand leicht um meine schloss.

»Das war schön«, sagte er, als hätten wir gerade einen malerischen Spaziergang beendet und nicht die Gesetze der sexuellen Physik neu definiert.

Schön? Wie der Teil, bei dem ich seinen Namen laut genug geschrien habe, um nistende Seevögel zu traumatisieren?

Ich zog eine Augenbraue hoch. »Schön? Das ist alles, was dir dazu einfällt?«

Er grinste. »Willst du eine PowerPoint-Analyse?«

»Natürlich. Auf einem sicheren Server, versteht sich.«

Sein Daumen malte träge Kreise über meine Fingerknöchel, warm und erdend.

Keiner von uns beiden sagte, was er wirklich meinte.

Wir parkten und schlenderten zum Fischhändler – hauptsächlich, damit ich so tun konnte, als wären wir nur zwei Leute, die überlegten, was sie zum Abendessen kochen sollten. Ich griff nach einem Korb. Max auch. Unsere Finger berührten sich.

Auftritt Murdo, der zwischen zwei Verkaufszelten mit der Art von verdächtigem Timing hervorkam, das vermuten ließ, er hätte sich selbst aus dem Meeresnebel heraufbeschworen.

Heilige Scheiße. Was zum Teufel?

Das Einzige, was noch fehlt, ist eine Rauchwolke und ein Zauberstab mit Schottenmuster.

Er warf einen Blick auf uns, bemerkte unsere verschränkten Hände, das vom Wind zerzauste Haar und den anhaltenden Duft von Meeressalz und den köstlichen Trümmern dessen, was er am Strand mit mir angestellt hatte. Dann grinste er wie ein Wolf in Tweed.

»Na, seht mal an«, sagte er, seine Augen funkelten über einer halb aufgegessenen Fleischpastete. »Hätte nicht erwartet, euch beide so bald wieder auftauchen zu sehen.«

Max nickte lässig. »Der Markt hat gerufen.«

Murdos Grinsen wurde breiter. »Aha. Ihr seht gut erholt aus, ihr zwei.«

Ich nahm ein Glas Marmelade, das ich absolut nicht kaufen wollte, und zwinkerte. »Gibt es eine Bürgerwehr, bei der ich das melden kann?«

Er kicherte und amüsierte sich sichtlich viel zu sehr. »Ich bin nur froh, zwei Leute in die Stadt zurückkehren zu sehen, bei denen Liebe in der Luft liegt.«

Liebe? Oh, super, emotionale Tretminen. Direkt hier auf dem Bauernmarkt.

Max, der Verräter, hatte die Frechheit zu lächeln. »Frische Luft ist gut für die Seele.«

Ich schnappte mir einen Korb mit der beiläufigen Aggression von jemandem, der sich kaum beherrschen kann, nicht mit Obst zu werfen. »Mir hat es besser gefallen, als du noch finster geblickt und gegrunzt hast.«

Max, aufreizend gefasst, nahm eine Tomate und biss hinein, als wäre dies nur ein weiterer Einkauf.

Kurz überlegte ich, ihn im nächsten Hummerbecken zu ertränken.

»Wie auch immer«, sagte Murdo und schnippte die Kruste seiner Pastete zu einer nahen Möwe. »Es ist gut, euch beide zu sehen. Das meine ich ernst. Ihr wirkt leichter. Das ist viel wert.«

Max nickte ihm kurz zu. »Das weiß ich zu schätzen.«

Murdos Blick wanderte viel zu wissend zwischen uns hin und her. »Ihr werdet diesen Frieden noch brauchen. Ein Sturm zieht am Horizont auf.«

Ich blinzelte. »Wie ... das Wetter?«

Er zuckte mit den Schultern und ging ohne ein weiteres Wort davon.

Geheimnisvoller Mistkerl.

Auf der Rückfahrt redeten wir nicht viel – an unserem, wie sich herausstellte, letzten Tag im Cottage. Ich schob es auf den Nebel. Oder vielleicht war es das emotionale Schleudertrauma aus zehenkrümmendem Strandsex … gefolgt von Murdos ungefragter Seelenanalyse … gefolgt von dem grausamen Schlag von Arbeits-E-Mails und Hosen mit echten Reißverschlüssen.

Als wir drinnen waren, hatte sich die Stille zu etwas beinahe Behaglichem entwickelt. Max verschwand im Badezimmer. Ich kuschelte mich mit meinem Handy auf die Couch – nur um nach dem Rechten zu sehen.

Großer Fehler. Ein Anfängerfehler.

Summer: Wo zum Teufel steckst du?

Summer: Planänderung. Die Kunden haben ihren Zeitplan vorgezogen. Die Deveraux-Party wurde vorverlegt. Ich brauche dich MORGEN wieder hier.

Summer: Und sag Max, ich lasse ihm danken, dass er dich nicht von einer Klippe oder in einen Loch hat fallen lassen oder welch heldenhaften Blödsinn er wahrscheinlich abziehen musste.

Ich starrte auf den Bildschirm und stöhnte so laut auf, dass ich Max aus der Dusche lockte.

»Ärger?«, fragte Max, das Handtuch tief um seine Hüften geschlungen. Ablenkend. Vollkommen unfair.

Erwartet er ernsthaft, dass ich ganze Sätze bilde, während er tropfnass und halbnackt dasteht, als wäre es sein gottgegebenes Recht, der Star in meinem nächsten Orgasmus zu sein?

Ich warf das Handy in die Luft und fing es wieder auf. »Nur der übliche Liebesbrief von meiner Chefin-Schrägstrich-Schwester. Überraschung – ich bin morgen wieder im Dienst.«

Sein Kiefer zuckte. Kaum merklich. Aber ich hatte es gesehen.

»Max ... alles in Ordnung bei dir?«, fragte ich.

Er nickte einmal. »Alles gut. Ich hab nur ... einen Anruf bekommen.«

Ich wartete. Er sagte nichts weiter.

»Willst du wieder auf geheimnisvollen SEAL machen oder mir diesmal tatsächlich etwas erzählen?«

Sein Mund zuckte. »Es ist ... eine Nachfrage. Zu etwas, das ich mir vor einer Weile angesehen habe.«

Ich wartete.

Endlich sah er auf. »Botschaftssicherheit. Sie wollen mich zu einem Gespräch einladen.«

Ein Gespräch? So eins, das mit einem Job endet? In einem anderen Land? Mit ihm weit weg und ich so tuend, als wäre alles in Ordnung?

Das traf mich härter, als ich zugeben wollte.

»Oh.« Ich wandte mich meinem Koffer zu und tat so, als würde mich der Zustand meiner Unterwäsche brennend interessieren. »Das ist ... gewaltig.«

Er antwortete nicht sofort. Die Stille dehnte sich aus – lang, schwer, an etwas Zartem kratzend, dem ich noch keinen Namen geben wollte.

»Das ist schon Monate her«, sagte er schließlich. »Dachte nicht, dass der Zeitpunkt richtig war. Aber sie haben sich wieder gemeldet. Der Sicherheitschef. In Italien.«

Ich nickte zu schnell. »Darin wärst du unschlagbar. Das ist so typisch du. Ordnung. Protokoll. Panzerglas.«

»Stimmt.«

Meine Hände zitterten, als ich ein Hemd faltete, das nicht gefaltet werden musste. Er beobachtete mich die ganze Zeit.

Aber er drängte mich nicht.

Und irgendwie war das noch schlimmer.

Ich steckte das Hemd in meinen Koffer, als ob es wichtig wäre. Als ob irgendetwas davon von Bedeutung wäre.

Hinter mir bewegte er sich. Das Handtuch landete mit einem leisen Plumps auf dem Boden. Das Bett knarrte, als er sich setzte.

»Summer braucht mich. Ich fahre morgen«, sagte ich, immer noch mit dem Rücken zu ihm gewandt.

»Ich weiß.«

Eine weitere Atempause. Eine weitere Stille. Eine weitere Sekunde, die ich nicht über mich brachte zu durchbrechen.

Ich drehte mich um.

Er saß auf der Bettkante, nackt und wartend, die Ellbogen auf die Knie gestützt, als würde er sich nicht trauen, sich zu bewegen. Sein Blick traf meinen.

Fest. Ruhig. Roh.

Ich durchquerte den Raum und kletterte ungefragt auf seinen Schoß. Er blieb stumm und ließ seine Hände meine Oberschenkel hinaufgleiten – langsam, warm –, als müsste er sich vergewissern, dass ich echt war.

Ich küsste ihn, zögerlich und sanft. Sein Mund öffnete sich unter meinem wie ein Geständnis.

Er legte mich sanft auf dem Bett ab, als würde er etwas niederlegen, das er nicht zerbrechen wollte. Sein Körper legte sich mit dieser gleichen wahnsinnig machenden, Max-typischen Kontrolle über meinen – abgemessen, konzentriert, als hätte er alles genau geplant und wollte keinen einzigen Schritt auslassen. Jede Bewegung drückte einen neuen Teil von ihm an mich, warm und fest und beängstigend in der Art, wie es in mir den Wunsch nach Dingen weckte, die ich noch nicht bereit war, laut auszusprechen.

»Rayann ...«, seine Stimme brach.

»Ich weiß«, flüsterte ich und zog ihn näher an mich. »Hör einfach nicht auf.«

Als er in mich glitt – Gott, die Schönheit dieses Moments –, fühlte es sich wie etwas an, das man nur einmal erlebt und nie wirklich überwindet.

Ich schlang meine Beine um seine Taille und hielt ihn dort fest, meine Hüften hoben sich, um jedem langsamen, bewussten Stoß entgegenzukommen. Seine Stirn drückte sich gegen meine, unser Atem vermischte sich – flach, zittrig, als stünden wir beide kurz davor, zu zerbrechen.

Ich bettelte nicht. Aber ich wollte es.

Seine Lippen folgten der Linie meiner Wange, meines Halses, der Vertiefung zwischen meinen Brüsten – und sagten mir alles, wofür er keine Worte hatte. Ich bog mich ihm entgegen, meine Nägel kratzten seinen Rücken hinab, mein Körper zog sich bei jedem langsamen, bewussten Druckaufbau um ihn zusammen.

Als ich kam, war es nicht laut. Nur ein leises Sich-Auflösen. Ein stilles Flehen, das er mit einem Stöhnen an meinem Hals und einem Schauer, der ihn erschütterte, beantwortete.

Er blieb in mir. Blieb bei mir.

Für eine kleine Weile sagten wir überhaupt nichts.

Wir blieben so liegen – unsere Körper ineinander verschlungen, die Haut feucht vom Schweiß, der Raum still bis auf das Geräusch unseres Atems, der versuchte, sich wieder zu beruhigen.

Seine Hand wanderte in langsamen, gedankenverlorenen Strichen über meinen Rücken. Meine Wange drückte sich an seine Brust, wo sein Herz schlug, als würde es nicht ganz darauf vertrauen, dass dieser Frieden anhalten würde.

Meins auch nicht.

Ich wollte glauben, dass das genug war. Dass unsere Körper die Kluft zwischen all den Dingen, die wir nicht aussprachen, überbrücken könnten. Aber der Schmerz in meiner Brust sagte etwas anderes.

Das war nicht diese hektische Art von Sex mit noch anbehaltenen Kleidern.

Das war die Art, die bitte bleib flüsterte, ohne dass einer von uns mutig genug war, es laut auszusprechen.

Er küsste meinen Scheitel.

»Geht's dir gut?«, fragte er, seine Stimme tief und rau.

Ich nickte an seiner Haut. »Ja.«

»Bist du sicher?«

Nein. Gott, nein.

Aber ich sagte: »Mmhmm.«

Seine Arme schlossen sich fester um mich, als glaubte er mir nicht – aber er war nicht bereit, nachzubohren.

Wir lagen da, wieder still.

Und die Stille?

Sie war nicht mehr sanft.

28

Einsteigegruppe: Nur Abflug

D AS FEUER BRANNTE NUR noch schwach und warf flackernde Schatten auf den steinernen Kaminsims. Keiner von uns rührte sich, um Holz nachzulegen. Max setzte sich auf die Couch, die Ellbogen auf die Knie gestützt, sein Blick in die Ferne gerichtet, als würde sie ihm Antworten schulden. Ich kauerte mich mit einem Zierkissen auf den Boden, ein wachsendes Gefühl des Unheils in mir, das ich nicht ganz ersticken konnte. Ich zog die Wolldecke von der Couch und schlang sie mir um die Schultern wie eine Rüstung, die ich schon viel zu lange hätte anlegen sollen.

Wir hatten nicht viel geredet, seit wir aus dem Schlafzimmer gekommen waren.

Nicht, weil alles in Ordnung war.

Sondern weil wir, wenn wir etwas sagen würden, vielleicht zu viel sagen würden.

Sein Handy auf dem Tisch summte. Er sah nicht nach. Er ließ es einfach summen, als hätte es alle Zeit der Welt, um das, was von uns übrig war, zu ruinieren.

Frag nicht. Fang nicht damit an. Sitz einfach nur hier und lass ihn in Ruhe gehen.

Schließlich nahm er es in die Hand und starrte auf das Display.

»Ist das die Botschaft?«, fragte ich, obwohl ich es bereits wusste.

Er nickte. »Ja. Sie haben es bestätigt. Das Interview mit dem Außenministerium in D.C. ist fest. Eher eine Formalität.«

Da war es also.

Meine Brust zog sich zusammen, aber ich verzog keine Miene.

Rayann Wilder: Professionelle Ablenkerin. Emotionale Akrobatin. Meisterin der Clownsmaske.

»Glückwunsch«, sagte ich mit einem Lächeln, das nur bis zu meinen Zähnen reichte. »Ich hoffe, sie sind auf dich vorbereitet.«

Zuerst antwortete er nicht. Dann, leiser: »Ich habe noch nicht zugesagt.«

Aber seine Stimme klang nicht unentschlossen. Sie klang wie die von jemandem, der bereits mit einem Bein aus der Tür ist.

Sag ihm, dass du willst, dass er bleibt.

Sag ihm, dass es nicht mehr nur um Sex geht, nicht für dich – nicht seit dem Strand, nicht seit heute Morgen, nicht seit fünf Minuten, als er dich angesehen hat, als würde er dich bereits vermissen.

Sag etwas, Rayann.

Mein Mund öffnete sich.

Schloss sich wieder.

Max sah mich an. Sah mich wirklich an. Seine Stirn legte sich in Falten, als könnte er den Schrei hören, den ich hinunterschluckte. Seine Lippen teilten sich –

»Rayann –«

Ich blinzelte. »Summer hat meinen Flug bestätigt.«

Er lehnte sich langsam zurück und nickte. »Morgen?«

»Ja. Sie will, dass ich zurückkomme für ... du weißt schon. Kram.«

Ich konnte nicht einmal klar denken. Konnte den Klienten nicht benennen. Das Projekt. Gar nichts. Ich saß einfach nur in seinem Hemd da und umklammerte die Decke, als könnte sie mir Halt geben, während die Flut weiter stieg.

Die Stille zog sich, schwer und unvollendet.

Max rieb sich den Nacken und setzte dann zu einer Bemerkung an. »Ich wollte gerade sagen –«

Ich wandte mich ab, bevor er zu Ende sprechen konnte. Als ob mich das Thema langweilen würde. Als ob mein Herz nicht schon so kräftig pochte, dass es mir von innen heraus blaue Flecken hätte schlagen können.

Er rührte sich nicht. Lehnte sich einfach nur zurück auf der Couch, den Kopf an das Kissen gelehnt, die Augen geschlossen, als könnte er mich noch auf seiner Haut spüren und wüsste nicht, was er damit anfangen sollte.

Ich wusste auch nicht, was ich damit anfangen sollte.

Gott, sag es einfach. Sag mir, dass du mich willst. Sag mir, ich soll noch einen Tag bleiben.

Sag etwas.

Aber er tat es nicht. Wir taten es nicht.

Wir aßen nicht.

Redeten nicht über den Flug. Das Interview. Was zum Teufel wir überhaupt waren.

Redeten einfach nicht.

Als er mich wieder küsste, war es vorsichtig. Zu vorsichtig. Als hätte er Angst, ich könnte zerbrechen.

Als wäre er es bereits.

Als wären wir es beide.

Wir schliefen nicht ein, während wir uns berührten.

Als ich Stunden später aufwachte, meinen Rücken an seine Brust gekehrt, seine Hand so nah, aber sie berührte mich nicht ... da griff er nicht nach mir.

Und das?

Das war der Teil, der wirklich wehtat.

Max lud beide Koffer wortlos in den Kofferraum. Die Dämmerung brach gerade herein, der Himmel war mit diesem sanften, blassen Licht verschmiert, das alles zu zerbrechlich zum Anfassen erscheinen ließ. Er musste heute nicht abreisen. Nicht wirklich. Aber er hatte seinen Flug trotzdem vorgezogen. Sagte, es sei sinnvoll. Sagte, er habe vor dem Treffen in D.C. noch einiges zu erledigen.

Aber ich wusste es besser.

Er wollte nicht ohne mich in dem Cottage bleiben.

Und ich konnte nicht bleiben – auch wenn ein Teil von mir es sich verzweifelt wünschte.

Ich stand mit meinem Reisebecher und dem gezwungensten Lächeln der Welt auf der Veranda.

Er öffnete die Beifahrertür. Ich glitt hinein, ohne ihm in die Augen zu sehen.

Die Fahrt zum Flughafen war still. Nicht angespannt, nur voller Dinge, für die wir nicht mutig genug waren, sie laut auszusprechen.

Ich wollte nach ihm greifen, aber wenn ich es täte, würde ich ihn nie wieder loslassen.

Mein Kaffee war schon kalt, als wir die Hauptstraße erreichten.

Ich hielt ihn trotzdem fest. Als wäre er eine Rettungsleine.

Er fragte, ob ich meine Bordkarte hätte. Ich sagte ja.

Er bot mir das AUX-Kabel an. Ich schüttelte den Kopf.

Irgendwo zwischen dem Cottage und dem Flughafen hörte ich auf, so zu tun, als würde das hier nicht wehtun.

Weine nicht, Rayann. Weine verdammt noch mal nicht.

Kurz bevor wir auf den Parkplatz fuhren, räusperte er sich.

»Rayann, ich –«

Ich unterbrach ihn. Zu schnell.

»Schon gut«, sagte ich und zwang mir ein Lächeln auf, das sich wie Glas in meinem Mund anfühlte. »Wirklich.«

Er sah nicht überzeugt aus. Nur still. Immer noch unentschlossen, ob er nachhaken sollte.

Sagte nichts.

»Du wirst in der Botschaft wichtige Arbeit leisten«, sagte ich. »Wichtiger als alles, was du für uns bei Horizons tust. Du solltest gehen. Du solltest das Angebot annehmen. Ich möchte nicht der Grund sein, warum du es nicht tust.«

Er fuhr in eine Parklücke, rührte sich aber nicht.

»Das wollte ich nicht sagen.«

»Ich weiß«, sagte ich. »Aber manche Dinge lässt man besser ungesagt.«

Max blieb still.

»Was wir hier hatten?«, sagte ich mit einem Lächeln, als ob es nicht wehtun würde. »Es war eine perfekte kleine Seifenblase. Aber Seifenblasen halten nicht ewig.«

Das war die Geschichte, an die ich mich hielt. Sie war sauber. Harmlos. Fast schon verdammt poetisch.

Er starrte eine Sekunde lang auf das Armaturenbrett, stieg dann aus und holte meinen Koffer mit einer Sanftheit aus dem Kofferraum, die mir die Kehle zuschnürte.

»Du liegst falsch, weißt du.«

»Womit?«

»Mit allem.«

Ich antwortete nicht.

Wir gingen zusammen hinein. Seite an Seite, aber nicht nah genug, um uns an den Schultern zu berühren.

Nicht mehr.

Der Flughafen von Inverness war klein. Ruhig. Eines dieser regionalen Drehkreuze mit langsamen Sicherheitskontrollen und Gate-Mitarbeitern, die zu schläfrig waren, um sich für dein emotionales Gepäck zu interessieren.

Natürlich saßen wir im selben ersten Flug.

Natürlich saßen wir nicht zusammen.

Ich ließ mich auf meinen Sitzplatz weit vorn fallen, als könnte er mich auffangen.

Aus den Augenwinkeln beobachtete ich, wie Max nach hinten ging – dorthin, wo die Fluggesellschaft ihn neben eine Frau gesetzt hatte, der vor dem Frühstück ganz offensichtlich nicht das Herz herausgerissen worden war. Sie lächelte. Sagte etwas Flirtendes. Klemmte sich eine Haarsträhne hinters Ohr, als dächte sie, es würde ihn kümmern.

Max flirtete nicht zurück.

Er lächelte auch nicht.

Nickte nur einmal höflich, sein Blick in weiter Ferne.

Trotzdem krallte sich die Eifersucht heiß und gemein unter meinen Rippen fest.

Als wir für unsere Anschlussflüge in Glasgow landeten, wartete ich vor dem Gate.

Kein Plan.

Keine Rede.

Nur ein Herz, das nicht aufhören konnte, ihn zu brauchen.

Meine Oberschenkel schmerzten noch von unseren gemeinsamen Tagen. Meine Haut summte noch immer bei der Erinnerung an seine Berührung.

Mein Herz–

Reiß dich verdammt noch mal zusammen, Rayann. Lass ihn gehen.

Er holte mich ein, fast überrascht, dass ich gewartet hatte.

»Ray...«

Ich hätte ihn beinahe berührt.

Hätte beinahe nach seiner Hand gegriffen.

Hätte ihm beinahe gesagt, dass ich nicht wollte, dass dies ein Abschied ist.

Stattdessen lächelte ich, als würde es nicht wehtun.

»Ich wollte dir nur viel Glück wünschen. Das ist alles.«

»Guten Flug.«

Dann drehte ich mich um und ging zu meinem nächsten Gate.

Und blickte nicht zurück.

29

Die Rüstung passt noch

JETLAG UND LIEBESKUMMER HATTEN mich in zehntausend Metern Höhe überfallen. Als ich am Gepäckband von der Rolltreppe stieg, trug ich die Beweise immer noch mit mir herum.

Die Haare zu einem nachlässigen Dutt zusammengekratzt. Ein übergroßer Hoodie. Eine Sonnenbrille, die nichts tat, um die 24-Stunden-Schlaflosigkeit zu verbergen, die mir ins Gesicht geschrieben stand. Kaffeebefleckte Leggings. Keine hohen Absätze, kein Lippenstift, mir war alles scheißegal.

Nicht gerade die triumphale Rückkehr, auf die Summer wahrscheinlich gehofft hatte.

Annie wartete am Bordstein und nippte an einer Diet Dr Pepper, als wäre sie nicht schon seit dem Moment, in dem sie laufen konnte, ein Plagegeist, der sich als emotionale Unterstützung ausgab. Nesthäkchen der Familie hin oder her, sie hatte einen sechsten Sinn für emotionales Gemetzel. Und anscheinend war ich ein wandelndes Warnsignal.

»Du siehst aus, als hättest du einen Kampf mit einer Wimperntusche und einer Flasche Trockenshampoo verloren.«

»Dir auch hallo«, murmelte ich.

Sie blinzelte einmal langsam und abschätzend. »Leggings? Bei einem Tagesflug?«

Ich wuchtete meinen Koffer in den Kofferraum ihres Jeep Wranglers und sagte nichts.

»Willst du jetzt darüber reden oder soll ich drei Stunden lang True-Crime-Dokus laufen lassen, bis du es tust?«

»Jetlag«, sagte ich tonlos.

»Oh, total.« Sie öffnete die Beifahrertür mit einer verdächtig guten Laune. »Du bist nicht als schicke Urlaubsgöttin nach Schottland geflogen und als abgelehnte Peloton-Trainerin zurückgekommen, nur wegen des Jetlags.«

Autsch.

Ich glitt auf den Sitz und zog den Hoodie enger um mich.

»Annie.«

»Schon gut. Keine Fragen.« Sie stieg ein und legte den Gang ein. »Aber nur, damit das klar ist«, nippte sie und schob lässig ihre Sonnenbrille zurecht, »ich schreibe Brynn, bevor wir auf der Autobahn sind.«

Ich schloss die Augen.

»Ich hasse es, wie schnell deine Finger sind.«

»Du hättest Concealer einpacken sollen. Anfängerfehler.«

Als ich am nächsten Morgen das Büro von Maris Key betrat, war ich wieder ganz ich selbst.

Makelloses Haar. Frischer Lippenstift. Eine tadellose Leinenhose, die es nicht wagte zu knittern. Genau die Version von mir, die Summer erwartete, als sie mich vorzeitig zurückholte. Die Version, die ich als Waffe einzusetzen wusste.

Die Lobby roch nach Jasmin und Ehrgeiz. Jemand hatte die Blumenarrangements aufgefrischt. Emmes Stimme drang aus dem hinteren Flur, scharf und charmant, mitten in einem Anruf mit einem Lieferanten. Unsere neue Praktikantin Daisy lächelte nervös, als ich an ihrem Schreibtisch vorbeiging.

Ich lächelte zurück.

Groß. Strahlend. Kugelsicher.

Siehst du? Nicht am Boden zerstört. Nicht ruiniert. Nicht am Ende. Einfach gut.

So verdammt gut drauf, dass es illegal hätte sein müssen.

Summer traf mich vor dem Konferenzraum, Tablet in der Hand, die Augenbrauen hochgezogen, als hätten sie schon seit dem Morgengrauen Leute verurteilt.

»Willkommen zurück. Bist du bereit, die Deveraux-Gruppe um den Finger zu wickeln?«

»Bitte. Die werden nicht wissen, wie ihnen geschieht.«

Sie musterte mich von oben bis unten. Nicht nur ein flüchtiger Blick. Einer dieser abschätzenden Blicke der Chefin, die sich für eine Schwester immer ein wenig zu kühl anfühlten.

»Bist du sicher, dass es dir gut geht?«

Summer war nicht die Schwester, mit der ich normalerweise meine Krisen durchlebte. Wir führten keine Gespräche von Herz zu Herz. Wir kümmerten uns um Terminkalender. Verträge. Krisenmanagement. Unsere Beziehung basierte auf hohen Erwartungen und gegenseitiger Effizienz. Nicht auf emotionalen Autopsien.

Da war es also.

Ein wenig zu direkt.

Ein wenig zu wissend.

Wusste sie etwas?

Gott. Hatte Annie es ihr erzählt?

Oder schlimmer, war es Brynn?

»Nie besser«, sagte ich mit einem Lächeln, das so poliert war, dass es einen Oscar gewinnen könnte.

Lüge Nummer eins für heute.

Ich trat in mein Büro und schloss die Tür, als könnte sie den Rest der Welt tatsächlich in Schach halten.

Es war klein, aber wunderschön. Wie alles bei Wilder war jedes Detail bis ins letzte Detail kuratiert worden. Klare Linien. Helles Holz. Ein weicher Ledersessel, der einen genau richtig umschloss. Das Aquarell der Amalfiküste hinter meinem Schreibtisch stammte von einer dankbaren Klientin, die mich einst als »unerbittlich effektiv mit einer charmanten Ader des Schreckens« beschrieben hatte.

Ich ließ meine Tasche fallen, streifte meine Schuhe ab und stand barfuß in der Mitte des Raumes. Atmete einfach nur. Versuchte einfach, mich daran zu erinnern, wie es sich anfühlte, wieder ich selbst zu sein.

Ein Klopfen.

»Herein.«

Daisy spähte mit großen Augen und einem Tablett in der Hand herein. »Ähm, Hafermilch-Latte mit dreifachem Espresso?«

Ich blinzelte. »Oh mein Gott. Sie sind ein Engel in Plateausandalen.«

Sie strahlte. »Willkommen zurück.«

»Danke, Daisy«, sagte ich und nahm mir bereits im Stillen vor, ihre Kaffeebestellung herauszufinden und sie für immer zu behalten.

Als die Tür ins Schloss klickte, sank ich in meinen Stuhl und zog mein Handy heraus, als hätte ich nicht den ganzen Morgen darauf gewartet, genau das zu tun.

Max' Kontaktfoto leuchtete auf dem Bildschirm auf, als hätte es etwas zu sagen.

Ich starrte es drei lange, lächerliche Minuten an.

Tippte: *Wie ist es gelaufen?*

Gelöscht.

Tippte: *Bist du schon zurück?*

Gelöscht.

Tippte: *Ich vermisse dich.*

So heftig gelöscht, dass ich fast den Bildschirm zersplittert hätte.

Stattdessen schickte ich Brynn ein Meme über Excel-Tabellen und heftete es unter normales Verhalten ab.

Ich legte das Telefon weg, als wöge es mehr, als es sollte.

Da sah ich es.

Eine Haftnotiz, leicht schief auf meinem Monitor, hingekritzelt in meiner eigenen Handschrift aus einem früheren Leben.

Bei Harrington wg. Galapagos-Logistik nachfragen.

Meine Brust zersprang so schnell, dass es sich anfühlte, als hätte ich es knacken gehört.

Nur eine Notiz. Nur ein Punkt auf meiner Tagesordnung. Aber er gehörte zur Zeit davor.

Vor dem Schloss.

Vor dem Cottage.

Bevor er mich ansah, als wäre ich etwas, für das es sich zu bleiben lohnte. Und dann blieb er doch nicht.

Ich starrte darauf, als könnte es sich verändern. Als würde es sich vielleicht von selbst umschreiben und etwas Nützliches sagen.

Bei Harrington nachfragen, was zur Hölle wir eigentlich waren.

Aber das tat es nicht.

Es klebte einfach da, selbstgefällig und gelb und in der Zeit feststeckend.

Ich löste es ab und faltete es einmal. Dann noch einmal. Und noch einmal, bis es ein festes kleines Quadrat der Verleugnung in meiner Handfläche war.

Die Gegensprechanlage summte. Daisys Stimme folgte.

»Die Deveraux-Kunden sind angekommen. Ich habe sie in den Konferenzraum begleitet.«

Ich rührte mich nicht.

Dann ließ ich die Notiz in die Schublade gleiten, trug meinen Lippenstift wie eine Rüstung erneut auf und stand auf.

Zeit, meine Rolle zu spielen.

30

Haltet mich bitte für unberührt

DAS KLACKEN MEINER ABSÄTZE hallte lauter als sonst, als ich das Foyer zum Konferenzraum durchquerte. Vielleicht lag es nur an mir. Vielleicht kam mir einfach alles zu laut vor. Meine Gedanken. Mein Puls. Die stille Abwesenheit von Max.

Reiß dich zusammen, Rayann.

Dieser Deal würde sich nicht von selbst abschließen.

Ich atmete ein letztes Mal tief durch, strich meinen Blazer glatt und stieß die Tür auf.

Die Devereauxs saßen bereits am Tisch: der Ehemann, die Ehefrau und eine persönliche Assistentin, die jene Art von ruhiger Effizienz ausstrahlte, die verriet, dass sie schon vor dem Frühstück drei Notfälle gelöst hatte. Das nötigte mir Respekt ab. Ich mochte es, einen Raum zu betreten, ohne die Grundlagen erklären zu müssen.

»Guten Morgen, ich bin Rayann Wilder, die Vertriebsleiterin hier bei Wilder Horizons«, sagte ich und ließ mich auf meinen Stuhl gleiten, mit dieser Art von müheloser Selbstsicherheit, die man vortäuscht, nachdem einem von einer Haftnotiz und einer Ohrfeige der Realität das Herz herausgerissen wurde.

»Vielen Dank, dass Sie gekommen sind. Ich hoffe, Sie hatten keine Schwierigkeiten, uns zu finden?«

Mrs. Devereaux blickte auf, ganz unaufdringliche Eleganz und schmallippige Erwartungen. »Der Parkservice war etwas langsam.«

»Ich bitte um Entschuldigung«, erwiderte ich souverän. »Wir werden uns darum kümmern. Sorgen wir dafür, dass der Rest Ihres Besuchs reibungslos verläuft.«

Zeit für die Nummer der liebenswürdigen Gastgeberin.

Ich lächelte. Poliert. Eingeübt. Dasselbe Lächeln, das ich auf vier Kontinenten und in mehr Hotellobbys getragen hatte, als ich zählen konnte.

Aber innerlich?

Oh, ich glänzte mit genau null Fucks, die ich zu geben hatte.

Ich hätte Max beinahe in diesem Cottage zurückgelassen, mit einer halb geschlossenen Reisetasche und etwas, das dem Herzschmerz verdammt nahekam, in seinen Augen. Hätte Summer mich nicht vorzeitig zurückgerufen, wäre ich nicht hier. Und wenn nicht ich diejenige gewesen wäre, die ging, hätte Max kein verdammtes Wort über seinen Anruf von der Botschaft verloren. Er hätte gewartet, Details gesammelt, Optionen abgewogen. Hätte einen auf cool gemacht. Aber in der Sekunde, in der ich sagte, dass ich einen Flug erwischen müsste?

Änderte er seine Pläne, um sie an meine anzupassen. Leise. Beiläufig. Als wäre es keine große Sache.

Als wäre es nur ein logistisches Detail, mich zu verlassen.

Jetzt saß ich wieder in einem Konferenzraum und tat so, als würde mich das Reisebudget der Devereauxs interessieren, obwohl ich eigentlich nur zurück in dieses Cottage-Bett kriechen und das Ende neu schreiben wollte.

Also ja. Ich würde lächeln. Ich würde glänzen. Ich würde den Traum verkaufen, als ob er mich rein gar nichts kosten würde.

Aber diese Präsentation? Sie war besser makellos.

Denn ich bin fertig damit, für Leute eine Show abzuziehen, die nicht wissen, was es kostet zu bleiben.

Also nur zu, Mrs. Devereaux.

Testen Sie heute meine Geduld. Ich fordere Sie verdammt noch mal heraus.

Das Meeting endete mit einem Händedruck, einer Unterschrift und dem leichten Hauch von Designer-Parfüm, der am Vertrag haftete. Mrs. Devereaux lächelte nicht. Sie war nicht der Typ dafür. Aber ihre Assistentin tat es – ein subtiles Nicken, das besagte: *Sie haben den Test bestanden.* Und das war genug.

»Willkommen in der Wilder-Horizons-Familie«, sagte ich und erhob mich, als Daisy mit Geschenktüten hereinschwebte wie eine perfekt getimte Zugabe.

Die Devereauxs verabschiedeten sich mit der Herzlichkeit einer Steuerprüfung, aber das war mir egal. Der Deal war unter Dach und Fach. Ein weiterer Sieg auf dem Konto. Ein weiterer Grund für Summer, heute Nacht ruhiger zu schlafen.

Wenn man vom Teufel spricht.

Summer erschien in der Tür, ihr Gesichtsausdruck auf diese COO-Art undurchschaubar, die sie gemeistert hatte. Poliert. Gefasst. Undurchdringlich. Aber etwas zuckte, als sie mein Gesicht musterte. Vielleicht Besorgnis. Vielleicht Misstrauen. Meisterhaft verborgen hinter ihrer typischen Anerkennung.

»Gute Arbeit«, sagte sie. »Das war ein hartes Stück Arbeit. Ich weiß, dass sie das kurzfristig verlangt haben, und ich weiß es zu schätzen, dass du deinen Zeitplan angepasst hast.«

»Kein Problem«, sagte ich. »Gern geschehen.«

Sie nickte einmal und zögerte dann. »Alles in Ordnung?«

Nur drei Worte. Einfach. Neutral. Aber Summers Version eines emotionalen Check-ins war selten genug, um mir im Hals stecken zu bleiben.

»Ja«, log ich. »Nur müde.«

Sie bohrte nicht nach. Das tat sie nie.

Sie nickte kurz und wandte sich bereits ihrer nächsten Aufgabe zu. »Du bist auf die Baxter-Präsentation vorbereitet. Ruh dich etwas aus. Du hast es dir verdient.«

Und einfach so war sie weg.

Ich hielt zweiunddreißig Minuten und eine Tasse Kaffee aus der Kaffeeküche durch, bevor meine Bürotür zuschwang und Brynn sie hinter sich abschloss.

»Oh, wunderbar«, sagte ich ausdruckslos. »Denn nichts schreit so sehr nach Privatsphäre wie ein Zwillingsverhör in einem Goldfischglas aus Glas.«

»Spar dir das«, sagte sie und ließ sich in den Stuhl gegenüber von meinem Schreibtisch fallen. »Du hast meine Anrufe ignoriert. Du hast meine Nachrichten geghostet. Du bist früher nach Hause geflogen und hast dich wie eine Zombiebraut auf Valium benommen, und jetzt ist Max auf mysteriöse Weise von der Bildfläche verschwunden.«

Sie beugte sich vor, ihr Gesichtsausdruck war ausdruckslos. »Was ist passiert?«

Ich seufzte und ließ meinen Kopf gegen die Stuhllehne fallen.

»Ich wollte dich nicht im Stich lassen«, sagte ich. »Ich konnte nur ... noch nicht darüber reden.«

Brynn blieb still. Sie wartete. Weil sie es wusste.

Also erzählte ich es ihr. Nicht alles, aber genug. Von dem Anruf. Von dem Abschied, der keiner war. Davon, dass Max seinen Flug verschoben hatte, nur damit wir zusammen abfliegen, als ob es nichts bedeuten würde. Als ob ich nicht schon aus allen Nähten platzen würde.

»Und nun?«, fragte sie sanft.

Ich schüttelte den Kopf. »Ich weiß es nicht. Er sagte, er konzentriere sich auf das Interview in D.C. Zumindest hat er es so genannt. Es klang eher wie eine Formalität. Er hat mich nicht gebeten zu warten. Hat keine Versprechungen gemacht. Ist einfach ... gegangen.«

»Jesus«, murmelte sie. »Ray.«

»Sag Summer nichts«, sagte ich schnell. »Bitte. Es steht mir nicht zu, seine Angelegenheiten zu teilen. Er ist ihr unterstellt, aber soweit sie weiß, nimmt er sich nur ein paar zusätzliche Tage für persönliche Dinge frei.«

»Und du bist damit einverstanden?«

»Nein«, gab ich zu. »Aber es geht nicht darum, was ich will. Er braucht Abstand. Und ich versuche, das zu respektieren, auch wenn es mich umbringt.«

Brynn langte über den Schreibtisch und drückte meine Hand.

Sie drückte einmal zu und sagte dann: »Du bist ein besserer Mensch als ich. Ich wäre mit einem Baseballschläger und einer Flasche Whiskey zu seiner Wohnung gefahren.«

Ich lächelte, klein, aber echt. »Das behalte ich im Hinterkopf.«

Ich war gerade dabei, die Notizen vom Devereaux-Meeting abzutippen, als mein Handy mit einer Nachricht summte.

Max: *Ich bin wieder in der Stadt. Gehst du heute Abend mit mir essen?*

Nur das. Keine Einleitung. Keine Emojis. Kein Ich hoffe, es geht dir gut oder Ich denke an dich. Einfach nur cool, gelassen, vollkommen Max.

Und es hat mich völlig fertiggemacht.

Meine Finger schwebten nutzlos über dem Display. Ich wusste nicht, was ich sagen sollte. Ich wusste nicht einmal, was ich wollte. Ein Teil von mir schrie Ja; der andere trat voll auf die Bremse, als hätte ich gerade ein emotionales Schlachtfeld auf der Straße vor mir entdeckt.

Ich legte das Handy mit dem Display nach unten hin. Nahm es wieder hoch.

Dann drehte ich es wieder um und murmelte: »Das ist jetzt nicht dein verdammter Ernst.«

Nach geschlagenen sechs Minuten inneren Pingpongs tippte ich:

Ich: *Klar.*

Jep. Mehr war nicht drin. Ein-Wort-Brillanz. Pulitzer-reife emotionale Tiefe.

Max: *Wie wäre es um 19:30 Uhr im Mar Azul?*

Schick. Am Wasser. Kerzenlicht optional, aber sehr wahrscheinlich. Die Art von Lokal mit einer Weinkarte so dick wie eine Novelle und Kellnern, die ohne Ironie *infusionierte Schaumreduktion* sagen.

Ich schickte es ab, bevor ich weiter darüber nachdenken konnte.

Das verschaffte mir etwa fünfzehn Minuten. Dann musste ich aufstehen und mir die Beine vertreten.

Ich ging gerade an Annies Büro vorbei, als Daisys Stimme aus dem Pausenraum drang.

»Ja, ich habe ihn gerade gesehen.«

»Wen?«, fragte jemand.

»Diesen Security-Typen, mit dem Rayann gereist ist. Max Harrington. Den *Ich-beschütze-Milliardäre-und-lasse-Sicherheitsbegleitung-wie-eine-Fantasy-Story-klingen-Typen*. Er ist hier. Und er hat ein Meeting mit Juliette und Summer hinter verschlossenen Türen.«

Eine kollektive Pause. Ein leises Keuchen. Das unverkennbare Quietschen eines Boba-Strohhalms, der in ehrfürchtiger Scheu durch Plastik gleitet.

Jemand seufzte, als hätte er gerade das Antlitz des Adonis erblickt.

»Gott, er ist so unfair heiß«, flüsterte jemand.

»Wie eine Waffe. Weiß er das überhaupt?«

»Keine Ahnung«, sagte Daisy. »Er läuft einfach nur herum und strahlt Anfassen verboten aus, und wir alle versuchen uns daran zu erinnern, wie man unsere eigenen Namen buchstabiert.«

Einsetzen: interner Schrei.

Meine Füße blieben stehen. Mein Gehirn jedoch nicht.

Max. Meeting. Mit *Juliette und Summer*.

Hinter verschlossenen Türen. Ohne *mich*.

Was zum Teufel ging hier vor?

Ich wirbelte auf dem Absatz herum, marschierte im Eiltempo zurück in mein Büro, warf die Tür zu und starrte mein Spiegelbild auf dem dunklen Monitor an, als ob es Antworten hätte. Hatte es nicht.

Was war das? Eine Beurteilung? Eine Versetzung? Kündigte er? Sagte er ihnen, ich sei wegen Fehlverhaltens mit einem Vibrator und übermäßigen emotionalen Schadens in Gegenwart taktischer Attraktivität für Außeneinsätze ungeeignet?

Oh mein Gott.

Verpfeift er mich, weil ich Geschäftliches mit Orgasmen vermischt habe?

Ich ließ mich auf meinen Stuhl fallen und bereute es sofort, als der Aufprall meinen Monitor schief rüttelte. Ich richtete ihn wieder gerade. Dann noch einmal. Dann bemerkte ich, dass ich die Maus immer noch umklammerte, als würde ich den Start einer Atomrakete vorbereiten.

Atme, Rayann.

Du bist professionell. Fähig. Souverän.

Was, wenn er um eine Versetzung bittet?

Was, wenn er nicht mehr mit mir arbeiten will?

Was, wenn dies ein »Wir müssen professionell bleiben, und das hat Spaß gemacht, aber …«-Dinner ist?

Ich klappte meinen Laptop zu, als könnte das die existenzielle Krise beenden, die mir unter die Haut kroch.

Max Harrington war im Gebäude.

In einem Meeting mit der CEO und der COO.

Kurz vor unserem ersten Abendessen seit der ganzen Sache.

Es bestand eine nicht zu vernachlässigende Wahrscheinlichkeit, dass dies nicht nur ein Abendessen war.

Dies war das letzte Abendmahl.

31

Genau zur rechten Zeit

MAX HARRINGTON WAR IM Gebäude. Irgendwo hinter einer geschlossenen Tür bei Juliette und Summer, wo er über Gott weiß was sprach, während ich in meinem Büro saß und so tat, als stünde ich nicht kurz davor, spontan in die Luft zu gehen.

E-Mails verschwammen vor meinen Augen. Mein Kaffee wurde kalt. Ich las dieselbe Zeile in einem Vertrag dreimal und konnte immer noch nicht sagen, ob ich gerade einen siebenstelligen Reiseplan fertigstellte oder ein Gipfeltreffen auf den Azoren plante.

Ich warf einen Blick in den Flur.

Nur ein kurzer Blick.

Nichts.

Ich schaute noch einmal hin, ganz beiläufig, als würde ich absolut nicht nachsehen, ob Max aus dem Meeting gekommen und auf dem Weg zu mir war.

Immer noch nichts.

Er wusste, wo mein Büro war. Er könnte einfach reinkommen. Hallo sagen. Dieses Lächeln aufsetzen, bei dem meine Eierstöcke am liebsten die Personalabteilung eingeschaltet hätten. Aber das tat er nicht.

Natürlich nicht.

Weil ich ein Idiot war. Ein Idiot mit feuchten Händen, emotional instabil und mit einer Würde zum Schleuderpreis.

Ich schob mich von meinem Schreibtisch zurück und stand auf.

Daisy blickte von ihrem Bildschirm auf, als wollte sie fragen, ob ich etwas brauchte, aber ich winkte nur mit einer vagen Handbewegung ab und murmelte: »Muss was erledigen. Bin später wieder da. Oder auch nicht. Ich weiß es nicht.«

Ich wartete nicht auf ihre Antwort.

Ich brauchte einfach nur Luft. Und Abstand. Und möglicherweise eine rituelle Reinigung.

Das Parkhaus war segenswerterweise leer. Meine Absätze hallten vom Beton wider, als ich schnurstracks auf meinen Audi zusteuerte, als wäre er ein Luftschutzbunker.

Ich stieg ein, schloss die Tür und drehte die Klimaanlage auf volle Pulle. Draußen waren es zweiundzwanzig Grad, aber ich schwitzte, als hätte mich jemand herausgefordert, meine Gefühle zu regulieren, und das Desaster danach gefilmt.

Ich saß einfach da.

Atmete.

Versuchte es.

Scheiterte.

Was, wenn er kündigte? Was, wenn er sich mit meinen Schwestern traf, um ihnen zu sagen, dass diese ganze Sache ein Fehler war? Was, wenn dieses Abendessen gar kein Abendessen war, sondern ein professionell formulierter Abschied und eine schnell über den Tisch geschobene Verschwiegenheitserklärung der Firma?

Mein Atem wurde flach.

Nein. Auf keinen Fall. Das mache ich nicht mit.

Ich klappte die Mittelkonsole auf und fand einen halb zerdrückten Proteinriegel, eine abgelaufene Packung Kaugummi und einen sehr alten Biscotto aus diesem Geschenkkorb voller handwerklich hergestelltem Kaffee und prätentiösen Keksen. Ich hielt ihn wie eine Reliquie.

»Alles ist gut«, murmelte ich und riss die Verpackung mit den Zähnen auf wie ein wilder Waschbär mit Lippenstift.

Er schmeckte nach Gipskarton und Sand, aber ich kaute weiter.

Druck legte sich um meinen Brustkorb.

Ich schnappte mir eine Papiertüte vom Beifahrersitz – die von einem Kundengeschenk, das ich nie ausgeliefert hatte, weil mein Leben implodiert war – und begann, hineinzuatmen, als würde ich mitten in einer Wanderung durch meine eigenen Neurosen in Ohnmacht fallen.

Einatmen. Ausatmen. Leises Wimmern.

Das Papier knisterte bei jedem Atemzug. Irgendwo schaute sich wahrscheinlich ein Parkwächter die Überwachungsaufnahmen an und schloss Wetten auf meinen Zusammenbruch ab.

Ich blickte nach unten. Meine Hände zitterten.

»Rayann, du bist so ein verdammter Angsthase«, zischte ich zu mir selbst, meine Stimme von der Tüte gedämpft.

Noch vor zwei Tagen hatten wir uns verschlungen wie Abendessen, Drinks und Dessert und den Teller sauber geleckt. Wir hatten nackt im Champagner Planschbecken gespielt, als wäre es eine nicht jugendfreie, vom Resort gesponserte Fantasiewerbung, und jetzt versteckte ich mich vor einem harmlosen Abendessen. In der Öffentlichkeit. Mit Zeugen.

Werd erwachsen.

Ich warf die Tüte auf den Rücksitz und griff nach meinem Handy, um Summer eine SMS zu schreiben.

Gehe früher. Brauche Ruhe. Auf deine Empfehlung hin.

Sie hatte mir sowieso geraten, mich nach dem Devereaux-Meeting auszuruhen. Es würde keinen Verdacht erregen.

Aber wenn Max später an meinem Büro vorbeikam und es leer vorfand?

Gut. Soll er doch mal sehen, wie sich das anfühlt. Soll er doch mal hören, wie sich Abwesenheit anhört. Soll er doch an der Stille ersticken, die ich den ganzen Tag schon hinunterschluckte.

Ich fuhr mit mehr Gas als nötig aus der Parklücke.

Mein Audi schnurrte, als wüsste er nicht, dass ich ihn als Fluchtfahrzeug vor einem Mann benutzte, der Gefühle in mir auslöste, für deren Verarbeitung mir jegliches Training fehlte.

Drei Stunden vor dem Abendessen

Mir ging es gut.

Absolut gut.

Nur eine erwachsene Frau in swener sehr teuren Eigentumswohnung, mit einem untypisch organisierten Kleiderschrank und absolut nichts anzuziehen für das, was eine Beziehungs-Autopsie mit dem Mann sein könnte, der jede Verteidigungsstrategie demontiert hatte, von der ich nicht einmal wusste, dass ich sie hatte.

Ich warf ein weiteres Kleid auf das Bett.

Zu sexy. Er würde denken, ich würde mich zu sehr bemühen.

Griff nach einem Bleistiftrock.

Zu geschäftsmäßig. Er würde denken, ich wollte über eine Fusion verhandeln.

Ich hielt einen luftigen Leinen-Jumpsuit hoch.

Zu sehr ... *Ich bin spirituell losgelöst und blühe auf.*

Ich blühte nicht auf. Ich war in einer Abwärtsspirale. Und ich wollte nicht losgelöst aussehen – ich wollte, dass ihm die Spucke wegblieb, wenn er sah, wie gut ich aussah.

Ich brauchte einen Hund.

Oder eine Katze. Etwas Weiches, nicht Urteilendes, das mir in die Augen sehen und flüstern würde: »Ja, du bist emotional kompetent genug, um zum Abendessen zu gehen, ohne deine Würde vor einer Wurst- und Käseplatte zu verlieren.«

Stattdessen griff ich zu meinem Handy.

Ich: Bist du zu Hause?

Brynn: Ich lebe und lümmele rum. Und du?

Ich: Stehe in einem Haufen abgelehnter Outfits. Habe eine ausgewachsene Persönlichkeitskrise.

Brynn: Oh gut. Dienstag.

Sie rief an, bevor ich antworten konnte.

»Du klingst, als wärst du kurz davor, in deinen ›Ich brauche eine Lobotomie oder eine große Käseplatte‹-Modus zu verfallen«, sagte sie.

»Ich versuche herauszufinden, was ich anziehen soll.«

»Zum Abendessen mit Max?«

»Nein, zu meiner verdammten emotionalen Hinrichtung. Natürlich geht es um Max.«

Brynn zögerte keine Sekunde. »Okay, hör mir zu. Unaufdringlich sexy. So nach dem Motto, dein Kleid sagt, ich bin drüber weg, aber deine Beine sagen, reingefallen.«

Ich starrte in den Schrank. »Also eine laszive Mörder-Aura mit einem Lächeln?«

»Genau.«

Dann klingelte mein Telefon wieder.

Emme.

Gott im Himmel.

Ich ging trotzdem ran.

»Hey, Schwesterherz!«, zwitscherte sie. »Ich habe gehört, Schottland war ein voller Erfolg! Abgesehen von der Sache mit dem Schlossbrand.«

»Es war … ereignisreich«, brachte ich hervor.

»Ich wollte heute eigentlich vorbeikommen, aber die Meetings. Wie war es denn? Ich habe noch nicht mal eine richtige Nachbesprechung bekommen. Max war doch bei dir, oder?«

Mein Hals versuchte, sich zuzuschnüren.

»Jep. Super lustig. Jede Menge Regen. Muss los. Mein Schuh hat gerade einen Zehennagel gefressen.«

Ich legte auf.

Zwei Stunden vor dem Abendessen

Ich schenkte mir ein Glas Wein ein, als wäre es ein Beruhigungsmittel, und ließ mich auf die Couch fallen.

Aus einem Schluck wurden drei, und dann öffnete ich BuzzVid.

Nur ein paar blöde Videos zum Zeitvertreib.

Zwei Golden Retriever tanzten synchron zu Taylor Swift. Süß. Weiter.

Eine Frau bewertete die Teppichdesigns von Flughäfen mit der Intensität einer Kriminalanalytikerin. Weiter.

Eine Frau erklärte den Aktienmarkt mithilfe eines Krabbencocktails und einer Pinnwand. Respekt. Weiter.

Und dann fand ich sie.

Linda.

Die Restauratorin für Spukpuppen.

Sie hatte einen Igelschnitt, krallenartige Nägel und eine langsame, hypnotische Stimme, während sie Wimpern auf ein Porzellangesicht klebte, das aussah, als würde es im Dunkeln Drohungen flüstern.

»Diese hier heißt Mabel«, säuselte Linda. »Mabel ist bei einem Brand in einem Lagerraum verbrannt, hat mir aber gesagt, dass sie wieder lieben möchte.«

Geht mir genauso, Mabel. Genauso.

Fünfundvierzig Minuten lösten sich in einer Wolke aus Klebstoffdämpfen und emotionaler Vermeidung auf.

Dann warf ich einen Blick auf die Uhr.

6:45

»Ach. Du. Scheiße.«

Eine Stunde vor dem Abendessen

Ich schoss von der Couch auf, als wäre ich aus einer Kanone abgefeuert worden, hetzte unter die Dusche und kam tropfnass, fluchend und eine Shampooflasche umstoßend wieder heraus, die stöhnte wie Max an einem guten Tag.

Drei Outfitwechsel. Drei verschiedene Frisuren. Null Klarheit.

Bei Outfit Nummer fünf stand ich einfach nur da und starrte in den Spiegel, als ob er eine Antwort für mich hätte.

Schließlich entschied ich mich für ein weiches, rosa Slipkleid. Feminin, figurbetont, nicht zu freizügig. Keilabsatz-Sandaletten mit Riemchen. Das Haar offen und gelockt, als ob ich so täte, als würde es in der feuchten Luft Floridas länger als fünf Minuten halten.

In Schottland trug ich Flanell. Manchmal war ich unter Max' Hemden buchstäblich nackt. Und er sah mich trotzdem an, als wäre ich die sexieste Frau im ganzen Schloss.

Und jetzt? Ich war fünf Haarnadeln von einem Herzstillstand entfernt, weil ich mich nicht zwischen tief ausgeschnitten und risikoarm entscheiden konnte.

»Das ist dumm«, sagte ich zu meinem Spiegelbild. »Du bist dumm.«

Es widersprach nicht.

Dreißig Minuten vor dem Abendessen

Ich glitt in den gottverdammten Luxus meines Audis, frisch angezogen und gerötet von Wein und Fixierspray. Das Restaurant war nur zehn Minuten entfernt, aber ich war absichtlich früh losgefahren. Ich brauchte einen Drink. Ich brauchte Luft. Ich musste mich irgendwo anders als in meinem eigenen verdammten Badezimmer wieder fangen.

Die Empfangsdame sah kaum auf, als ich eintrat.

»Nur ich«, sagte ich. »Ich treffe noch jemanden. Ich warte an der Bar.«

Die Martini-Karte war eine Therapie für sich.

**Der Dirty Dirty: Wodka, extra Olivenlake, drei mit Blauschimmelkäse gefüllte Oliven,
serviert mit der emotionalen Befriedigung, jemandem in Zeitlupe den Mittelfinger zu zeigen.**

Verkauft.

Ich ließ mich auf einen Hocker am Ende der Bar gleiten, ein Knöchel hinter den anderen geklemmt, meine Riemchensandalette baumelte, als hätte ich nicht vor einer Stunde einen ausgewachsenen Nervenzusammenbruch gehabt.

Und dann:

Max.

Am anderen Ende der Bar.

Aufgekrempelte Ärmel. Jackett ausgezogen. Die Ellenbogen auf den Tresen gestützt, als wäre er schon eine Weile da. Sein Drink war bereits halb leer. Er wirkte ruhig. Gesammelt. Nervtötend sexy.

Ich blinzelte.

Er entdeckte mich. Unsere Blicke trafen sich über die Reihe der Barhocker hinweg. Kein Lächeln. Nur eine kurze Pause, als würde er den Wetterbericht lesen, bevor er in einen Sturm tritt.

Dann stand er auf und kam herüber. Keine Eile. Kein Drama. Einfach nur Max, der den Abstand zwischen uns schloss, als würde er ihm gehören.

Er glitt auf den Platz neben mir.

»Du bist früh dran«, sagte ich.

»Du auch.«

Ich zog eine Augenbraue hoch. »Ich musste sichergehen, dass der Martini nicht vergiftet ist.«

Er nickte in Richtung meines Glases. »Das sage ich dir in zehn Minuten.«

Und dann, Gott steh mir bei, lachten wir beide.

Echtes Lachen.

Leichtes, unbeschwertes, nicht-verkorkstes Lachen.

Die Art, die nicht zerlegt oder definiert werden musste.

Einfach so, für eine Minute, waren wir nicht in einer Abwärtsspirale.

Wir waren einfach nur Rayann und Max.

Und irgendwie waren wir genau zur richtigen Zeit da.

32

Die Uno-Reverse-Karte

DER KELLNER HATTE MIR kaum den Wein eingeschenkt, als Max damit herausplatzte.

»Ich habe den Job angenommen.«

Kein Aufwärmen. Kein anfängliches Geplänkel. Einfach nur das. Satter Bariton, lässige Selbstsicherheit, als würde er eine zweite Runde bestellen, anstatt meinen Frontallappen zu sprengen.

Ich blinzelte. »Rom?«

Er nickte einmal. »Ein vierjähriger Einsatz. Sicherheitschef in der Botschaft. Ich fliege in zwei Wochen nach D.C. Einen Monat später nach Rom.«

Meine Hand zitterte kein bisschen, als ich mein Weinglas hob, danke der Nachfrage. Innerlich erlitt meine Seele einen bildschirmfüllenden Ladefehler.

»Das ist ...«, ich nahm einen Schluck und betete, dass meine Stimme nicht den Schrei verriet, den ich hinunterschluckte. »Eine große Sache.«

Max musterte mich über sein Glas, als wüsste er bereits, was sich in meinem Kopf abspielte.

Willst du bei meinem privaten Nervenzusammenbruch mitmachen ... oder einfach nur zusehen, wie ich in Flammen aufgehe?

Pause.

»Ich will, dass du mitkommst«, sagte er.

Ruhig. Lässig. Als hätte er mich nicht gerade eingeladen, mein ganzes Leben einzupacken und über den Atlantik zu ziehen. Als hätte er nicht einmal Champagner von meinem Bauchnabel geleckt und mich meinen eigenen Namen vergessen lassen.

Ich erstarrte mit dem Glas in der Luft. »Du willst, dass ich ...?«

»Mit mir kommst«, wiederholte er. »Nach Rom.«

Mein Gehirn startete eine Diashow mit dem Titel: Die zehn wichtigsten Gründe, warum das definitiv eine Falle ist.

- Ich habe hier ein Leben.

- Ich spreche nicht einmal Italienisch.

- Ich verlaufe mich sogar bei IKEA.

• Was, wenn das nur mein sexgeiles Hirn ist, das so tut, als wäre es Liebe?

»Du musst dich nicht sofort entscheiden«, sagte er.

Wie süß. Als wäre ich nicht schon ohnmächtig geworden und würde durch eine Leere aus Pasta, Panik und seinem idiotisch perfekten Kiefer ins Bodenlose stürzen.

Ich räusperte mich. »Das ist eine lange Zeit.«

»Ist es.«

»Das ist ... eine Menge.«

»Ist es.«

Ich stellte mein Glas ab. Es war offiziell zu einer Waffe geworden. »Max, ich–«

Er beugte sich vor. Nicht gehetzt. Nicht aufdringlich. Einfach nur Max. Beständig. Konzentriert. Sein Blick war auf meinen gerichtet, als wäre ich das Einzige im Raum, was zählte.

»Ich gebe dir eine Woche, um deswegen auszuflippen«, sagte er. »Dann komme ich zurück und hole dich.«

Atmen? Fehlanzeige.

Max erhob nicht seine Stimme. Er grinste nicht. Er flirtete nicht. Er legte es einfach dar wie einen Bauplan, als hätte er das Haus schon gebaut und ich wäre die Einzige, die noch nicht durch die verdammte Haustür gegangen war.

»Du bist kein Plan B, Rayann«, sagte er. »Du bist der Plan. Also nimm dir die Woche. Dreh durch. Schrei. Mach eine Pro-und-Kontra-Liste und zünde sie an. Ist mir egal. Aber tu nicht so, als würdest du es nicht auch fühlen.«

Mein Herz schlug wie ein Rave in einer Schmuckschatulle.

»Und wenn ich Nein sage?«, fragte ich, weil ich anscheinend vertraglich dazu verpflichtet bin, mich in emotional bedeutsamen Momenten selbst zu sabotieren.

Er zuckte nicht mit der Wimper. »Wirst du nicht.«

Oh.

Nein.

Mir wurde flau im Magen. Meine Oberschenkel spannten sich an. Mein Frontallappen eröffnete ein Support-Ticket im Chat.

Dieser Mann hatte gerade die Uno-Reverse-Karte auf meine gesamte Gefühlsschaltung gespielt. Und ich war in meinem ganzen Leben noch nie so erregt gewesen.

Ich entschuldigte mich wie eine höfliche, gefasste Frau.

»Ich gehe nur kurz auf die Damentoilette.«

Es kam eine Oktave zu hoch und zehn Grad zu schnell heraus.

Max nickte, sündhaft lässig. Als hätte er mich nicht gerade verbal am Esstisch ausgezogen und mein Leben in

Brand gesetzt, nur mit Augenkontakt und einem beiläufig hingeworfenen Du gehörst mir.

Ich nahm direkten Kurs auf die Toilette, als gäbe es dort eine Klimaanlage, Lebensberatung und einen Priester mit einem Wodka Tonic.

Drinnen schloss ich die Kabinentür ab. Nicht der Privatsphäre wegen – rein symbolisch. Dann starrte ich den Kleiderhaken an, als hätte er die Antworten.

»Er hat gesagt, er kommt zurück, um mich zu holen«, flüsterte ich.

Lauter: »Er hat gesagt, er kommt zurück, um mich zu holen.«

Noch einmal: »Er hat gesagt–«

Ich musste mich hinsetzen. Nicht auf die Toilette – bitte. Ich hatte immer noch meine Würde. Aber der geschlossene Deckel taugte gut als Panik-Plätzchen.

Mein Spiegelbild im Papiertuchspender war keine Hilfe.

Gerötet. Mit großen Augen. Wie jemand, dem gerade von einem Mann, der nichts dabei zu suchen hatte, gleichzeitig so heiß und so aufrichtig zu sein, gesagt wurde: Du bist der Plan.

»Du kannst nicht in einem Michelin-Sterne-Restaurant Rotz und Wasser heulen«, murmelte ich, während ich meine Handtasche nach Lipgloss, Atemspray und was auch immer an emotionaler Stabilität hinter meinem

Trockenshampoo in Reisegröße stecken mochte, durchwühlte.

Ein tiefer Atemzug.

Einmal mit dem Taschentuch tupfen.

Eine letzte gedankliche Ohrfeige.

Und dann kam ich aus dem Bad, als hätte ich nicht gerade geübt, ihm in drei verschiedenen Sprachen einen Korb zu geben.

Er stand auf, als ich zurückkam.

Natürlich tat er das. Höflich. Gentlemanlike. Wahrscheinlich in einem geheimen SEAL-Protokoll ausgebildet, um emotionale Verteidigungsanlagen zu zerstören und gleichzeitig Stühle zurechtzurücken.

»Alles in Ordnung?«, fragte er, als ich mich setzte.

»Oh, absolut«, sagte ich und faltete meine Serviette auseinander, als ob sie mir Geld schuldete. »Ich musste nur kurz in ein sehr teures Papierhandtuch hyperventilieren.«

Er blinzelte nicht. Grinste nur, sein Mundwinkel zuckte, als würde er es genießen, meine langsame Implosion in Echtzeit zu beobachten.

»Also ...«, stach ich mit meiner Gabel in mein Risotto. »Vier Jahre in Rom.«

»Technisch gesehen jetzt drei Jahre und zehn Monate.«

»Oh, gut. Das macht es viel weniger furchteinflößend.«

Sein Lächeln wurde breiter. Er sagte kein Wort.

Denn er *wusste* es.

Und ich *wusste*, dass er es wusste.

Also kaute ich, starrte auf meinen Wein und bemühte mich sehr, mich nicht in einen Mann zu verlieben, der bereits Pläne für mich geschmiedet hatte.

Ich schaffte vier Bissen von dem Risotto, bevor die Panik zurückkkam.

Perfekt gegart. Cremig. Erdig. Gekrönt mit etwas, das verdächtig nach Blattgold und existenzieller Würze aussah. Ich kaute, nickte und tat so, als wäre dies ein normales Abendessen und nicht ein seelenzerstörendes Vorsprechen für den Rest meines Lebens.

Max drängte nicht. Aß einfach. Ruhig. Methodisch. Wie ein Mann ohne eine einzige Sorge.

Was mich natürlich nur noch mehr aus dem Gleichgewicht brachte.

»Also ...«, sagte ich, weil die Stille gefährlich war und ich nur eine Gedankenspirale davon entfernt war, unter den Tisch zu kriechen. »Was genau wirst du da tun?«

»Sicherheit. Botschaftsangelegenheiten. Protokolldurchsetzung. Eine Menge Logistik.«

»Klingt ja aufregend.«

Er lächelte in sein Weinglas. »Das wird es auch.«

Ich nahm noch einen Schluck. Einen großen.

Er füllte die Stille nicht. Drängte nicht. Wartete einfach. Beobachtete.

Max, verdammt noch mal, Harrington. Der Inbegriff stiller Zuversicht. Zerstörer jeglicher Verleugnung. Saß mir gegenüber wie ein geduldiges Raubtier in einem maßgeschneiderten Hemd.

»Machst du das immer so?«, fragte ich.

Er sah auf. »Was denn?«

»Dieses Ding. Dieses Abwarten. Als ob du mir Freiraum gibst, während du insgeheim gegen mich wettest.«

Seine Gabel erstarrte. »Rayann, ich wette nicht gegen dich.«

Oh nein.

Jetzt kommt's.

Er legte sein Besteck ab und beugte sich vor. Die Ellbogen aufgestützt. Die Stimme leise. Unerschütterlich ruhig.

»Ich wette *auf* dich.«

Bumm.

Das war's. Das war der Satz. Der emotionale Scharfschützenschuss in Zeitlupe, der zwischen meinen perfekt getuschten Wimpern einschlug und mich vergessen ließ, wie Gabeln funktionieren.

Ich ließ den Blick auf meinen Teller sinken. Schwenkte meinen Wein. Konzentrierte mich darauf zu atmen, als wäre ich nicht Sekunden davon entfernt, auf seinen Schoß zu springen und ihm auf Latein einen Heiratsantrag zu machen.

Aber ich sagte nicht Ja.

Ich sagte auch nicht Nein.

Denn ich war Rayann Wilder. Der Grund, warum siebenstellige Kunden nachts ruhig schlafen. Chaos-Königin. Hauptberuflicher Sarkasmus-Kobold mit Bindungsängsten und einem Prime-Abo für emotionale Vermeidung.

Ich nahm einfach wieder meine Gabel und sagte: »Dieses Risotto ist ziemlich gut.«

Max nickte einmal.

»Das ist es.«

Kein Druck. Kein Ultimatum. Nur Hitze. Präsenz. Gewissheit.

Er wusste es bereits.

Und er würde warten.

Wir sprachen nicht mehr über Rom.

Nicht während des restlichen Risottos. Nicht während des seidigen Schokoladenmousses, das wie ein Waffenstillstandsangebot zwischen zwei Menschen serviert wurde, die sich unter gedimmtem Licht und bei 30-Dollar-Cocktails emotional auflösten.

Ich wollte es ansprechen. Ich konnte die Worte spüren, die zwischen meinem dritten Bissen und meinem vierten Glas Wein feststeckten, aber sie kamen nicht heraus. Denn wenn ich irgendetwas sagte – irgendetwas überhaupt –, würde es nicht falsch herauskommen.

Es würde *wahr* herauskommen.

Stattdessen lachte ich über seinen Witz über den Schnurrbart des Kellners. Leckte Mousse von meinem Löffel, als wäre es keine ganzkörperliche religiöse Erfahrung. Beobachtete seine Hände, seine Lippen, die Art, wie er an seinem Drink nippte, ohne den Augenkontakt zu unterbrechen.

Und Max?

Max *wartete* einfach.

Nicht auf die Art, die sagt: *Bitte mag mich.* Sondern auf die Art, die sagt: *Du wirst* es tun. Ruhig. Sicher. Verdammt tödlich in seiner Geduld.

Als wir mit dem Dessert fertig waren, befand ich mich in totaler emotionaler Verleugnung – mit einer Extraportion Schlagsahne und null Bezug zur Realität.

Er bezahlte. Natürlich tat er das. Mit einer dieser schwarzen Karten, die wahrscheinlich Türen zu geheimen Flughäfen und den Weinkellern von Präsidenten öffneten. Ich widersprach nicht einmal.

Draußen war die Luft warm und still – die Art von Nacht, die nach einer Klarheit schrie, die ich absolut nicht besaß.

Er nahm mir meine Schlüssel ab, ohne zu fragen, und lenkte mich zu seinem Land Cruiser. »Ich fahre dich nach Hause.« Max öffnete die Beifahrertür und ich glitt hinein wie eine Frau, die sich nicht vor wenigen Augenblicken vorgestellt hatte, auf seinen Schoß zu klettern und zu flüstern: *Bring mich nach Rom, du emotional furchteinflößendes Meisterwerk.*

Er machte keine Musik an.

Er redete nicht.

Fuhr einfach. Ruhige Hände. Ruhiges Herz. Die Art von Mann, der nicht jagte. Er ließ einen die Fassung verlieren und fing einen dann ohne Vorurteile auf.

Als wir meine Wohnung erreichten, begleitete er mich zur Tür. Ich fummelte mit meinen Schlüsseln herum wie eine Frau, die von ihren eigenen Eierstöcken heimgesucht wird.

An der Tür drehte ich mich um. Bereit, *Danke für das Abendessen oder Gute Nacht oder Bitte ruiniere mich sanft für vier Jahre und vielleicht für immer zu sagen.*

Aber dann strich er mit seiner Hand über meinen Arm. Nur die Fingerspitzen. Nur eine Berührung.

Und ich beugte mich vor.

Ohne nachzudenken. Ohne zu planen.

Ich küsste ihn.

Langsam. Sanft. Voll von Dingen, die ich noch nicht sagen konnte und nicht bereit war zuzugeben.

Er erwiderte den Kuss, als hätte er alle Zeit der Welt. Keine Dringlichkeit. Keinen Druck. Nur Wärme. Hitze. Ein Versprechen, das in jedem langsamen Zug seines Mundes auf meinem lag.

Als wir uns lösten, war mir schwindelig.

»Gute Nacht«, flüsterte ich.

Er rührte sich nicht. Sah mich nur an, als wüsste er bereits, wie das hier enden würde.

»Eine Woche«, sagte er.

Dann drehte er sich um, ging zu seinem Land Cruiser und ließ mich dort stehen – mitten im Kuschelfuck mit meiner eigenen Entscheidungsmüdigkeit.

Ich ging nicht sofort hinein.

Ich stand einfach da, die Schlüssel in der Hand, das Herz im Hals, und fragte mich, wie zum Teufel ich schlafen sollte, wenn ich wusste, dass der einzige Mann, der all meinen Bullshit durchschaute, nicht ewig warten würde.

Aber für den Moment?

Gab er mir Zeit.

Nur eine Woche.

Bevor er zurückkam, um mich zu holen.

33

Ich bin vielleicht verliebt ... Oder ich brauche nur Elektrolyte

Ich habe nicht einmal meine hohen Schuhe ausgezogen.

Ich habe nur die Tür zugetreten, meine Handtasche auf den Boden geschmissen und bin direkt zur Couch gestolpert, als würde sie mir eine Therapiesitzung und eine Xanax schulden. Der Martini und vier Gläser Wein tanzten einen Stepptanz durch meine Blutbahn, was natürlich bedeutete, dass es der perfekte Zeitpunkt war, Brynn anzurufen.

Ich ließ mich auf ein Dekokissen fallen und hämmerte mit der Dringlichkeit einer Frau, die bereit war, sich emotional selbst zu zerstören, auf mein Handydisplay ein. Dann startete ich einen Videoanruf.

Sie ging beim dritten Klingeln ran, die Haare zu einem Dutt gebunden, mit einer Tuchmaske im Gesicht, Wein in der Hand und Popcorn direkt aus der Tüte.

»Du rufst mich mit hohen Schuhen an, dein Make-up ist immer noch makellos und du hast diesen Blick in den Augen, der sagt, dass du entweder gerade einen Heiratsantrag bekommen oder jemanden mit dem Auto überfahren hast«, sagte sie. »Was zum Teufel ist passiert?«

Ich blinzelte. »Er hat mich geküsst.«

Brynn erstarrte mitten im Kauen. »Max?«

»Nein, Brynn. Der Parkservice. *Ja, Max.*«

Sie zog ihre Gesichtsmaske mit einer dramatischen Bewegung ab und warf sie wie einen Umhang über ihre Schulter. »Oh mein Gott. Bist du in Ohnmacht gefallen? Bist du explodiert? Hat er dich auf einen Flügel gehoben und dir opernhafte Versprechungen in den BH-Träger geflüstert?«

»Schlimmer.«

Sie beugte sich vor. »Schlimmer als Sex auf dem Klavier?«

Ich nickte todernst. »Er hat mir gesagt ... *ich sei* der Plan.«

So. Ich hatte es gesagt. Und jetzt war es real und hing wie eine Konfettikanone voller Verbindlichkeit zwischen uns in der Luft.

Brynn machte ein Geräusch, das teils aus einem nach Luft schnappen, teils aus einem Keuchen bestand. »Wie ... *der* Plan?«

Ich warf meinen Arm über die Augen, als wäre ich der Star in einem Drama aus den Fünfzigern über Ohnmachtsanfälle. »Der Plan. Im Sinne von kein Backup, kein alternatives Ende, kein lockeres ›Mal sehen, was wird‹. Sondern einfach nur – *du bist es.*«

»Heilige Scheiße«, flüsterte sie. »Er hat mit der Uno-Retour-Karte gekontert und dich mit dem Arsch voran in deine eigenen Gefühle befördert.«

»Ich *hasse* es, wie recht du damit hast.«

Sie grinste wie der selbstgefällige Kobold, der sie war. »Und lass mich raten. Du hast ihm gesagt, dass er dir wichtig ist, hast deine Ängste ruhig und verletzlich zum Ausdruck gebracht und dann eine absolut rationale Entscheidung über deine Zukunft getroffen?«

»Ich habe gesagt, dass das Risotto gut war.«

Brynn wäre fast erstickt. »Du WAS?«

»Ich bin in Panik geraten!«, sagte ich und lief jetzt auf und ab, wobei meine Absätze wie ein Stress-Metronom klickten. »Er hat mich an der Tür geküsst und gesagt, ich hätte eine Woche Zeit, und ist dann weggegangen, als wäre er einem verdammten Liebesroman entsprungen. Seitdem stehe ich hier und überlege, ob ich ihm ›Ich würde für dein Gesicht nach Rom ziehen‹ texten oder einfach eine Packung Oreos essen und in meine Decke heulen soll.«

»Du bist so verliebt, das ist körperlich schon beleidigend.«

»Ich bin nicht verliebt«, schnappte ich. »Ich bin in einem Zustand. Da ist Wein. Da sind Hormone. Wahrscheinlich habe ich noch Mousse an den Zähnen. Und dieser Mann? Dieser völlig unvernünftige Mann mit seinem maßgeschneiderten Hemd und seinem stillen Selbstbewusstsein und seiner verdammten Blaupause für unsere gesamte Zukunft? Er ist einfach gegangen, als ob ich danach schlafen könnte.«

Brynn nahm einen Schluck von ihrem Wein, ruhig wie immer. »Also. Nur um das zusammenzufassen. Er hat dir gesagt, dass du der Plan bist. Dich geküsst wie ein Mann mit einem GPS für deine Seele. Dir Zeit gegeben. Und du bist sauer, weil ... was? Er dich nicht auf die Fuß-matte geworfen und dich dazu gebracht hat, *Ti amo* zu schreien?«

Ich kniff die Augen zusammen. »Ich brauche keine frechen Sprüche von einer Frau, die mal gesagt hat, Man-delmilch sei ein Lebensstil.«

Sie lachte. »Du musst atmen. Vielleicht schlafen. Und ihm heute Abend auf keinen Fall eine Nachricht schreiben.«

Ich starrte auf mein Handy.

»Rayann.«

»Was ist, wenn ich nur ein sexy, emotional verletzliches Meme schicke? Sowas wie … ›Ich vermisse dich, auch wenn ich nicht geil bin.‹«

»Ich schwöre bei Gott, Rayann, wenn du Max eine Cartoon-E-Card voller seelischem Striptease schickst, fahre ich rüber und nehme dir dein Handy physisch weg.«

»Oder das eine, das sagt: ›Ich wünschte, ich könnte dich kopieren und in mein Bett einfügen.‹ Das ist romantisch. Das ist technisch versiert. Das hat mehrere Ebenen.«

»Das hat *Verzweiflung*.«

»Oh, oh, warte! Was ist mit dem, wo das Mädchen ein Meme-Schild hochhält, anstatt ihre Gefühle zu gestehen? Das fühlt sich tiefgründig an.«

»Du bist nicht ganz bei Trost.«

Ich sank auf den Boden, als hätte mich die emotionale Schwerkraft endlich getroffen. »Ich weiß nicht, was ich tun soll, Brynn.«

Ihr Ton wurde weicher. »Ich weiß. Du musst es nicht heute Abend herausfinden. Lass es einfach für eine Sekunde real sein.«

Ich drückte meine Wange in das Couchkissen. »Was ist, wenn ich Ja sage und es vermassele?«

»Und was ist, wenn du nicht Ja sagst und das Beste verpasst, was dir je passiert ist?«

Meine Augen brannten. »Ich hasse es, wie klug du bist, wenn ich betrunken bin.«

»Du wirst das schon schaffen«, sagte sie sanft. »Eine Woche ist keine Frist. Es ist eine Rettungsleine. Du musst nur entscheiden, ob du mutig genug bist, sie zu ergreifen.«

Ich blieb still.

Ich schloss die Augen, die hohen Schuhe immer noch an, und erlaubte mir, es mir vorzustellen.

Rom.

Max.

Wir.

Und zum ersten Mal wollte ich nicht weglaufen.

Heilige Hölle, ich war besessen.

Ich wachte seitlich auf der Couch auf.

Ein hoher Schuh noch an. Ein Auge von der Wimperntusche von letzter Nacht zugeklebt. Mein Kleid war unter einer Hüfte zerknittert, und ich umklammerte ein leeres Weinglas, als wäre es eine emotionale Stütze. Mein Handy summte unter meinem Oberschenkel.

Ich stöhnte.

Korrektur. Ich wimmerte wie eine viktorianische Waise, der man die Suppe verwehrt hatte, und versuchte, mich aufzusetzen.

Alles tat weh.

Mein Kopf. Mein Rücken. Meine Würde.

Außerdem war ich mir zu neunzig Prozent sicher, dass ich in meinem schönsten Spitzen-BH geschwitzt hatte, während ich davon träumte, wie Max mir »Du bist der Plan« direkt in meine Gebärmutter flüsterte.

Denn nichts schreit so sehr nach einer emotional stabilen Erwachsenen wie ein Hitzepickel und aufgescheuerte Brustwarzen.

»Bring mich um«, murmelte ich in den leeren Raum und zog mich hoch. Mein Handy rutschte vom Couchkissen und fiel mit einem Geräusch zu Boden, das man nur als reumütig beschreiben konnte.

Ich griff noch nicht danach.

Zuerst brauchte ich Wasser. Und Kaffee. Und wahrscheinlich einen Anwalt.

Ich torkelte in die Küche, band meine Haare zu einem schiefen Dutt, der nach emotionalem Schaden mit einer Prise Dehydrierung schrie, und versuchte, mich daran zu erinnern, wie viele Drinks ich letzte Nacht hatte.

Martini.

Wein.

Mehr Wein.

Dann Brynn.

Dann vielleicht Tequila?

Habe ich Max eine Nachricht geschrieben?

Oh Gott.

HABE ICH MAX EINE SEXTING-NACHRICHT GESCHICKT?

Ich wirbelte zurück zum Sofa, als ob es mir Antworten schuldig wäre. Ich schnappte mir mein Handy und öffnete meine Nachrichten mit der Art von Panik, die man sonst nur hat, wenn man auf dem Parkplatz einer Raststätte einen Schwangerschaftstest macht.

Nichts.

Keine gesendeten Nachrichten. Keine peinlichen Gifs. Keine Auberginen-Emojis mit italienischen Flaggen.

Gott sei Dank.

Ich atmete aus, ging ins Badezimmer und erblickte mich im Spiegel.

Wimperntusche wie Kriegsbemalung. Der Lippenstift bis fast zum Ohr verschmiert. Eine mit Blauschimmelkäse gefüllte Olive klebte an meinem Schlüsselbein, als versuchte sie, vom Tatort zu fliehen.

»Stilvoll«, murmelte ich und tupfte den Schaden mit einem Handtuch ab, das vage nach Angst und Fixierspray roch.

Ich war gerade halb mit dem Zähneputzen fertig, als mich die schreckliche Ahnung überkam.

Max.

Eine Woche.

Er hatte es wie ein Versprechen gesagt. Eine Herausforderung. Als hätte er das Leben bereits aufgebaut und wartete nur darauf, dass ich mich entschied, ob ich mutig genug war, aufzutauchen.

Und was, wenn ich Ja sagte, nur damit er es bereute, sich für mich entschieden zu haben?

Meine Brust zog sich zusammen.

Ich stützte mich auf das Waschbecken und starrte mein Spiegelbild an, als ob sie vielleicht Antworten hätte.

»Was, wenn ich nicht genug bin?«, flüsterte ich.

Mein Spiegelbild, diese unkooperative Zicke, sagte nichts.

Zurück in der Küche goss ich mir mit zitternden Händen Kaffee ein und schaute endlich wieder auf mein Handy. Ich hatte keine Nachrichten verpasst.

Warte.

Eine neue.

Von Max.

Gesendet um 7:14 Uhr.

Ich erstarrte.

Mein Daumen schwebte über der Nachricht, als könnte das Öffnen mein gesamtes Nervensystem zur Explosion bringen.

Dann las ich sie.

Morgen. Ich hoffe, das Risotto war die Gefühls-Achterbahn wert. Sag mir Bescheid, wenn du bereit bist zu reden. Ich werde da sein.

Ich sank zu Boden.

Nicht auf eine niedliche, anmutige Weise. Sondern in einem Ganzkörperkollaps, bei dem mein Hintern auf die Fliesen knallte und ich nur auf den Bildschirm starrte, als versuchte er, meine Seele durch sanfte männliche Kompetenz wiederzubeleben.

Er setzte mich nicht unter Druck. Er provozierte mich nicht.

Er war einfach beständig.

Und er war immer noch da.

Er gab mir Zeit.

Eine Woche.

Ich drückte das Handy an meine Brust und erlaubte mir, zum ersten Mal seit unserem Kuss wieder richtig zu atmen.

Und für eine Sekunde erlaubte ich mir zu glauben, dass ich tatsächlich mutig genug sein könnte, Ja zu sagen.

Die Antwort war einfach. Die Angst war, ob er sie noch wollen würde, wenn der Glanz erst einmal verblasst war.

34

All In

9 **:00 UHR**

Habe meinen Posteingang geöffnet.

Habe ihn sofort wieder geschlossen.

Habe ihn wie eine Masochistin wieder geöffnet.

Habe wegen einer Amazon-Bestellbestätigung für Olivenöl angefangen zu weinen – weil Max Olivenöl mag.

Weil ich Max mag.

Habe eine Therapie in Erwägung gezogen.

Nahm ein Minzbonbon. Verschluckte mich daran. Ehrlich? Verdient.

10:00 UHR

Habe am wöchentlichen Check-in mit Summer und dem Rest meiner Schwestern teilgenommen – außer Juliette, die bereits zu ihrer luxuriösen Safari-Reise aufgebrochen war. Wahrscheinlich nippte sie gerade neben einer Giraffe an einem Glas Champagner, während ich hier saß und heulte wie ein kleines Warzenschwein, das sich auf eine Hauskatze geprägt hat.

Sagte das Wort »Rom« laut und tat dann sofort siebzehn volle Sekunden lang so, als würde ich husten, nur um den Klang meines eigenen Herzschmerzes zu übertönen.

Summer sah besorgt aus. Annie bot mir eine Lutschtablette an. Ich lehnte ab, öffnete dann meine Präsentation und stellte fest, dass ich unsere Q2-Strategiedatei versehentlich in *MaxBitteLiebMichEinfach.xlsx* umbenannt hatte. Das WLAN fiel aus, bevor ich sie löschen konnte. Ich betrachte das als göttliche Fügung.

Ich starrte sie schweigend an. Annie schob mir die Lutschtablette langsam wieder zu, als wäre es ein Betäubungsmittel.

Summer sagte kein Wort.

Sie drehte nur den Kopf, sah mich über den Tisch hinweg an und zog eine perfekt geschwungene Augenbraue hoch, als würde sie kalkulieren, wie viele Minuten meines Zusammenbruchs sie rechtlich ignorieren konnte, bevor sie jemanden zur Überprüfung meines Wohlbefindens rief.

»Rayann«, sagte sie schließlich, ihre Stimme messerscharf, »gibt es etwas, das du mit dem Team teilen möchtest?«

»Nein«, sagte ich und umklammerte meine Wasserflasche, als wäre sie mit Wodka zur emotionalen Unterstützung gefüllt. »Ich bin nur ... wirklich leidenschaftlich, was Quartalsdaten angeht.«

Summer blinzelte langsam. Die Art von Blinzeln, das besagte: *Dein Glück, dass ich dich liebe, denn nach diesem Meeting bist du fällig.*

11:00 UHR

Versuchte, mich zu konzentrieren, indem ich einen detaillierten Reiseplan für das Deveraux-Paket erstellte.

Tippte dreimal »Max« anstelle von »Malta«, gab dann ganz auf und nannte es im geteilten Laufwerk Heiße-Männer-Insel.

Weinte.

Googelte kurz »*kann Liebeskummer zu Dehydrierung führen*«.

Wechselte in einem wilden Akt der Selbstsabotage zu entkoffeiniertem Kaffee. Bereute es sofort – und begann trotzdem zu zittern, was sich wie ein persönlicher Angriff des Universums anfühlte.

Benannte einen Ordner in *Emotionaler Zusammenbruch: Die Trilogie* um.

Verfasste eine Nachricht, die lautete: »*Ich mag dein Gesicht. Das ist alles. Okay, tschüss.*«

Fügte ein Herz-Emoji hinzu. Dann ein Feuer-Emoji. Löschte das Herz. Fügte es wieder hinzu.

Schwebte mit dem Finger über Senden.

Löschte die ganze Sache.

Warf mein Handy über den Schreibtisch, als wäre es besessen, und vergrub mein Gesicht so dramatisch in den Händen, dass Annie fragte, ob ich bete.

Ich sagte Ja.

Technisch gesehen keine Lüge.

12:00 UHR

Nicht »ein bisschen nervös«. Nicht »leicht abgelenkt von Gedanken an einen sexy Mann.«

Ich befand mich in einem ausgewachsenen, von Espresso angetriebenen, emotional mit Tesa zusammengeflickten, wilden, herzzerreißenden Chaos. Ich hatte Max' Nachricht so oft geöffnet und geschlossen, dass mein Handy bereits Anzeichen eines Traumas zeigte.

Ich hatte dreimal Lipgloss aufgetragen, obwohl ich seit dem morgendlichen Meeting mit keinem anderen Menschen gesprochen hatte.

Und ich schwitzte in meiner Unterwäsche, als würde ich von der CIA verhört.

Der Haftnotizzettel war immer noch da.

Selbstgefällig. Gelb. Knapp neben der Mitte platziert, als wolle er mich gaslighten.

Bei Harrington wegen Galapagos-Logistik nachhaken.

Gott, ich hasste ihn.

Und doch konnte ich irgendwie nicht aufhören, ihn anzustarren. Mein Post-it zur emotionalen Unterstützung.

Ich beugte mich vor, die Ellbogen auf meinem Schreibtisch, die Stimme kaum mehr als ein Flüstern.

»Du bist der Plan«, murmelte ich ihm zu. »Du absoluter Mistkerl.«

»... Soll ich später wiederkommen?«

Ich fuhr zusammen, als hätte man mich beim Sexting mit einem Drucker erwischt.

Daisy stand in der Tür, hielt einen Stapel Lieferantenverträge in der Hand und sah aus, als hätte sie mich gerade dabei ertappt, wie ich Büroartikeln süße Nichtigkeiten zuflüsterte.

»Du ... sprichst nicht schon wieder mit deinen Haftnotizen, oder?«

»Nein«, sagte ich, viel zu schnell.

Wir sahen beide auf den Post-it.

Dann uns an.

»Okay«, sagte sie langsam und legte die Papiere ab. »Willst du Tee? Schokolade? Eine Therapie?«

»Hast du eine Therapie?«

»Nein, aber ich könnte wahrscheinlich eine Hotline googeln.«

»Ich nehme einen Twix.«

Am späten Nachmittag hatte ich eine Zoom-Konferenz, zwei passiv-aggressive Slack-Diskussionen und eine sehr unterhaltsame Geschichte über Annies Date überlebt, das versucht hatte, das Abendessen mit Flugmeilen zu bezahlen.

Deshalb war ich, als ich zu Hause ankam, nicht nur müde – ich hatte einen emotionalen Jetlag von einem ganzen Tag, an dem ich so getan hatte, als wäre alles in Ordnung.

Während ich in Wirklichkeit den Vormittag damit verbracht hatte, über einen Mann zu weinen, der wie ein verantwortungsbewusster Erwachsener textete und Risotto wie ein Vorspiel aussehen ließ.

Ich ließ meine Tasche fallen, stieß meine Absätze von den Füßen und starrte an die Decke, als könnte sie mir göttliche Weisheit direkt in die Augäpfel strahlen.

Tat sie nicht.

Sie ließ mich jedoch erkennen, dass ich nicht schlafen gehen wollte, während seine Nachricht immer noch da war. Still. Beständig. Darauf wartend, dass ich entschied, was zum Teufel ich damit anfangen sollte.

Also nahm ich mein Handy und tat, was jede reife, emotional stabile Frau tun würde:

Ich rief ihn an.

Max ging beim dritten Klingeln ran – unfairerweise gefasst und verdächtig danach klingend, als würde er gerade mit militärischer Präzision ein T-Shirt falten.

»Wilder«, sagte er, seine Stimme tief und fest. »Habe nicht mit dir gerechnet.«

»Tja, ich habe auch nicht damit gerechnet, mit einer gefüllten Olive auf meinem Schlüsselbein und einer neuen Angst vor Bindungen aufzuwachen. Also haben wir wohl beide gerade eine anstrengende Woche.«

Er kicherte. »Geht's dir gut?«

»Nein«, sagte ich und sank auf die Couch. »Aber vielleicht bin ich auf dem Weg dorthin.«

Eine Pause. Die Art von Pause, in der alles Ungesagte zwischen uns summte.

»Was machst du gerade?«, fragte ich.

»Packen«, sagte er. »Habe das Haus gerade auf den Markt gebracht. Versuche, nicht zu viel darüber nachzudenken.«

»Oh.« Ich zupfte an einem Faden meines Sofakissens. »Bist du, ähm ... packst du allein? Oder bist du einer dieser Psychos, die ein Team anheuern und Dinge beschriften wie *Chaos in der Flurschublade und Kabel von 2008?*«

»Ich bin doch kein Unmensch«, entgegnete er trocken. »Und ja. Allein. Es sei denn, du zählst eine Playlist dazu, die mir ständig Trennungssongs aus den 80ern vorschlägt, was ich nicht gerade zu schätzen weiß.«

Ich lächelte.

Und dann sagte ich es.

»Komm rüber.«

Er wurde still.

Dann: »Jetzt?«

»Ich meine, nicht, es sei denn, du befindest dich gerade im Nahkampf mit einer Kramschublade voller Batterien, Spanngurten und diversem Männerkram. Aber ... ja. Jetzt.«

Ein weiterer Augenblick der Stille. Dann hörte ich das unverkennbare Klimpern von etwas, das abgelegt wurde – Schlüssel vielleicht. Oder seine Entschlossenheit.

»Ich bin in fünfzehn Minuten da«, sagte er.

Und er hielt Wort.

Kein dramatischer Auftritt.

Kein anschwellender Geigenklang.

Kein Kameraschwenk oder mitreißende Streicher, um den Moment einzufangen, in dem ich jede Fassung verlor.

Nur ein einziges Klopfen. Und dann Max – der hereinkam, als hätte er das schon hundertmal getan.

Und dann sah er mich an.

Nicht so, als hätte ich seine Nachricht ignoriert.

Nicht so, als hätte ich vor dem Mittagessen »du bist der Plan« auf einen Post-it geflüstert.

Nicht einmal so, als hätte ich die letzten beiden Tage damit verbracht, mir selbst zu beweisen, dass alles nur eine Fantasie war, nur um dann festzustellen, dass ich meinen gesamten mentalen Widerstand auf dem bröckelnden Fundament von *totalem Schwachsinn errichtet hatte.*

Nö.

Er sah mich einfach an, als wäre ich es immer noch – als hätte er nur darauf gewartet, dass ich aufhole.

Es war beunruhigend.

Es war erdend.

Und es war sehr schwer, den Augenkontakt zu halten, während man einen halb gegessenen Käseblock wie einen Bewältigungsmechanismus umklammerte.

Was ich tat.

Also räusperte ich mich und sagte das Erste, was mir in den Sinn kam.

»Hi. Ähm. Ich hatte keine Zeit, etwas zu kochen, also habe ich im Stress drei Sorten edle Cracker gekauft und einen halben Block würzigen Cheddar direkt aus der Packung gegessen. Wenn du hungrig bist, habe ich … Schuldgefühle-Hummus?«

Max lachte nicht. Nicht sofort.

Er machte nur einen langsamen Schritt auf mich zu, sein Blick wich nie von meinem.

Und dann noch einen.

Bis er so nah war, dass ich ihn riechen konnte – saubere Seife, warme Haut und die schwächste Spur von Waschmittel, die mich irgendwie zum Weinen bringen wollte.

»Ich bin nicht wegen Snacks hier, Rayann«, sagte er leise.

Stichwort: Kompletter interner Systemabsturz.

»Richtig«, brachte ich hervor. »Natürlich nicht. Das wäre ja … absurd. Ha. Offensichtlich.«

Er zog belustigt eine Augenbraue hoch. »Geht's dir gut?«

»Nein«, sagte ich, meine Stimme kaum mehr als ein Flüstern. »Aber ich bin vielleicht auf dem Weg dorthin.«

Er rührte sich nicht.

Er wartete einfach.

Also gab ich ihm, wofür er gekommen war.

»Ich brauche die Woche nicht«, sagte ich. »Ich brauche nicht mehr Zeit – ich musste nur glauben, dass du es ernst meinst.«

Eine Pause. Ein Herzschlag. Von der Sorte, die alles sagte.

Dann: »Ich habe es ernst gemeint.«

»Ich bin ein Chaos, Max.«

»Ich weiß.«

»Ich sortiere meine Socken nicht. Ich kaufe Lebensmittel nach Lust und Laune und Angebotsplatzierung. Manchmal rede ich im Shampoo-Gang mit mir selbst.«

Seine Stimme wurde tiefer, warm und gebrochen und nur ein ganz kleines bisschen neckend. »Rayann –«

»Und vielleicht gerate ich wieder in Panik. Oder weine. Oder versuche wegzulaufen. Aber wenn du mich willst –«

Er ließ mich nicht ausreden.

Denn plötzlich war er über mir.

Hände in meinen Haaren. Sein Mund auf meinem. Sein Körper ohne zu zögern und absolut unmissverständlich gegen mich gedrückt.

Er küsste mich, als hätte er *das Warten satt*.

Als gäbe es kein Vielleicht, keine Pause, kein Zurückhalten.

Als wüsste er genau, was er wollte – und das war *ich*.

»Es gibt kein wenn, was mein Verlangen nach dir betrifft«, knurrte er an meine Lippen – tief, rau – bevor er seinen Mund wieder auf meinen presste, als wäre er danach ausgehungert gewesen. Nach mir.

Ich wimmerte. Wimmerte tatsächlich.

Was ihn nur dazu brachte, leise zu fluchen und mich fester zu küssen.

Seine Zunge glitt mit langsamer, vernichtender Präzision in meinen Mund, eine Hand schlang sich um meine Taille, die andere umfasste meinen Nacken, als wollte er sagen: *Ich bin genau hier. Und ich lasse dich nicht los.*

Und gerade als er sich zurückziehen wollte. Gerade als er dachte, er sei fertig ...

rastete ich aus.

Ich packte ihn am Hemd, zog ihn wieder zu mir herunter und küsste ihn, als hätte er mich verdammt wütend gemacht, weil er aufgehört hatte.

Denn das hatte er.

Ich biss ihm auf die Unterlippe – nicht fest genug, um wehzutun, nur gerade so, dass er in meinen Mund stöhnte und meine Hüften umklammerte, als würde er sich für einen Aufprall wappnen.

»Gib mir bloß nicht die sanfte Tour«, flüsterte ich, atemlos und wild. »Du hast das Streichholz angezündet, Harrington. Brenn mit mir.«

Das ließ er sich nicht zweimal sagen.

Wir prallten wieder aufeinander, diesmal härter, unsere Münder krachten zusammen, als wären wir beide tagelang ausgehungert und dumm gewesen. Es war nicht anmutig. Es war nicht vorsichtig. Es war ein Gewirr aus Zähnen und Händen und atemloser, ungeschickter Verzweiflung.

Ich krallte mich in seinen Rücken, als könnte ich ihn mir mit meinen Fingerspitzen einprägen.

Er drückte mich gegen die Wand, als wollte er einen Abdruck hinterlassen.

Wir waren eine verdammte Naturkatastrophe – und ich hatte mich nie lebendiger gefühlt.

Als wir endlich langsamer wurden, die Brustkörbe sich hoben und senkten, die Körper immer noch fest aneinandergepresst, lehnte ich meine Stirn an seine und flüsterte –

»Das nenne ich mal ein Willkommen zurück.«

Max lächelte – überwältigt und ehrfürchtig.

»Du hast ja keine Ahnung«, murmelte er.

Er atmete aus, als hätte er diesen Atem angehalten, seit ich in jener Nacht gegangen war.

Dann streckte er die Hand aus, strich mir eine Haarsträhne aus dem Gesicht und sagte –

»Schmieden wir den verdammten Plan, Liebes. Ich bin voll dabei.«

35

Epilog: Benvenuto a Roma

Sechs Monate später – Rom, Italien

In Rom zu leben *scheint* auf dem Papier glamourös.

Bis man seiner italienischen Nachbarin erklären muss, dass die Internetrechnung überfällig ist, weil man das Geld statt an den Energieversorger an die eigene Kosmetikerin überwiesen hat.

Zweimal.

»Ich gewöhne mich langsam ein«, sagte ich gut gelaunt und fächelte mir mit einer zerknitterten Trattoria-Rechnung Luft zu, während Max sich zum fünften Mal in diesem Monat um den Papierkram für die Schadensbegrenzung kümmerte.

Fairerweise muss man sagen, dass Max genau wusste, worauf er sich einließ.

Vor allem, als ich anfing, das erste internationale Büro von Wilder Horizons von einem gemeinschaftlichen Coworking-Space aus zu leiten, der nach verbranntem Espresso und nach Amalfi-Zitronenöl-Diffusoren roch, die allzu sehr versuchten, die hohe Miete zu rechtfertigen.

Die Expansion nach Rom war Summers Idee gewesen.

Oder Juliettes.

Oder eigentlich Emme's.

Aber in der Sekunde, in der ich landete und meinen Laptop in unserer kleinen Wohnung mit antiken Fliesen, einer Terrasse, die ächzt, wenn man sich darauf lehnt, und mehr Charme als Stabilität aufklappte, wurde sie zu meiner.

Ich war jetzt die Frau, die für Europa zuständig war.

Was hauptsächlich bedeutete, dass ich mich zu unchristlichen Zeiten in Videokonferenzen einloggte, reichen Leuten »authentische mediterrane Erlebnisse« verkaufte und bei technischen Pannen *questa è una situazione di capra!* schrie, weil ich gelernt hatte, wie man auf Italienisch »das ist eine Ziegen-Situation« sagt und es sofort als Waffe einsetzte.

Max war *begeistert.*

Vor allem, als ich anfing, all die *falschen* italienischen Wörter zu lernen.

Wir haben es mit Duolingo versucht.

Wir haben es mit Karteikarten versucht.

Dann machte Max den Fehler, mir an einem Marktstand ein Sprachführer voller Umgangssprache zu kaufen, wo ich mich sofort in den Satz *scopami come se fossi l'ultima mozzarella sulla Terra verliebte.*

Er fragte, was das bedeutet.

Ich sagte ihm: »Fick mich, als wäre ich der letzte Mozzarella auf Erden.«

Er verschluckte sich an seinem Espresso.

Zwei Minuten später wurde ich gegen die Küchentheke gedrückt, während die Moka-Kanne auf dem Herd zischte, als würde sie über uns urteilen.

Wir haben es nicht *wirklich* getan, während das Gas an war. Wir sind ja keine Wilden. Wir sind nur ... emotional fließend in Käse-Metaphern geworden.

Ehrlich gesagt? Es funktioniert für uns.

Manche Paare gehen zu Weinproben. Wir machen Vokabeltests – mit *Anreizen.*

Ich bekomme einen Kuss für jedes Verb, das ich richtig konjugiere.

Einen Ganzkörperkuss, wenn ich es in einem anzüglichen Satz verwende.

Wenn ich ein ganzes Gespräch schaffe, ohne den Hund von jemandem als Sandwich zu bezeichnen? Darf ich oben sein.

Max war gerade von einem einwöchigen Auftrag in Neapel zurückgekehrt – immer noch sexy, immer noch beständig, immer noch gebaut wie das architektonische Liebeskind eines Gladiators und der römischen Göttin Venus –, als er hereinkam und mich dabei erwischte, wie ich *testicoli!* in mein Handy brüllte.

»Will ich das wissen?«, fragte er und stellte seine Aktentasche ab wie ein Mann, der an emotionale Turbulenzen gewöhnt ist.

»Das ist für die Arbeit«, log ich.

Es war nicht für die Arbeit.

Es war wegen Carla, unserer neuen Nachbarin. Ein quirliges Energiebündel von fünfundvierzig Jahren in acht Zentimeter hohen Absätzen und einer gefälschten Versace, die einen kleinen Spitz namens Vito besaß und der Lärmschutzverordnungen absolut egal waren.

Wir hatten uns kennengelernt, als ich versehentlich mit einem außer Kontrolle geratenen Baguette ihren Kräuterkasten umgestoßen und mich in so einem entsetzlich gebrochenen Italienisch entschuldigt hatte, dass sie entschied, ich sei ein nationales Kulturgut und müsse in allen zukünftigen Klatsch und Tratsch einbezogen werden.

Einschließlich, aber nicht beschränkt auf:

- Ihren Verdacht, dass der Typ in 3B heimlich ein deutscher Popstar sei

- Ihre Feststellung, dass Max »Schultern wie ein römischer Gott und die Aura eines Mannes, der Lasagne brauche« habe

- Und ihr Beharren darauf, dass ich richtiges Italienisch lerne und nicht »Schund aus dem Schlafzimmer-Wörterbuch«.

»Signorina Wilder«, hatte sie geschimpft, während sie mir ein Tablett mit Pistazien-Biscotti reichte. »Wenn du schon beim Sex über Mozzarella brüllst, solltest du wenigstens auf dem Markt richtigen Käse bestellen können.«

Ein fairer Punkt.

Jetzt treffen wir uns jeden Mittwoch im Innenhof zu Espresso und Peinlichkeiten, wo sie mich Vokabeln abfragt, meinen Akzent korrigiert und gelegentlich fragt, ob Max noch ledige Brüder mit ähnlich »robusten Unterarmen« hat.

»Weißt du, was *stuzzicadenti* bedeutet?«, fragte Carla und hob eine fachmännisch geschwungene Augenbraue über den Rand ihres Espressos.

»Ja«, log ich.

Sie kniff die Augen zusammen, als könnte sie meinen Blödsinn durch meinen Bronzer riechen. »Warum hast du dann gerade dem Käseverkäufer auf dem Markt erzählt, dein Freund hätte einen Zahnstocher?«

Max, der mitten in meiner Panikbestellung aufgetaucht war, lächelte wie der selbstgefällige Mistkerl, der er ist. »Vielleicht sollte ich das nächste Mal mitkommen. Bei der Übersetzung helfen.«

»Auf keinen Fall«, fuhr ich ihn an. »Das letzte Mal, als du mitgegangen bist, hätte uns der Metzger beinahe adoptiert.«

»Das liegt daran, dass ich gesagt habe, wir seien frisch verheiratet«, sagte er und strich mir mit ärgerlicher Präzision eine Haarsträhne hinters Ohr. »Zu meiner Verteidigung: Es hat sich richtig angefühlt.«

Carla schnaubte. »Ihr zwei seid wie eine Telenovela, die ich nie ausschalten möchte.«

Sie nahm noch einen Schluck Espresso und stand dann auf. »Also gut, amore. Ich lasse dich wieder zu der verschwitzten, pasta-getriebenen Sünde zurückkehren, die du als Nächstes planst.«

»Danke für deinen Segen«, sagte ich mit unbewegter Miene.

Sie warf eine Kusshand und verschwand mit einem Rascheln von Chiffon und einem bedrohlich starken Parfüm in ihrer Wohnung. Vito, der Spitz, bellte einmal zustimmend.

Max fand das alles wahnsinnig unterhaltsam. Besonders als ich ihm erzählte, dass das Vokabelwort der letzten Woche *cannone* war.

»Bedeutet Kanone«, sagte ich stolz.

Er hob eine Augenbraue. »Und wie genau kam das im Gespräch auf?«

»Sagen wir einfach, Carla ist eine neugierige Legende und hat möglicherweise gefragt, ob du irgendwelche ... Werkzeuge von gewisser Größe hast.«

Ich habe ihr gesagt: »›Das passiert, wenn Gott einem Mann zu viel gibt und vom Rest von uns erwartet, dass wir die Haltung bewahren.‹«

Jetzt kann er nicht mehr an ihrem Balkon vorbeigehen, ohne dass sie ihm einen Daumen nach oben gibt und *complimenti!* ruft.«

Was, wie man mir gesagt hat, »Glückwunsch« bedeutet, aber Max besteht darauf, dass es ein Code für »Deine Freundin kann sich wirklich glücklich schätzen, und ich glaube, du könntest eine Vespa stemmen« ist.

Unrecht hat sie nicht.

Ich lächelte immer noch, als es mich traf –

die Art, wie er mich ansah.

Max, mein erschreckend beherrschter, wahnsinnig schöner, ärgerlich standhafter Mann, sah mich plötzlich an, als wäre ich das Einzige in Rom, was es zu sehen lohnte.

»Alles okay bei dir?«, fragte er leise.

»Ja«, flüsterte ich. »Das bin ich wirklich.«

Das brachte ihn zum Lächeln.

Er trat dicht an mich heran, drückte mir einen Kuss auf den Mundwinkel. »Ich habe nachgedacht«, murmelte er.

»Oh, oh.«

»Keine Sorge. Diesmal keine PowerPoint-Präsentation.«

Ich erstarrte. »Moment mal. Als du das das letzte Mal gesagt hast, hast du mich geküsst, als würde die Welt untergehen, und mir dann gesagt, ich sei ›der Plan‹. Womit genau toppen wir das also heute?«

Er antwortete nicht. Nicht mit Worten.

Stattdessen zog er etwas aus seiner Gesäßtasche – eine kleine schwarze Schachtel. Kein Theater. Kein Kniefall. Einfach nur Max. Der da stand. Unerschütterlich. Sicher. Sein Blick auf meinen gerichtet, als wäre dies keine Frage, sondern ein Anker.

»Du bist immer noch der Plan«, sagte er mit leiser, heiserer Stimme. »Du bist es gewesen, seit der Sekunde, in der ich aufgehört habe, so zu tun, als wärst du es nicht.«

Dann öffnete er die Schachtel.

Darin befand sich der schönste, absolut unpraktischste Ring, den ich je gesehen hatte. Als hätte jemand Leidenschaft und Chaos und die Farbe meines Lieblingslippenstifts in ein Schmuckstück verwandelt.

»Rayann Wilder«, sagte er. »Sag Ja.«

Und einfach so war ich weg.

Emotional. Körperlich. Seelisch. Hin und weg.

Ich warf mich an ihn.

Die Ringschachtel flog durch die Luft. Irgendwo in der Ferne bellte Vito. Carla schnappte definitiv durch ihr Fenster nach Luft.

Und Max?

Er fing mich auf.

Hielt mich fest.

Küsste mich, als stünde Rom in Flammen und als wäre ich das Einzige, was er retten würde.

»Ja«, flüsterte ich an seine Lippen. »Ja. Ja. Ja.«

Denn, heilige Scheiße.

Ich hatte es endlich gesagt.

Und dieses Mal meinte ich es auch so.

Jede Silbe. Jeden Atemzug.

Und jedes schmutzige italienische Wort, das ich später in sein Kissen schreien würde.

Sehnst du dich nach nur einer. weiteren. sündhaft heißen Antragsszene, von der du den Blick nicht abwenden kannst?

Ja, das tust du.

Schnapp dir dein exklusives BONUSKAPITEL genau hier → https://shorturl.at/Ehtto

Schadensbericht: Abgeschlossen

Hey. Max hier.

Normalerweise mache ich so was nicht. Aber andererseits ... hatte ich Rayann auch nicht geplant.

Wenn du es bis zum Ende unserer Geschichte geschafft hast – und immer noch daran denkst – tu uns einen Gefallen und gib Kate Sweden eine Bewertung.

Sie ist der Grund, warum wir im selben verdammten Schloss gelandet sind. Im selben Zimmer. Im selben Bett.

Und ja, sie würde das wahrscheinlich irgendeinen Quatsch wie „Schicksal" oder „Story-Magie" nennen.

Aber ich weiß es besser.

Sie hat das alles eingefädelt. Jeder Blick. Jeder Streit. Jedes Mal, wenn ich fast den Verstand verloren und sie trotzdem geküsst hab.

Also – wenn du gelacht, geflucht, rot geworden oder ins Kissen geschrien hast – sag's ihr. Bewertungen halten

Geschichten wie unsere am Leben.

Hau deine Bewertung hier rein. Sie zählt mehr, als du denkst.

Zum Schluss noch das:

Kate ist noch nicht fertig.

Rayanns Schwester Brynn ist als Nächstes dran.

Sie geht nach Costa Rica. Da wartet ein Rivale. Ein Pitch-Duell. Und wilde Tiere.

Und man munkelt ... jemand wird an eine Hängematte gefesselt.

Ihr habt das nicht von mir.

Richtet Rayann schöne Grüße von mir aus.

Und wenn sie rot wird?

Dann lügt sie.

Oh mein Gott, Max.

Du beendest das hier echt mit „Richtet Rayann schöne Grüße von mir aus"? Was ist das bitte – *Wie ein einziger Tag: Die Tactical Edition*?

Hi. Brynn hier.

Ich bin der Zwilling mit besseren Instinkten, besseren Beinen und null Geduld für falsche Gefühlstiefe.
Aber ... eins muss ich sagen.

Wenn dir Kate Sweden auch nur einen einzigen Moment von chaosbedingtem Glück, einer heißen Ablenkung oder den Drang, deinem Ex zu schreiben, verpasst hat – dann schenk der Frau eine Bewertung. Sie lebt von genau dieser Art emotionalem Schaden.

Du weißt, was zu tun ist. Genau hier.

Und übrigens? Ich bin als Nächstes dran. Costa Rica. Rivale. Pitch-Duell. Möglicherweise ein Jaguar. Und ein unfassbar nerviger, heißer Typ, der es sich in den Kopf gesetzt hat, mich auf die Palme zu bringen.
Ich bringe den Sarkasmus. Er bringt die Hitze.
Anschnallen.

Danksagung

An mein Wild-Magnolias-Team – danke, dass ihr dieses Buch, das allererste in der *Wilder Horizons*-Reihe, mit unermüdlichen Aufmunterungen, Tüten voller gesalzener Milchschokoladen-Karamells (gesegnet seid ihr) und einer verdächtig bodenlosen Vorratskammer an Weißwein unterstützt habt. Ihr habt an diese Geschichte geglaubt, lange bevor sie eine Hose trug.

An meinen Sohn, der während der Homeschool-Stunden mir gegenüber saß und für x und y gerechnet hat, während ich hier drüben versucht habe, die romantischen Gleichungen zwischen zwei fiktiven Personen zu lösen – danke, dass du herrlich ahnungslos von dem völlig unangemessenen Chaos auf meinem Bildschirm warst. Bleib unschuldig, süßer Junge. Für immer, wenn möglich.

An meine großartigen Beta-Leserinnen und -Leser – ihr wart ein so wesentlicher Teil dieser Reise. Eure scharfen Augen, großen Herzen und endlose Ermutigung haben dieses Buch heller strahlen lassen, als ich es jemals allein hätte schaffen können. Die Zusammenarbeit mit euch hat mir so viel Freude gemacht! Carol Lopez, Cassie Springer, Chelsey Kraft, Cheryl Thigpen, Conceição Cardoso, Daniela Schrenk, Frances Mackay, Gracelyn Footit, Hilary Litzinger, Jessica Aranda, Kelly Montgomery, Skye O'Connell, Vanessa Mata und Veronika Dopitová. Danke euch!

An mein Ride-or-Die-Street-Team – danke, dass ihr von den Dächern (und auf TikTok, und Instagram, und wahrscheinlich auch irgendwelchen Fremden im Supermarkt) von diesem Buch erzählt habt. Eure Leidenschaft, euer Einsatz und eure urkomischen Nachrichten haben mich am Laufen gehalten. Ohne euch hätte ich das nicht geschafft.

Und an meine Familie. Danke für eure grenzenlose Liebe und Unterstützung. Immer. Worte reichen nie aus.

Über die Autorin

Kate Sweden ist eine Romance-Autorin mit einem Talent für Humor, einer Schwäche für Slow Burns und einer großen Liebe zu Happy Ends mit Hitze.

Als ehemalige Offizierin der United States Air Force, Pädagogin und lebenslange Bücher-Nerdin hat sie Besprechungsräume und Unterrichtspläne gegen Plot-Twists und erste Küsse eingetauscht. Heute lebt sie in Florida mit ihrem Ehemann, ihrem jugendlichen Sohn und einem sehr meinungsstarken Hund namens Sailor – sowie einer Speisekammer, in der verdächtig oft die Schokolade fehlt.

www.ingramcontent.com/pod-product-compliance
Lightning Source LLC
Chambersburg PA
CBHW030043130726
47901CB00007BA/1739